Nele Jantzen
Warnemünder Winter

Über die Autorin
In Mitteldeutschland geboren, wuchs Nele Jantzen an der Ostseeküste auf, wo sie noch heute lebt. Dort fand sie die Inspiration für ihre Romanreihe »Warnemünder Jahreszeiten«.

Nele Jantzen

Warnemünder Winter

FSC
www.fsc.org
MIX
Papier aus ver-
antwortungsvollen
Quellen
Paper from
responsible sources
FSC® C105338

Bibliografische Information der Deutschen
Nationalbibliothek: Die Deutsche Nationalbibliothek
verzeichnet diese Publikation in der Deutschen
Nationalbibliografie; detaillierte bibliografische Daten sind
im Internet über dnb.dnb.de abrufbar.

2. Auflage Oktober 2020
Copyright © 2020 by
Nele Jantzen
nele_jantzen@yahoo.com

Herstellung und Verlag:
BoD – Books on Demand, Norderstedt

Einbandgestaltung und Layout:
Copyright © by Nele Jantzen
unter Verwendung von Motiven
© https://www.shutterstock.com/de, Bildinhaber: kvlada_art
© https://www.shutterstock.com/de, Bildinhaber: SZBDesign
© https://www.istockphoto.com/de, Bildinhaber: ricoK69
© https://www.canstockphoto.de/, Bildinhaber: almoond
© https://www.canstockphoto.de/, Bildinhaber: ricok

ISBN: 9783752612264

1

*D*ie Klänge eines beliebten Weihnachtsklassikers tönten dezent aus den Lautsprechern des Autoradios.

Charlotte von Stein merkte gar nicht, dass sie die Melodie sofort mitzusummen begann, obwohl ihr alles andere als weihnachtlich zumute war.

Am Nikolaustag hatte sie ihr Herz verschenkt und vor zwei Tagen die Verlobung wieder gelöst. So lange hatte es nämlich gedauert, um zu erkennen, dass dieser aufgeblasene Rigobert vom Walde nicht der passende Mann für sie war.

Wenn das meine Eltern noch erlebt hätten, dachte sie bekümmert. Wahrscheinlich würden sie sich im Grab umdrehen, wenn sie erführen, welch prolligem Bauerntölpel ihre Tochter fast auf den Leim gegangen wäre.

Und dabei hatte es sich so gut angefühlt.

Rigobert vom Walde besaß einen tadellosen Stammbaum, der bis ins Hochmittelalter zurückreichte. Doch auch adliges Blut konnte verwaschen, aber das hatte sie erst erkannt, nachdem sie seinen Heiratsantrag angenommen hatte. Der vornehme Rigobert war alles andere als wohl gesittet. Er hatte nicht nur geschnarcht, dass sie kaum ein Auge zubekam. Er hatte in ihrer Gegenwart Körpergeräusche von sich gegeben, die sich für einen Menschen mit Anstand nicht gehörten. Es schüttelte sie, wenn sie sich nur daran erinnerte.

»Proll!«, raunte sie verärgert vor sich hin und sah zum Seitenfenster der Limousine heraus.

Was für ein mieses Wetter!

Die Wolken türmten sich dick und grau am Himmel auf. Seit dem Berliner Ring schüttete es aus Kannen, sodass die Scheibenwischer es kaum noch schafften. Richtig hell war es den ganzen Tag nicht geworden. Von Schnee und weihnachtlicher Stimmung keine Spur. Der Wind, der vom Meer über die Dünen pfiff, rüttelte am Auto. Die Kiefern des Küstenwaldes trieften vor Nässe.

»Sind wir bald da?«, fragte sie ihren Fahrer, einen stämmigen Kerl, der eher einem Bodyguard glich als einem Chauffeur.

»Es kann nicht mehr weit sein, Frau von Stein. Laut dem Navi nur noch einen Kilometer.«

»Vielleicht hätte ich die Festtage doch lieber in Bayern verbringen sollen. Dort liegt wenigsten Schnee.«

Toni Huber rollte mit den Augen. »Gnädigste wollten vor dem Exverlobten fliehen«, erinnerte er sie. »Zudem war Ihnen der Schnee dieses Jahr in den Bergen zu hoch und zu kalt.«

»Aber dieses schlechte Wetter! Regen, nichts als Regen und Sturm. Es wird immer dunkler.«

»Kein Wunder«, erwiderte er grinsend. »Es ist halb vier. Die Nacht bricht herein.«

»Wissen Sie, was mir an Ihnen missfällt, Huber? Ihr vorlautes Mundwerk und dass Sie als Chauffeur nicht passend gekleidet sind.«

Er sah an sich herab. Schwarzer Anzug wie ein Bestatter, blütenweißes Hemd und dunkle Krawatte, dazu passende schwarze Schuhe. »Meinen Sie die eleganten Lederhandschuhe?«, fragte er, obwohl er wusste, worauf sie anspielte.

»Sie wissen es genau. Als Fahrer haben Sie eine standesgemäße Chauffeurmütze zu tragen.«

»Wenn die Hölle zufriert, können wir noch einmal darüber reden.«

In fünfzig Metern rechts abbiegen. Sie haben Ihr Ziel erreicht.

»Na endlich.« Sie räusperte sich und vergaß darüber, sich über die Antwort zu ärgern. Stattdessen rutschte sie auf der Rückbank hin und her. Vom langen Sitzen tat ihr allmählich das Hinterteil weh.

Die Limousine hielt vor dem Haupteingang des Hotels in Warnemünde-Hohe Düne.

Toni Huber stellte die Zündung aus und verließ das Auto, um Charlotte von Stein den Wagenschlag zu öffnen.

»Seien Sie sich Ihrer Anstellung nicht zu sicher!«, warnte sie ihn und stolzierte in das Hotel hinein.

Er nahm es gelassen. Es war nicht das erste und würde auch nicht das letzte Mal sein, dass sie ihm mit Kündigung drohte. Rausschmeißen würde sie ihn keinesfalls. Sie wusste, wie schwer es war, jemanden zu finden, der ihre Launen freiwillig über sich ergehen ließ.

Ein gelassenes Lächeln huschte über sein Gesicht. Dann schloss er die Autotür und holte das Gepäck aus dem Kofferraum. Ob es sich überhaupt lohnte, bezweifelte er. Charlotte von Stein, die von ihren Freunden liebevoll Charly gerufen wurde, war spontan aufgebrochen, ohne eine Reservierung zu besitzen, und die Weihnachtsfeiertage standen vor der Tür.

»Tut mir leid«, sagte die Angestellte hinter der Rezeption mit geübtem Bedauern in der Stimme. »Wenn Sie nicht reserviert haben, kann ich Ihnen leider nicht weiterhelfen. Das Hotel ist komplett ausgebucht.«

Charlotte glaubte, sich verhört zu haben. »Ich nehme auch die Präsidenten- oder die Honeymoon Suite«, erwiderte sie und trommelte mit den Fingern auf die Rezeption. »Geld spielt keine Rolle. Irgendetwas muss doch noch frei sein!«

Die Angestellte schüttelte den Kopf und schaute anstandshalber erneut in ihren PC. »Weihnachten steht vor der Tür. Ab dem Siebenundzwanzigsten wäre wieder etwas frei.«

Charlotte schnappte nach Luft. »Gute Frau, ich komme aus Bayern. Was soll ich Ihrer Meinung nach jetzt tun? In meiner Limousine nächtigen oder heute noch wieder nach Bayern zurückkehren?«

Die Rezeptionistin ließ sich nicht aus der Ruhe bringen. Für solche Situationen war sie bestens geschult. »Ich rufe gerne für Sie in den anderen Warnemünder Hotels und Pensionen an, um eine Unterkunft für Sie zu organisieren. Oder darf es auch ein Hotel direkt in Rostock sein?«

»Langweilen Sie mich nicht mit Ihren Fragen. Kümmern Sie sich, wenn ich bitten darf!«

Die Angestellte verzog keine Miene. »Aber gerne.« Sie lächelte geschäftsmäßig freundlich. »Wenn Sie in der Zwischenzeit an der Bar Platz nehmen und eine Erfrischung oder einen Kaffee genießen möchten? Ich melde mich, wenn ich etwas gefunden habe.« Sie wies in die entsprechende Richtung.

Charlotte drehte sich wortlos um und schwebte zur Bar. Dabei streifte ihr Blick Toni Huber, der mit dem Gepäck in einigem Abstand wartete. »Das können Sie wieder zurückbringen«, schnarrte sie ihn an. »Im Anschluss kommen Sie zurück und warten hier auf mich.«

Toni nahm es gelassen. Einzig ein spöttischer Zug lag um seinen Mund. Er klemmte sich die Gepäckstücke unter den Arm und griff nach dem Koffer, um alles wieder in die Limousine zu bringen.

Eine Stunde später fuhren sie die Parkstraße entlang aus Warnemünde hinaus Richtung Westen.

Die Hotelangestellte hatte alles versucht, doch es gab nur noch eine Pension, die freie Zimmer hatte. Warnemünde war so kurz vor den Feiertagen komplett ausgebucht, und auch in Rostock war keine standesgemäße Unterkunft mehr zu finden gewesen, sodass sich Charlotte dafür entschieden hatte, in der Pension Meerblick an der Stoltera zu nächtigen. Laut der Rezeptionistin sollte das Haus durch seine vorzügliche und vor allem ruhige Lage mit Blick auf die Ostsee punkten. Das hatte sie überzeugt, auch wenn eine Pension unter ihrem Niveau war, doch selbst in Rostock war nichts Besseres zu finden gewesen.

Es war inzwischen dunkel. Die Scheinwerfer der entgegenkommenden Fahrzeuge blendeten aufgrund des Regens und der nassen Fahrbahn. Sie kniff die Augen zusammen. Vom Ostseebad konnte sie sowieso nicht viel sehen.

»Sind Sie sicher, dass wir hier richtig sind?«, fragte sie Toni Huber, als sie die letzten Häuser hinter sich ließen und das Ortsausgangsschild passierten. »Wir fahren ja aus Warnemünde wieder hinaus.«

»Ich folge den Anweisungen des Navis«, erwiderte er.

Kurz darauf passierten sie ein Schild, das auf die Pension Meerblick verwies.

»Wir sind richtig, Frau von Stein.«

Die Bestätigung folgte auf dem Fuß: *In dreihundert Metern rechts abbiegen.*

Sie warf einen ungläubigen Blick aus dem Fenster.

»Und hier sollen wir richtig sein?«, fragte sie erneut, während die Limousine über den gekiesten Weg holperte und auf einen dunklen Wald zuhielt. Davor erkannte sie im Licht der Scheinwerfer und dem Schein einer einsamen Laterne ein paar Autos im strömenden Regen. »Soll das der Pensionsparkplatz sein? Ruhige Lage schön und gut. Hier sagen sich Fuchs und Hase Gute Nacht!«

Toni hielt auf die Zufahrt zum Wald zu, als er das Verbotsschild entdeckte und abbremste. »Ab hier müssen wir zu Fuß weiter«, teilte er seiner Brötchengeberin mit und legte den Rückwärtsgang ein.

»Ich soll bei diesem Wetter zu Fuß durch einen dunklen Wald stapfen?«, fragte sie empört. »Fahren Sie gefälligst bis vor die Tür!«

»Tut mir leid, Gnädigste. Durchfahrt verboten! Naturschutzgebiet! Ich setze nicht meinen Führerschein aufs Spiel oder riskiere eine saftige Strafe. Es gibt Laternen, und wir haben Regenschirme dabei.«

Sie schnappte nach Luft, während er die Limousine parkte.

»Ich steige hier nicht aus!«

»Okay, bleiben wir im Auto sitzen. Oder wollen sie nach Bayern auf den Familienstammsitz zurück?«

»Ich habe keine Lust, die Feiertage in dem alten Kasten zu verbringen«, zischte sie verärgert. »Wir hätten nach Österreich oder in die Schweiz fahren sollen.«

»Wo noch mehr Schnee liegt?«

»Klugscheißer!«, murmelte sie vor sich hin. Laut vermied sie eine solch obszöne Wortwahl, aber Toni hatte ihre Worte vernommen.

Verstohlen grinste er und trommelte mit den Fingern den Takt des Songs mit, der gerade im Radio lief. Er hatte Zeit. Auf keinen Fall würde er jetzt nach Bayern zurückfahren, ohne vorher eine Pause eingelegt, gegessen und geschlafen zu haben. Sie waren seit heute Morgen unterwegs.

Der Regen prasselte gegen die Frontscheibe der Limousine. Der Wind, der sich zum Sturm gemausert hatte, schüttelte den schweren Wagen. Große Pfützen hatten sich auf dem Kies gebildet, in denen sich das spärliche Licht der Laternen brach, die den Weg durch den Wald zur Pension erhellten.

Im Rückspiegel tauchten die Scheinwerfer eines Autos auf, das sich ihnen näherte. Der Wagen hielt auf den Parkplatz zu und parkte direkt neben ihnen. Ein Mann stieg aus. Er hatte sich seine Kapuze tief ins Gesicht gezogen, um sich gegen den prasselnden Regen zu schützen. Kurz blickte er hoch, schaute weg und stutzte. Dann blickte er Toni direkt in die Augen, der aus dem Seitenfenster sah, und trat auf die Limousine zu.

Toni fuhr die Scheibe herunter. Sofort zog ein Schwall feuchtkalter Luft in das Innere des Wagens. Er roch nach salziger Seeluft und nassem Wald.

»Moin! Kann ich Ihnen helfen?« Der Mann beugte sich zu ihm hinab und lächelte Toni freundlich an. »Wollten Sie zur Pension Meerblick? Dann sind Sie richtig. Ich bin der Chef.«

»Das wissen wir noch nicht so genau.« Toni wies mit dem Kopf zur Rückbank. »Gnädige Frau mögen nicht zu Fuß durch den dunklen Wald spazieren.«

Überrascht folgte der Mann seiner Kopfbewegung. »Oh, guten Abend! Ich hatte Sie gar nicht bemerkt.«

Charlotte ignorierte den Mann, fasste aber einen Entschluss. »Huber«, wandte sie sich an Toni, »geben Sie mir den Regenschirm und nehmen Sie das Gepäck. Eine Nacht bleiben wir hier.«

»Wie Sie wünschen, Frau von Stein.« Toni Huber zwinkerte dem Pensionswirt zu und öffnete die Wagentür.

»Ich helfe Ihnen beim Tragen des Gepäcks«, bot sich der Pensionsinhaber sofort an.

Er folgte Toni zum Kofferraum, aus dem dieser den Regenschirm nahm, um ihn Charlotte zu geben. Dann kümmerten sie sich um das Gepäck.

Charlotte trippelte derweil Richtung Pension. Verzweifelt wich sie den riesigen Pfützen aus und hüpfte wenig damenhaft von einem Fleck zum anderen.

»Immer geradeaus«, rief der Pensionsbesitzer ihr hinterher. »Es ist nicht weit und kaum zu verfehlen.«

Charlotte konnte das wenig erheitern. Sie war es nicht gewöhnt, in einer solchen Einöde zu residieren und erst noch durch einen Wald laufen zu müssen, zudem bei Regen und Sturm.

Die Streben des Schirms bogen sich bedrohlich, doch sie hielten dem Wüten des Küstensturms stand. Da der Regen inzwischen beinahe waagerecht kam, nutzte das dumme Ding allerdings nicht viel. Ihre Frisur blieb weitestgehend trocken, doch Charlotte spürte, wie sie ab Höhe der Brust allmählich bis auf die Haut durchnässte.

»Meine schönen Schuhe, mein Mantel, mein Kostüm!«, zeterte sie und stürzte in die Pension. Krachend fiel die Tür hinter ihr zu, und sie fuhr zusammen.

»So ein mieses Wetter!«, schimpfte sie vor sich hin. Sie schüttelte ihren teuren Mantel aus, damit ihn die Feuchtigkeit nicht komplett durchdrang, und richtete mit der Hand notdürftig ihr zerzaustes Haar.

»Ich sehe sicher wie ein durchgeweichter Strauch-
dieb aus«, vermutete sie und sah sich im Entree nach
etwas um, das sie als Spiegel nutzen konnte, fand aber
nichts. Dafür nahm sie die Einrichtung wahr. »Oh mein
Gott!« Sie war entsetzt. Es war zwar alles ordentlich
und sauber, doch das Ambiente entsprach keinesfalls
dem, was sie gewohnt war. Alles war winzig klein,
kein großzügiger Empfangsbereich, keine Hallenbar,
keine Lounge. Die Rezeption glich eher einem Verkaufs-
tresen im Supermarkt.

Hier bleibe ich keine Sekunde länger als nötig, dachte
sie. Spätestens morgen früh nach dem Frühstück geht
es nach Oberbayern zurück.

*N*achdem sie den ersten Kulturschock überwunden hatte, fiel ihr der Geruch auf, der in der Pension herrschte. Es war ein Gemisch aus ... Ja, aus was eigentlich?

Frisches Tannengrün und Weihnachtsplätzchen, dazu Kaffee und Glühwein, identifizierte ihr Geruchssinn. Da war aber noch etwas anderes. Es erinnerte sie an die Renovierung des alten Familienkastens nach dem viel zu frühen Unfalltod ihrer Eltern.

Ein kurzer Schatten huschte über ihr Gesicht, als sie sich daran erinnerte, dass ihre Mutter und ihr Vater zusammen mit ihrem Bruder bei einem Flugzeugabsturz ums Leben gekommen waren. Auf einen Schlag war ihre Familie ausgelöscht gewesen. Die Trümmerteile der gecharterten Maschine waren über 'zig Kilometer in den Schweizer Alpen verstreut gewesen. Die Suche nach den Verunglückten hatte sich als äußerst schwierig erwiesen. Noch immer quälte Charlotte die Frage, ob ihnen hätte geholfen werden können, wären die Retter schneller fündig geworden. Zumindest wies das Obduktionsergebnis bei ihrem Bruder darauf hin.

Eine ältere Frau in einem Rollstuhl tauchte im Flur auf, der in die Tiefe des Hauses führte. Als sie Charlotte gewahrte, lächelte sie ihr freundlich zu. »Sie gehören sicher zur Kanzlei«, sagte sie.

»Zur Kanzlei?« Verwirrt schüttelte Charlotte den Kopf. »Ich brauche ein Zimmer.«

»Oh, einen Moment, bitte. Es ist gleich jemand für Sie da.« Sie wendete den Rollstuhl und rief: »Susanne, kommst du bitte, ein neuer Gast.«

Verstohlen fuhr sich Charlotte mit der Hand über die Augen, um die traurigen Erinnerungen zu verdrängen.

Eine junge Frau erschien, groß, schlank, attraktiv.

Ungeniert musterte Charlotte sie von Kopf bis Fuß. Sie machte einen zuvorkommenden Eindruck auf sie, aber das musste sie. Sie war hier angestellt. Es gehörte zu ihren Aufgaben, zu den Gästen stets nett und freundlich zu sein, egal wie deren Laune war. Mitte zwanzig, dezentes Make-up, das brünette Haar durch kleine Farbakzente aufgehübscht.

Attraktiv, dachte sie. Ich muss auf den Huber Toni ein wachsames Auge haben, damit er sie nicht gleich am ersten Abend vernascht. Sie passt genau in sein Beuteschema, doch glücklicherweise sind wir morgen schon wieder weg.

Dieser Gedanke war beruhigend. Es ärgerte sie, wenn sie ihn in den Armen einer anderen erwischte. Warum eigentlich? Er war ihr Chauffeur. Sie wollte nichts von ihm.

»Guten Abend und willkommen in der Pension Meerblick!«, begrüßte die Angestellte sie freundlich. »Ich bin die Hausdame Susanne Richter. Sie müssen diejenige sein, die in der Yachthafenresidenz kein freies Zimmer mehr bekommen hat.« Sie lächelte ihr zu.

»Charlotte von Stein. Ich benötige zwei. Eines ist für meinen Chauffeur. Wir bleiben nur für eine Nacht.«

Überrascht hob die Hausdame die Augenbrauen, während die Tür aufschwang und neben zwei Männern einen Schwall feuchtkalter Luft in den Vorraum wehte. »Sie sind nur auf der Durchreise, Frau von Stein?«

15

»Nein, ist sie nicht!«, ertönte Tonis Stimme aus dem Hintergrund. »Eigentlich wollten gnädige Frau die Feiertage hier verbringen.«

»In einem solchen Etablissement sicher nicht, Huber!«, korrigierte Charlotte ihn und schenkte ihm über die Schulter einen vernichtenden Blick. »Und zügeln Sie Ihren vorlauten Mund!«

»Das Meerblick ist natürlich nicht die Yachthafenresidenz oder das Neptun-Hotel«, ergriff der Pensionsbesitzer das Wort und nahm nicht nur sein Haus in Schutz, das sich keinesfalls anmaßte, mit einem Sternehotel konkurrieren zu wollen, sondern rettete auch gleichzeitig die etwas peinliche Situation. Er setzte die Kapuze ab, und zum Vorschein kam ein attraktiver Blondschopf, der in Charlottes Alter war. »Wenn ich mich vorstellen darf, Sven Ole Larsen.« Er reichte Charlotte die Hand, die diese nur zögerlich nahm. Dann zog er den Ostfriesennerz aus und hängte ihn an die Garderobe neben der Tür. »Das Meerblick ist klein, aber fein und bietet einen einmaligen Blick über das Kliff hinweg zum Strand und zur Ostsee. Sie werden ihn und die Pension mögen, wenn Sie hier erst mal ein paar Tage Urlaub gemacht haben. Zudem ist alles frisch renoviert. Wir machen übermorgen erst offiziell wieder auf. Sie sind sozusagen unsere ersten Gäste.« Ein fröhliches Lächeln umspielte seinen Mund.

Na und?, dachte Charlotte gelangweilt, wollte er sie damit überzeugen, hier die Feiertage zu verbringen?

Die Eingangstür ging auf, und zwei Männer und zwei Frauen stoben ins Trockene und Warme.

»Was für ein Schietwetter!«, fluchte der größere der Herren. »Sind wir hier richtig zur Firmenweihnachtsfeier der Kanzlei Hansen & Söhne, Niederlassung Rostock?« Er lachte und schüttelte seinen Mantel aus.

»Hereinspaziert!«, begrüßte der Wirt die Ankömmlinge und trat auf sie zu, um ihnen die Hände zu schütteln. »Es ist alles vorbereitet. Ihr seid die Ersten. Immer der Nase nach, geradeaus, dann links. Ihr könnt es nicht verfehlen. Ich bin gleich bei euch.« Er wies den Flur entlang und kehrte zur Rezeption zurück.

»Sehen Sie«, wandte er sich Charlotte zu, die noch immer eine miesepetrige Miene zur Schau trug, weil ihr das Ambiente nicht zusagte »es gibt heute sogar noch ein kleines Fest vor dem Fest. Wenn Sie mögen, frage ich nach, ob es die Anwälte und ihre Angetrauten stört, wenn sie sich ein wenig zu ihnen in den Speisesaal gesellen.«

»Speisesaal?« Charlotte schenkte ihm einen pikierten Blick.

»Herr Larsen meint die Klönstuv«, korrigierte die Angestellte ihren Chef und zwinkerte ihm zu.

»Ja, natürlich. Im Zuge der Renovierung haben wir den Speisesaal umbenannt. Ich muss mich noch daran gewöhnen.«

»Wenn Sie meinen!« Charlotte rümpfte die Nase. Amüsement sah für sie anders aus. Einzig, dass es sich bei den Gästen um gebildete Menschen handelte, auch wenn sie von Anwälten nicht viel hielt, rechnete sie dem Angebot an. Dennoch würde sie es ausschlagen. Sie stand nicht so auf Verbrüderung mit Fremden.

Die Hausdame nahm die Personalien auf und gab die Ausweise zurück. »Hier sind Ihre Schlüssel. Zweiter Stock, Zimmer 17 für die Dame und Zimmer 18 für den Herrn.«

»Zweiter Stock?«, fragte Charlotte spitz und sah sich nach einem Fahrstuhl um. »Wo ist der Lift?«

»Tut mir leid, einen Fahrstuhl gibt es leider nicht.«

»Dann verlange ich ein anderes Zimmer!«

Die Angestellte zuckte nicht mit der Wimper. »Es gäbe noch ein Einzelzimmer im Erdgeschoss«, teilte sie ihr gelassen mit. »Es liegt gegenüber der Klönstuv, also dem Frühstücksraum.«

»Um Gottes willen, nein, niemals. Ich will in Ruhe schlafen, ohne ständig geweckt zu werden. Zudem, *ein Ein-zel-zim-mer*?« Sie betonte jede Silbe. »Ich bin beengte Verhältnisse nicht gewohnt.«

Bedauernd schüttelte die Hausdame den Kopf. »Weihnachten steht vor der Tür, Frau von Stein, viele Gäste haben vorbestellt. Wir sind fast komplett ausgebucht. Es gibt nur diese drei Einzelzimmer.«

»Und auch das dritte ist inzwischen reserviert«, ergänzte der Pensionsinhaber. »Es gibt eine weitere Buchung, Susanne. Streiche das letzte Einzelzimmer aus der Liste der verfügbaren Räume heraus. Wir sprechen später darüber.« Er kratzte sich an der Stirn, während ihm seine Angestellte einen fragenden Blick schenkte. »Es gibt doch noch ein oder zwei freie Zwei- sowie Vierbettzimmer …«, überlegte er laut.

»Ich nehme das größere«, fiel Charlotte ihm sofort ins Wort. »Es befindet sich hoffentlich nicht unterm Dach.«

»Leider doch«, erwiderte die Angestellte bedauernd. »Zimmer 07 im ersten Obergeschoss wäre hingegen noch frei. Es ist ein Zweibettzimmer und bietet zudem den Blick auf die Ostsee, den Sie aus dem größeren Zimmer nicht genießen können.« Sie nahm den entsprechenden Schlüssel vom Bord und reichte ihn Charlotte.

»Kommen Sie, ich zeige Ihnen Ihre Zimmer.« Der Inhaber griff sich zwei Gepäckstücke und wandte sich der Treppe zu. Charlotte und Toni folgten ihm.

Kopfschüttelnd blickte die Hausdame ihnen hinterher. Sie wagte zu bezweifeln, dass die Ausstattung des Zimmers den gehobenen Ansprüchen der Dame entsprach. Ihr Chauffeur hingegen hatte einen netten Eindruck hinterlassen, doch das waren Empfindungen, von denen sie sich in ihrem Gewerbe nicht leiten lassen durfte.

Als der Wirt die Tür zum Zimmer 07 aufschloss und Charlotte ihren Fuß in den Raum setzte, dachte sie, sie trifft der Schlag.

»Ist das Ihr Ernst?« Sie ließ ihren Blick durch den winzigen Raum schweifen, der gerade einmal Platz für ein Doppelbett, zwei kleine Nachtschränke und einen vorsintflutlichen Kleiderschrank bot. Hinzu kam eine antiquierte Sitzlandschaft bestehend aus einem runden Tisch sowie zwei Sesseln, die Anfang der Neunzigerjahre des zwanzigsten Jahrhunderts der letzte Schrei gewesen sein mochten, heute aber eher in ein Museum als in ihre Unterkunft gehörten. Einzig der Fernseher entsprach der heutigen Zeit. Hinter einer Tür, die sie kaum zu öffnen wagte, verbarg sich das Bad. Es war winzig, besaß weder Wanne noch Whirlpool, nur eine Dusche, doch überraschenderweise war hier alles auf dem neuesten Stand. Trotzdem, eine solche Bleibe kam für sie nicht in Betracht.

Bevor sie dazu kam, ihrem Unmut Luft zu machen, drängte sich Toni Huber an ihr und dem Pensionsbesitzer vorbei. »Es ist nur für eine Nacht!« Er stellte den Koffer neben den Kleiderschrank und nahm dem Wirt die beiden anderen aus der Hand, um sie dazuzustellen. Dann griff er nach seiner Reisetasche. »Ich bin eine Etage höher und richte mich ein. Bieten Sie irgendwas zum Essen an, oder gibt es in der Nähe ein Lokal?«

»Ab übermorgen Halbpension, für Sie auch schon ab morgen. Ansonsten empfehle ich Ihnen ein Gasthaus, keine zehn Minuten mit dem Auto entfernt.«

»Ich setze bei diesem Wetter keinen Fuß mehr vor die Tür!«, moserte Charlotte entschieden dazwischen.

»Dann kann ich Ihnen nur noch anbieten, dass ich schaue, was ich zum Abendbrot für Sie im Kühlschrank finde. Es wird sicher nicht feudal sein«, fügte er mit einem Seitenblick auf Charlotte hinzu und erntete ein spöttisches Schmunzeln ihres Chauffeurs. »Es wird Ihnen aber schmecken. Mögen Sie Fisch?«

»Wenn er frisch ist, ja«, entgegnete sie spitz.

Was Sie in Bayern unter frisch verstehen, weiß ich, dachte der Wirt und nickte lächelnd. Er kam aus Berlin. Seit er an der Küste wohnte, wusste er endlich, wie fangfrischer Fisch wirklich aussah.

»Dann willkommen im Meerblick! Wenn Sie morgen einen Blick aus dem Fenster geworfen haben, wollen Sie nie mehr weg. Das garantiere ich Ihnen.« Er zwinkerte ihnen fröhlich zu und verschwand im Flur.

Der Chauffeur folgte ihm.

»Entschuldigen Sie Frau von Stein. Wenn sie erst mal aufzutauen beginnt, wird sie manchmal auch freundlicher.« Er grinste und nahm die Treppe ins Obergeschoss, während der Pensionsinhaber sich wieder nach unten begab.

Nachdem Charlotte alleine war, ließ sie sich auf der Kante des Sessels nieder und suchte ihr Telefon aus der Handtasche heraus. Sie musste mit jemandem reden, und da gab es eigentlich nur eine Person, die infrage kam: Pete. Er hatte stets ein offenes Ohr für sie. Bei ihm konnte sie darauf vertrauen, dass er immer ehrlich zu ihr war. Er nahm kein Blatt vor den Mund. Selbst jene, die behaupteten, ihre besten Freundinnen zu sein, standen letztlich nicht so bedingungslos loyal zu ihr, weil es immer kleine Hemmschwellen gab, die sie einfach nicht zu überwinden vermochten.

»Griaß di Pete!«, begrüßte sie ihren alten Freund auf gut bayrisch, obwohl sie sonst das Hochdeutsche bevorzugte. »Hast du 'nen Moment Zeit für mich?«

»Für dich doch immer, Schätzchen!«

Charlotte fiel ein Stein vom Herzen, obwohl sie mit keiner Ablehnung gerechnet hatte. Pete, dessen richtiger Name Peter Hofer war, hätte sicher sogar einen wichtigen Termin für sie unterbrochen, um ihr zuzuhören.

»Was ist denn geschehen? Du klingst so geknickt? Seid ihr gut an der Ostsee angekommen?« Eine von seinen Angewohnheiten war es, sie und Toni stets in einem Atemzug zu nennen, als wären sie gleichgestellt.

»Schon, nur dass es keine freien Betten mehr in Warnemünde gibt. Das Wetter ist mies, die Pension, in der wir gerade angekommen sind, ebenfalls. Und Antonio ist frech wie immer. Irgendwann schmeiße ich den Klugscheißer raus.«

Pete lachte. »Was sich neckt, das liebt sich, Charly!«, orakelte er wissend.

»Nur über meine Leiche!« Sie seufzte. »Ich bleibe hier nur für eine Nacht. Morgen früh kehre ich nach Bayern zurück, packe dicke Wintersachen ein und komme zu euch nach Tirol. Kannst du mir bitte eine Suite reservieren? Für den Huber nicht ganz so feudal, für den genügt ein kleines Einzelzimmer. Ich werde eine

Nacht in Bayern bleiben und breche dann am Montag nach St. Anton auf.«

»Du willst zu uns in die Berge und den vielen Schnee kommen?«, fragte er verwirrt.

»Allerdings! Besser als hier zu versauern. Du müsstest mal diese vorsintflutliche Einrichtung sehen, aus der Steinzeit, tiefste DDR.«

Pete kicherte. »Schlaf dich erst mal aus und sieh dann weiter, Charly.«

»Da gibt es nichts, worüber ich nachdenken müsste«, entgegnete sie. »Buche einfach eine Suite für mich! Tue es!«

»Ich gebe mein Bestes, Darling, aber so kurz vor Weihnachten sehe ich schwarz.«

»Du machst das schon. Ich setze unbegrenztes Vertrauen in dich.«

Das entsprach der Wahrheit. Sie hatten schon im Sandkasten miteinander gespielt, eigentlich er mit ihrem Bruder. Sie war als Mädchen für sechsjährige Buben nicht akzeptabel gewesen. Das hatte sich erst später geändert. Ihr Bruder und Pete hatten sie an den Zöpfen gezogen und allerhand Schabernack mit ihr getrieben. Sie waren durch die Wälder gestreift, um Käfer und Spinnen zu fangen und sie damit zu erschrecken. Irgendwann hatte Pete dann seine Zuneigung zum männlichen Geschlecht entdeckt, ein Riesenschock für seine Eltern, doch ihrer Freundschaft hatte es keinen Abbruch getan, und seit dem tödlichen Flugzeugabsturz waren sie beinahe unzertrennlich geworden.

»Das ehrt mich ungemein«, erwiderte er. »Ich melde mich, wenn ich was in Erfahrung gebracht habe.«

»Dank dir, Pete!« Erleichtert atmete sie auf. Sie konnte unmöglich hier bleiben und die Feiertage in einer solchen Bruchbude verbringen. »Ich nehme auch nur ein Zimmer, sollten die Suiten und Appartements ausgebucht sein«, instruierte sie ihn. »Die Unterkunft muss nur einen deutlich höheren Komfort aufweisen als diese hier. Ich schicke dir mal ein paar Fotos, damit du siehst, wie primitiv ich hier hause.«

»Tue das, Darling. Es wird mich anspornen, für dich etwas Standesgemäßes zu organisieren«, grinste er. »Und sollte sich nichts finden, krauchst du zu mir in die Kiste. Du weißt, ich rühre dich nicht an. Bussi, Bussi, Charly! Pfiat di!« Er kicherte und legte auf.

*F*ragend blickte Susanne Sven Ole entgegen, als dieser fröhlich grinsend zu ihr die Treppe hinunter ins Parterre kam.

»Pass auf, Sanne, wir kriegen doch noch alle Zimmer voll.« Dann schlug er den Weg zur Weihnachtsfeier der Kanzlei Hansen & Söhne ein.

»Sven Ole!«

Er drehte sich zu ihr um.

»Für wen wurde das Einzelzimmer reserviert?«

Seufzend trat er an die Rezeption und stützte sich mit den Handflächen auf dem Tresen auf. »Du musst jetzt stark sein, Sanne. Ich habe vorhin einen Anruf von Herrn Hay bekommen. Er beehrt uns ab Mittwoch mit seiner Anwesenheit.«

Susanne dachte, sie hätte sich verhört. »Das ist jetzt nicht wahr! Sören Hay will die Feiertage im Meerblick verbringen?«

»Ich fürchte, ja.« Sven Ole langte nach ihrer Hand und drückte sie sanft. »Dieses Mal bist du klüger.«

Hoffentlich!, dachte sie und zog ihre Hand zurück.

Sven Oles Berührungen zeigten nicht mehr dieselbe Wirkung wie damals, als sie sich ineinander verliebt hatten. Das war gerade einmal zwei Monate her. Sie ließen sie aber auch nicht gänzlich kalt. Ein gewisses Prickeln war da noch und die Sehnsucht nach dem anderen, doch sie hatte von Beziehungen für dieses Jahr die Nase voll.

Erst hatte sich Matthias Siewert, der Inhaber von Fischfeinkost Siewert, dann Sören Hay, ein Gast der Pension, für sie als Fehlgriff erwiesen. Der eine hatte sie mit seiner Buchhalterin betrogen, der andere sie als kleinen Urlaubsflirt angesehen und sich aus dem Staub gemacht. Doch es hatte sich herausgestellt, dass auch Sven Ole nicht der Traummann für die Ewigkeit sein sollte.

Ihre Zeit war intensiv gewesen, bis sie erkannt hatten, dass sie nicht zueinander passten. Der Sex war gut, ihre Unterhaltungen inspirierend. Trotzdem fehlte das gewisse Etwas, das eine funktionierende Beziehung brauchte. Was genau es war, wusste keiner von ihnen zu sagen. Vielleicht lag es daran, dass sie sich seit der ersten Klasse kannten, vielleicht aber auch nicht. Also hatten sie einvernehmlich beschlossen, sich anderweitig nach einem Partner umzusehen. Trotzdem tat es ihrer engen Freundschaft keinen Abbruch. Sie mochten sich noch immer und teilten auch gelegentlich das Bett.

Dass nun aber Sören Hay wieder in ihr Leben treten musste, nachdem er sie so niederträchtig verlassen hatte, passte Susanne überhaupt nicht.

»Vielleicht ist ihm ja eingefallen, dass er vergaß, sich von mir zu verabschieden«, überlegte sie, und Sven Ole lachte. Ertappt blickte sie ihm ins Gesicht. »Habe ich das gerade laut gesagt?«

Er nickte. »Wäre eine Erklärung, warum es ihn über die Feiertage zu uns an die Küste zieht. Familie scheint er ja nicht zu haben.«

»Und bei mir ist er an der falschen Adresse, sollte er auf einen romantischen Feiertagsflirt hoffen. Der Zug ist abgefahren.« Sie nahm den Stift und trug den Namen hinter der Zimmernummer 03 ein.

»Willst du ihn in deiner Nähe wissen?«, fragte Sven Ole erstaunt. »Quartiere ihn doch in der 17 ein.«

Sie schüttelte den Kopf. »Zwar scheint er Frühaufsteher zu sein, aber Swetlana und ich sind vor ihm aus den Federn. Und in der 03 wohnt er genau gegenüber dem Speiseraum!« Ein sardonisches Grinsen huschte über ihr Gesicht.

»Wie du meinst.« Sven Ole zuckte mit den Schultern. »Groß schaden kann er uns nicht mehr. Wenn kein Weihnachtswunder geschieht, muss ich mit Beginn des neuen Jahres eh die Pforten schließen.« Bedrückt fuhr er sich durch seinen blonden Schopf, als wolle er die quälenden Sorgen vertreiben. »Egal, lässt sich wohl nicht abwenden. Ich kümmere mich jetzt mal um unsere lieben Feiernden von der Kanzlei.«

Wie aufs Stichwort ging die Tür auf, und der Sturm blies die nächsten Gäste in den Vorraum hinein.

»Hereinspaziert!«, wurden sie von Sven Ole fröhlich begrüßt, während die Tür mit einem lauten Knall hinter ihnen ins Schloss fiel. »Sie gehören sicher zur Weihnachtsfeiergesellschaft.« Er schenkte der Tür kurz seine Aufmerksamkeit. »Ich muss wohl mal den Dämpfungsmechanismus nachstellen lassen«, murmelte er vor sich hin und wandte sich wieder den Gästen zu, die seine Frage bejahten.

Unschwer war den drei jungen Frauen und ihren Begleitern anzusehen, dass sie froh waren, aus dem Regen ins Trockene und Warme gelangt zu sein.

»Kommen Sie!«, lud Sven Ole sie mit einer schwungvollen Handbewegung ein. »Ich bringe Sie zu ihren Kollegen.«

Nachdenklich sah Susanne ihnen hinterher.

Das nun auch noch!, grollte sie stumm. Reichte es nicht, dass sie die Sorge um die Zukunft des Meerblick drückte? Musste nun auch noch Sören Hay auftauchen? Was wollte er hier, sie noch einmal um den Finger wickeln in der Hoffnung, sie dieses Mal ins Bett zu bekommen? Aber nicht mit ihr. Sie würde ihn wie jeden anderen Gast behandeln, keine Sonderwünsche, keine gemeinsamen Ausflüge oder Spaziergänge, kein per du!

Aus dem Augenwinkel bemerkte sie jemanden, der sich ihrem Tresen näherte. Als sie hochschaute, sah sie ihre beste Freundin Frederike Müller auf sich zukommen. Sie gehörte zu Henning Hansen, dem Chef der Rostocker Niederlassung Hansen & Söhne.

»Na, Süße, ist alles zu eurer Zufriedenheit?«, fragte sie Rike und trat hinter der Rezeption hervor, um sie zu umarmen.

»Alles prima! Ihr habt alles so wunderschön dekoriert. Der Baum ist eine Pracht. Ich habe Henning schon gefragt, ob wir den in den Kofferraum bekommen.« Sie gluckste fröhlich. »Er meint, es wird wohl knapp.«

»Ja, der Weihnachtsbaum ist wirklich wunderbar geraten. Wenn ich ihn sehe, vergesse ich glatt, dass dieses Weihnachten eigentlich gar nicht so besinnlich sein wird wie erhofft.« Sie seufzte und lehnte sich gegen den Tresen. »Was haben wir uns gefreut, als wir mit der Renovierung begonnen hatten, die Zusicherung des Kredits war mündlich erfolgt. Und dann kommt plötzlich ein Brief von der Bank, dass das Geld nicht bewilligt wird.«

»Was ich bis heute nicht begreifen kann«, setzte Rike hinzu. »Auch Henning versteht es nicht. Die Pension sollte genug Gegenwert besitzen, um als Sicherheit akzeptiert zu werden.«

»Das haben wir und das Steuerbüro ebenfalls so gesehen und nachgefragt, sogar erneut einen Kreditantrag gestellt, der aufgrund der inzwischen aufgelaufenen

Schulden abgeschmettert wurde. Wir hätten geduldig warten sollen, bis das Geld auf dem Konto ist ...«

»Ja, das stimmt leider.« Rike seufzte. »Die Annahme eines Bankmitarbeiters ist eben nicht die verbindliche Zusage nach Prüfung durch die Bank.«

»Ich weiß, Sven Ole auch. Wir waren voller Tatendrang. Uns saß die Zeit im Nacken, und du kennst mich und meine Spontanität. Tante Jutta hat ihr Sparbuch geplündert, was bei Weitem aber nicht ausgereicht hat. Also hat Sven Ole das Firmenkonto überzogen, denn es sollte ja bald Geld fließen.« Sie schüttelte resigniert mit dem Kopf. »Menno, was waren wir nur blöd! Herr Meyer aber meinte, er würde den Antrag prüfen, und es bestände überhaupt kein Grund zur Sorge, dass er nicht bewilligt wird.«

Rike zuckte mit den Schultern. »Wahrscheinlich hat er seine Kompetenzen überschätzt.«

»Das dachten wir anfangs auch, doch er war genauso überrascht wie wir. Seinen Worten nach, hatte er sich im Vorfeld bereits gründlich schlau gemacht. Nichts sollte einem Kredit im Wege stehen.« Sanne seufzte. »Aus Schaden wird man klug. Wir waren zu blauäugig, und nun haben wir den Salat. Sven Ole steckt tief in der Kreide und muss irgendwie die Schulden tilgen. Entweder er verkauft gewinnbringend die Pension oder er muss Insolvenz anmelden. Letztlich läuft beides aufs selbe hinaus. Wenn kein Wunder geschieht, was nicht geschehen wird, bin ich im kommenden Jahr arbeitslos.«

»Und was dann?«

Susanne zuckte mit den Schultern. »Ich werde reumütig erneut bei der Yachthafenresidenz vorsprechen. Immerhin hatten sie im Oktober Interesse an mir.«

»Also bleibst du in Warnemünde?«

»Oder Rostock, ich weiß noch nicht, wo ich eine kleine Wohnung bekommen werde. Keinesfalls kehre ich nach Berlin zurück.«

Der Anflug eines erfreuten Lächelns huschte über Rikes Gesicht. »Trotzdem schön, dass du in meiner Nähe bleiben wirst.«

Die letzten Gäste der Firmenweihnachtsfeier traten in die Pension und schüttelten ihre Mäntel und Regenschirme aus.

»Guten Abend!«, wurden sie von Sanne und Rike begrüßt.

»Ich zeige ihnen den Weg«, wandte sich Rike Susanne zu und begleitete die Mitarbeiter ihres Freundes zum Speisesaal, der festlich geschmückt war.

Weihnachtliche Klänge drangen durch den Flur in den Vorraum bis zur Rezeption. Es roch nach frisch gebrühtem Kaffee und Glühwein, dazu der Duft des Büfetts, auf dem neben herzhaften Dingen auch Kuchen und Stollen zu finden war.

Alles hätte so wunderschön sein können. Weihnachten lag förmlich in der Luft. Stattdessen saß ihnen die Bank im Nacken. Der Verlust des Meerblicks und ihrer Arbeit waren unabwendbar.

Betrübt klappte Sanne das Anmeldebuch zu und deponierte es in der Schublade. Dann folgte sie ihrer Freundin, um sich mit Sven Ole um das Wohl der Gäste zu sorgen. Es brachte sie hoffentlich auf fröhlichere Gedanken. Zum Glück hatte Swetlana Iwanowa heute frei, sodass sie arbeiten konnte.

Als sie in die Klönstuv trat, kam ihr Sven Ole entgegen. »Henning schwingt gleich eine Rede. Ich gehe in der Zwischenzeit zu unseren Gästen aufs Zimmer. Wenn sie möchten, können sie runterkommen. Henning und seine Kollegen stört es nicht, wenn sie in ihrem Beisein essen. Sie dürfen auch gerne bleiben, wenn sie möchten, und sich einen gemütlichen Abend machen.«

»Einen gemütlichen Abend?« Zweifelnd kräuselte Sanne die Stirn. »Denkst du ernsthaft, gnädige Frau mögen in solch profaner Umgebung mit dem gemeinen Volk speisen und feiern?« Sie kicherte. »Hast du denn auch an Champagner und Kaviar gedacht?«

»Klaro!«, kam es wie aus der Pistole geschossen. »Das solltest du wissen. Du hast alles bestellt.«

»Stimmt!«, lachte sie. »Viel Glück!«

Sven Ole hob die Hand und verschwand im Flur.

Susanne nahm derweil die Getränkewünsche der Gäste entgegen und servierte das Gewünschte. Als alle Anwesenden versorgt waren, ergriff Henning Hansen als Chef der Kanzlei das Wort, und Susanne zog sich in den Flur zurück.

Kurz darauf trat Sven Ole neben sie. »Wie du vermutet hast, Frau von Stein wollen auf dem Zimmer dinieren«, wisperte er ihr ins Ohr.

Sanne grinste nur und lauschte den schließenden Worten des Kanzleichefs.

»Und damit ist die heiße Schlacht am kalten Büfett eröffnet!«

Gelächter und Beifall tosten auf.

»Das ist mein Stichwort«, meinte Sven Ole. »Ich werde für Frau von Stein ein kleines Abendbrot zusammenstellen.« Er sah zu Sanne. »Wenn du es bitte zu unserem Gast aufs Zimmer tragen würdest. Du weißt ja …« Er hob beide Hände, die eine mit der Innenseite der Handfläche nach vorne, die andere mit der Oberseite in ihre Richtung.

»Ja, ja, ich weiß, zwei linke Hände, wenn's ums Bedienen geht.« Sie gab ihm einen freundschaftlichen

Knuff in die Seite. »Mir liegt noch immer die Nachricht schwer im Magen, dass Sören Hay uns erneut beehrt«, gestand sie ihm. »Was will er hier?«

»Keine Ahnung, doch er wird wieder abreisen, genau wie Frau von Stein.«

»Es sei, sie schaut aus dem Fenster«, lachte Sanne.

»Dafür müsste aber erst mal besseres Wetter und vor allem Tag sein.« Er zwinkerte ihr zu und wollte gehen, doch Susanne hielt ihn zurück.

»Eigentlich sollte ich es gewohnt sein, dass manchen Gästen eine Extrawurst gebraten werden muss, doch damals habe ich in super teuren Etablissements gearbeitet, wo Gäste wie Charlotte von Stein zum Normalbetrieb gehörten. Im Meerblick hätte ich mit ihnen nicht gerechnet.«

»Nun gut«, resümierte Sven Ole, »die Pension war natürlich nicht ihre erste Wahl, sondern dient nur als Notunterkunft.«

Er grinste und schlängelte sich durch die Klönstuv, um zur angrenzenden Teeküche zu gelangen, hinter der sich die Pensionsküche anschloss. Susanne nahm derweil Toni Huber in Empfang und führte ihn zu seinem Tisch abseits der Kanzleiangestellten.

»Sind Sie allein?«, rief einer der Schlipsträger ihm zu, bevor er sich setzen konnte. »Wenn ja, kommen Sie zu uns. Sie müssen dort nicht versauern. Wir sind zwar Anwälte, doch wir beißen nicht.« Er grinste, und Susanne atmete erleichtert auf.

Toni Huber war integriert. Seiner Miene nach zu urteilen, würde er sich den Abend gefallen lassen. Nun musste nur noch seine Chefin zufriedengestellt werden, eine Aufgabe, der sie nicht zuversichtlich entgegensah. Sie folgte Sven Ole in die Küche, nahm das Tablett und brachte es ins Zimmer 07.

Charlotte von Stein saß kerzengerade in einem der Sessel und sah ihr mit versteinerter Miene entgegen. Dem Wurstteller gönnte sie nur einen hochmütigen Blick, doch Susanne entging nicht, dass der köstliche Geruch des Bratens und des leckeren Fisches die vornehme Dame nicht wirklich kaltließen.

Sie wünschte ihr guten Appetit und kehrte ins Erdgeschoss zurück.

Als sie eine Stunde später das Tablett wieder abholte, war fast alles aufgegessen. Der gnädigen Frau schien es entgegen ihrer Miene ausgezeichnet gemundet zu haben. Trotzdem trug sie Langeweile zur Schau und hatte kein Wort des Dankes auf den Lippen. Vielleicht würde der Sekt, den sie bestellt hatte, ihre Laune heben, doch Susanne bezweifelte auch das. Gnädigste hatten nämlich Champagner gewollt, doch die paar Flaschen, die Sven Ole eingekauft hatte, waren für die Firmenweihnachtsfeier reserviert, und der Sekt war garantiert zu gewöhnlich für den verwöhnten Gaumen einer Frau von Stein.

»Und, war sie zufrieden?«, fragte Sven Ole, als Susanne mit den leergeputzten Tellern wieder in der Küche stand.

»Sieht so aus.« Sie wies auf das Tablett. »Allerdings zog sie nach dem Genuss des ersten Schluck Sekts ein Gesicht, als hätte sie in eine Zitrone gebissen.«

Sven Ole schüttelte nur mit dem Kopf. »Sie wollte einen wirklich trockenen Champagner, einen *brut*. Den habe ich nicht mal eingekauft. Nun hat sie einen trockenen Schaumwein bekommen. Wir sind nicht das Four Seasons!«

»Ich schätze, das interessiert sie nicht.« Susanne wies in Richtung des zweiten Gastes. »Zumindest er scheint sich gut zu amüsieren.«

Toni Huber war leger gekleidet. Er trug Bluejeans und ein türkisfarbenes Hemd. Er lachte und scherzte mit seinen Tischnachbarn, und niemand hätte vermutet, dass er und die Anwälte sich gerade erst vor gut einer Stunde kennengelernt hatten. Ab und an schweifte sein Blick zu ihr, doch sie tat, als bekäme sie es nicht mit. Er war ein attraktiver Mann, einen Meter neunzig groß, fast schwarzer Bürstenhaarschnitt, dunkle Augen, in denen das Feuer glomm. Er schien einen leicht mediterranen Einschlag zu besitzen, aber Sanne hatte für dieses Jahr von Männern die Nase gestrichen voll. Deshalb konnte er ihr auch noch so viele schmachtende Blicke schenken und zuckersüß baggern, wenn sie an seinen Tisch trat. Es fruchtete nicht, sondern prallte an ihr ab.

»Er scheint ein Auge auf dich geworfen zu haben«, stellte irgendwann dann auch Frederike fest.

»Soll er nur, ich aber nicht auf ihn.«

Zweifelnd kräuselte Rike die Stirn. »Wirklich nicht? Er sieht doch blendend aus.«

»Schon, aber von Männern und Fernbeziehungen habe ich inzwischen die Nase voll. Er wohnt am anderen Ende von Deutschland, in Bayern, wenn du verstehst, was ich meine.«

»Hm, schade eigentlich!«

Sanne sagte nichts dazu. »Weißt du, wer uns über die Festtage noch beehrt?«

Rike schüttelte den Kopf.

»Sören Hay.«

»Ist nicht dein Ernst. Was will er hier, noch einmal den Loverboy mimen und sich dann heimlich aus dem Staub machen?«

Sanne hob die Schultern und ließ sie sinken. »Da ist er bei mir an der falschen Adresse.« Sie sah sich in der Klönstuv um. Der Abend schien ein voller Erfolg zu sein. Warum hatte dieser Aufschwung nicht schon früher eingesetzt? Nun kam er eindeutig zu spät.

Es war kurz nach Mitternacht, als sich Henning und Rike schließlich zusammen mit den letzten Gästen verabschiedeten.

»Bis Silvester!«, sagte Henning.

»Ihr kommt doch sicher vorher noch mal bei uns vorbei, oder?«, fragte Sanne und drückte Rike an sich.

»Mal sehen«, antwortete diese, »wenn Hennings Eltern zu Weihnachten bei uns auftauchen, sicher nicht, doch wenn Johannes und Marie uns beehren, garantiert.«

»Prima, ich würde mich riesig freuen!«

»Kommt gut aufs Gehöft!«, rief Sven Ole ihnen hinterher, als sie zu dem anderen Pärchen ins Freie traten.

Der Sturm hatte sich beruhigt, es regnete aber noch. Er winkte und schloss die Tür hinter ihnen ab.

0 4

*E*s war stockdunkel, als Charlotte aus ihrem Traum hochschreckte, in welchem sie dem Huber Toni eine Strafpredigt gehalten hatte. Ständig hatte er das letzte Wort. Doch dieses Mal war ihm das aalglatte Grinsen aus dem Gesicht gewichen. Reumütig hatte er gelobt, ihr nie wieder über den Mund zu fahren oder je mehr Widerworte zu gebrauchen.

Zufrieden lächelte sie vor sich hin. Was für eine Genugtuung, auch wenn es nur ein Traum gewesen war.

Genau wie von meiner Märchenhochzeit! Die würde vorerst auch nur ein Wunschtraum bleiben.

Sofort drängte sich das Konterfei ihres Exverlobten vor ihr geistiges Auge, und fröstelnd zog sie sich das Federbett bis hoch zum Kinn.

Warum dachte sie schon wieder an ihn?

»Rigobert vom Walde!«, formten ihre Lippen.

Er hatte zwar behauptet, seine Flatulenzen wären das Ergebnis eines gesundheitlichen Problems und kämen nur gelegentlich vor. Das aber interessierte sie nicht. Ihr wurde schon bei dem Gedanken übel, auch nur gelegentlich einen gasenden Gatten ertragen zu müssen, der dazu noch schnarchte, als wolle er den Wald absägen. Kein Auge hatte sie in jener Nacht nach Petes Geburtstag zubekommen. Und gestunken hatte es wie in einem Schweinestall.

Doch der Sex war in jener Nacht toll gewesen*!*, erinnerte sie sich.

35

Verärgert wälzte sie sich auf die andere Seite. Als ob mich das für den Gestank entschädigen würde!

Sie merkte, dass die Nacht zu Ende war. Der Schlaf floh ihr. Also setzte sie sich auf und schwang die Beine aus dem Bett, blieb aber vorerst auf der Kante sitzen.

Warum dachte sie über diesen Proll überhaupt noch nach? Die Verlobung war gelöst. Sie würde ihn nie wiedersehen, hoffentlich!

Kaum dass sie aus der anheimelnden Geborgenheit des Federbettes gekrochen war, stahl sich die Kälte unter ihr Negligé. Zitternd tastete sie nach ihrem Morgenmantel, der auf der anderen Seite des Bettes lag, und zog ihn sich über. Dann schlüpfte sie in ihre Pantoffeln und stand auf, um ans Fenster zu treten.

Wenn Sie morgen einen Blick aus dem Fenster geworfen haben, wollen Sie nie mehr weg. Das garantiere ich Ihnen, fielen ihr die überzeugten Worte des Wirtes ein.

»Das werden wir gleich sehen!«

Sie riss die Vorhänge auf, doch bis auf eine einsame Laterne, die auf einer Terrasse stand, konnte sie kaum etwas sehen – keine Ostsee, keinen Strand, einfach nichts!

Kein Wunder, es ist dunkel, hörte sie im Geiste Toni Huber hämisch grinsen.

Erzürnt zog sie die Übergardinen wieder zu und tapste zum Bett, stolperte dabei über etwas, das am Boden lag, und landete schneller in den Federn als gewollt.

»Aua!«, jammerte sie und rieb sich das Schienbein, mit dem sie gegen den Bettrahmen gestoßen war. »Warum ist es hier auch so dunkel?«

Klagend setzte sie sich auf die Matratze und tastete nach dem Schalter der Lampe, die auf dem Nachttisch stand. Sofort flutete warmes Licht den Raum und erinnerte sie daran, wie erbärmlich sie residierte. Es ließ sie aber auch die Ursache ihres unbeabsichtigten Fluges erkennen. Es waren ihre Stiefel gewesen, über die sie gestolpert war. Sie streckte den Fuß aus und kickte sie fort. Dann glitt ihr Blick auf das Ziffernblatt ihrer Armbanduhr. Es war halb sechs. Wenn sie jetzt aufbrachen, wären sie am Nachmittag wieder in Bayern. Eine Nacht schlafen, und am nächsten Tag Weiterfahrt nach Tirol.

Sie griff nach dem Handy und wählte Tonis Nummer.

Es dauerte, bis ihr Chauffeur an sein Telefon ging. Schlaftrunken meldete er sich: »Was gibt's? Es ist kurz nach Mitternacht.«

»Nein, Huber, Mitternacht ist fünfeinhalb Stunden her. Aufstehen! Um spätestens halb sieben will ich hier verschwunden sein.«

»Gute Fahrt, Frau von Stein!« Er gähnte ungeniert.

»Ich werde nirgendwo hinfahren, außer nachher zum Notarzt, damit der sich meinen Knöchel anschaut.«

»Ihren Knöchel, wieso?«

»Ich habe ihn mir verstaucht. Autofahren kann ich wohl die nächsten Tage nicht. Voraussichtlich werden wir die Feiertage hier verbringen.«

Charlotte stöhnte. »Nur über meine Leiche! Ich habe bereits in St. Anton reserviert.«

»Ach, wirklich?« Tonis Stimme klang überrascht.

»Ja, wirklich. Pete kümmert sich darum. Also seien Sie kein Waschlappen, Huber! Ein verstauchter Fuß, ein verknackster Knöchel, das sollte Sie nicht daran hindern, Auto zu fahren. Immerhin verfügt der Wagen über allen Schnickschnack, den die Autoindustrie derzeit zu bieten hat. Welcher Knöchel ist es denn?«

»Der linke.«

»Prima, den brauchen Sie nicht. Der Mercedes verfügt über ein Automatikgetriebe.«

»Respekt, Gnädigste!« Er kicherte. »Und was mache ich während des Fahrens mit dem linken Fuß, aufs Armaturenbrett legen?« Er grunzte rau. »Gute Nacht, Frau von Stein! Ich schlaf jetzt noch 'ne Runde. Der gestrige Abend war lang und schön.«

»Sie hätten weniger trinken sollen!«, zeterte sie, doch er hatte den Anruf bereits beendet. »So ein Flegel! Ich schmeiß ihn raus!«

Die Kälte kroch durch ihren Morgenmantel. Wurde diese Pension denn nicht geheizt?

Sie stand auf und drehte den Thermostat auf die höchste Stufe. Dann kroch sie samt Morgenmantel wieder unter das dicke Federbett. Das hielt wenigstens warm, und das Bettzeug roch frisch. Erneut wählte sie Hubers Nummer, doch der Sauhund nahm nicht ab.

Wütend warf sie das Smartphone auf die andere Seite des Doppelbetts.

Das konnte doch unmöglich sein, dass er sich den Knöchel verstaucht hatte. Wie kämen sie dann heute noch nach Hause? Oder war es nur eine Ausrede, weil er noch nicht aufstehen, sondern weiterschlafen wollte? Sie wusste es nicht, doch sie vermutete, der Grund war ein anderer. Er hatte am Abend zuvor zu tief ins Glas geschaut. Dann war er im Suff gestolpert und hatte sich den Fuß verknackst.

»Saufbeidl!«, schimpfte sie wenig damenhaft und rollte sich auf die Seite. Sie sollte auch noch ein wenig ruhen. Später wäre noch ausreichend Zeit, sich Toni Huber zur Brust zu nehmen.

Es wird mir eine Freude sein!, war ihr letzter Gedanke. Dann schlummerte sie mit einem zufriedenen Lächeln auf den Lippen ein.

*T*onis Befürchtungen wurden durch den Notarzt bestätigt. Mindestens anderthalb bis zwei Wochen, attestierte er ihm, würde er weder schmerzfrei noch ohne Krücken laufen können. Gebrochen war zwar nichts, doch von einer Ausübung seiner Tätigkeit als Chauffeur riet er ihm dringend ab.

Charlotte fiel aus allen Wolken, als er am frühen Nachmittag endlich wieder in der Pension eintraf, an Krücken, den Fuß verbunden bis hoch zur Wade.

»Das darf doch wohl nicht wahr sein!«, schimpfte sie. »Was haben Sie denn gestern Abend getrieben?«

»Nichts, Frau von Stein.« Toni saß in seinem Bett, um den Fuß zu schonen, und rückte sich das Kissen im Rücken zurecht. »Wären Sie runtergekommen, wüssten Sie es. Es war eine ganz normale Weihnachtsfeier, und sie war schön.«

»Das ist mir nicht entgangen. Das trunkene Gelächter ist bis in die zweite Etage gedrungen, sodass ich bis Mitternacht kaum ein Auge zubekommen habe.«

»Dafür waren Sie aber recht früh wieder wach. Ich war froh, als ich gegen halb vier endlich eingeschlafen bin, obwohl ich hundemüde war, doch die Schmerzen hielten mich wach.« Er hatte es geschafft, die richtige Sitzposition zu finden, und legte die Handflächen flach neben sich auf die Matratze. »Und trunken kann das Gelächter kaum gewesen sein, weil niemand betrunken war, ich ebenfalls nicht, Gnädigste, sollte Ihre

Bemerkung eine Anspielung auf mein Missgeschick sein.« Er nickte in Richtung seines Fußes.

Charlotte zog ein beleidigtes Gesicht. »Sie bringen meine ganze Planung durcheinander! Ich wollte jetzt schon wieder in Bayern sein und morgen auf dem Weg nach Tirol.« Sie legte den Kopf schräg und musterte ihn. »Wie sind Sie eigentlich bis in den zweiten Stock gekommen, wo Sie angeblich ja kaum einen Schritt alleine tun können?«

»Sven Ole, der Wirt, ist ein netter Kerl und hat mir geholfen, als ich mich am Geländer hochgezogen habe«, antwortete Toni. »Allein wäre es in der Tat eine Quälerei geworden.«

»Na toll!« Sie trat ans Fenster und warf einen Blick hinaus. Das Zimmer wies nach Süden. Bis auf kahle Laubbäume und Himmel gab es nichts zu sehen.

Von wegen, mich würde der tolle Ausblick daran hindern, diese Absteige zu verlassen. Der Huber ist es, der mir einen Strich durch die Rechnung macht.

Sie drehte sich ihm wieder zu.

»Und Sie sind sich sicher, dass Sie nicht doch Autofahren können?«

»Hundertpro!« Er hob die Schultern und ließ sie sinken. »Tut mir leid, Frau von Stein, wir müssen pausieren. So schlimm wird's sicher nicht werden ...«

»Ich darf doch wohl bitten!«, fuhr sie ihm ins Wort. »Haben Sie sich hier mal umgesehen?« Sie wies auf die Einrichtung des Zimmers, die ihrer entsprach. »Das ist DDR-Standard.«

Toni verneinte. »Keineswegs, Frau von Stein, es sei, die Bundesrepublik hat Mitte der Neunzigerjahre noch Restbestände der DDR-Möbelindustrie in einer Lagerhalle gefunden und diese verkauft.«

Fragend hoben sich Charlottes Augenbrauen.

»Meine Eltern hatten dieselben Schlafzimmermöbel und haben sie erst Mitte 1990 erstanden.« Wissend grinste er von einem Ohr zum anderen. »Frau von Stein, es tut mir leid, dass Sie nun meinetwegen hier festsitzen, doch ich habe mir sicher nicht absichtlich die Haxe verstaucht. Wenn es Sie tröstet: Die Angestellten sind allesamt nett und freundlich. Es wird garantiert ein schöneres Fest, als Sie es sich gerade vorstellen können. Ich zumindest fühle mich hier pudelwohl.«

»Das kann mich keineswegs trösten, Huber. Also enthalten Sie sich Ihrer Meinung. Ich habe Sie nicht um sie gebeten!«

Toni zuckte mit den Schultern. »Ist mir egal. Ich teile sie Ihnen trotzdem mit. Es ist eine familiär geführte Pension. Sven Ole hat sie von Tante Jutta übernommen, einer liebreizenden Frau. Ich durfte sie gestern Abend kennenlernen. Die Angestellte, die uns in Empfang genommen hat, ist ebenfalls nett und freundlich. In ihren Herzen ist so viel Wärme. Sie sind wie eine große Familie.«

Charlotte rollte mit den Augen. »Kommen Sie mir jetzt nicht wieder mit *la mia Mamma italiana*. Sie sind auf einem Bauernhof in Oberbayern aufgewachsen, Huber, nicht am Fuße des Vesuvs.«

»Vielen Dank für die Erinnerung, Frau von Stein, und es ist nicht der Vesuv, sondern der Ätna, der sich auf Sizilien erhebt.« Er angelte nach der Bettdecke und zog sie sich bis hoch zur Brust. »Wenn Sie mich dann bitte alleine lassen. Mein Knöchel schmerzt, ich bin hundemüde. Ich brauche noch 'ne Mütze voll Schlaf.« Demonstrativ riss er den Mund auf und gähnte. Dann rutschte er mit dem Rücken das Kopfteil hinab auf die Matratze und kuschelte sich in seiner Bettdecke ein.

Bauer!, dachte Charlotte und verließ das Zimmer. Sie musste sich etwas einfallen lassen, wie sie einem trostlosen Weihnachtsfest in einer noch trostloseren Pension entfliehen konnte. Hier würden ab morgen die Reisebusse mit den Bewohnern diverser Altersheime ankommen – Stützstrumpf, Hörgerät & Co. Das musste sie sich nicht antun. Sie war erst achtundzwanzig Jahre alt und nicht für die Rentnerbetreuung geschaffen. Gab es hier einen Flugplatz, wo sie eine Privatmaschine chartern konnte?

Um dies in Erfahrung zu bringen, änderte sie ihr Ziel und stieg hinunter ins Erdgeschoss, um nach dem Pensionsbesitzer zu suchen.

Sie fand ihn an der Rezeption.

»So kurz vor Weihnachten wollen Sie eine Privatmaschine chartern?« Zweifelnd schüttelte Sven Ole den Kopf. »Ob das überhaupt irgendwo möglich ist, kann ich nicht sagen. Da müsste ich mich informieren. Bisher hat noch kein Gast diesen Wunsch geäußert. Ansonsten gibt es einen Flugplatz in der Nähe von Rostock. Ob von dort aber München angeflogen wird ...« Er hob die Schultern und klappte das Anmeldebuch zu, um es in der Schublade des Tresens verschwinden zu lassen.

»Hat auch noch nie jemand nach gefragt«, vermutete Charlotte und rümpfte die Nase. In was für einer Pampa war sie hier nur gelandet? Tiefste ostdeutsche Provinz. Sie hätte es besser wissen und sich lieber nach Sylt übersetzen lassen sollen.

»Ich gehe davon aus, dass die deutschen Großstädte angeflogen werden, also auch München«, entgegnete derweil Sven Ole und kratzte sich an der Augenbraue. »Wenn Sie es möchten, hole ich gern ein paar Erkundigungen für Sie ein.« Er musterte sie. »Die Feiertage im Meerblick zu verbringen, können Sie sich wohl nicht vorstellen, Frau von Stein?«

Charlotte antwortete nicht. »Tun Sie es. Ich will auf dem schnellsten Weg nach Hause. Und sollte es keinen Flug nach München geben, fragen Sie, ob Tirol angesteuert wird. Ich will nach St. Anton am Arlberg, und sollten Sie es nicht wissen, Tirol liegt in Österreich«, gab sie Sven Ole ungefragt noch ein wenig Nachhilfe in Geografie, obwohl sie da gerade selbst einen Bock mit dem Vesuv geschossen hatte. Dann drehte sie sich um und schwebte zur Treppe zurück, um Pete zu kontaktieren, was dieser in puncto Zimmerbuchung erreicht hatte.

»Leider nicht sehr viel«, teilte er ihr bedauernd mit. »Die Feiertage stehen vor der Tür, Charly. Hier gibt es nicht mal mehr eine freie Besenkammer, alles ausgebucht.«

»Da muss doch noch was zu machen sein!«, murrte sie. »Ich habe den Wirt gerade beauftragt, nach einer Flugverbindung zu schauen.«

»Nach einer Flugverbindung, wieso, ist dein Luxusschlitten Schrott?

»Nein, aber der Knöchel von Toni. Der Saufbeidl hat gestern Abend zu tief ins Glas geschaut, ist auf der Treppe ausgerutscht und hat sich den Fuß verstaucht. Nun liegt er faul im Bett und sagt, er könne seinen Pflichten nicht nachkommen. Und ich traue mich nicht, den Riesenmercedes selbst zu fahren. Dafür fehlt mir die Praxis.«

»Aha, und deshalb willst du nun einen Flieger nehmen«, vermutete Pete. »Warum aber muss der Pensionswirt dir eine Flugverbindung raussuchen? Kannst du das nicht allein?«

»Warum sollte ich, wozu ist er denn da?«

»Sicher nicht, um sich um deine Reiseplanung zu sorgen.«

»Er wird es aber tun, da bin ich mir sicher. Er mag mich nämlich«, stellte Charlotte im Brustton der Überzeugung fest. »Die Blicke, die er mir schenkt ...« Den Rest ließ sie ungesagt.

»Dann schmeiß dich an ihn ran!«, empfahl ihr Pete.

»Sag mal, geht's dir noch gut? Was soll ich mit 'nem Preußen?«

»Ihn vernaschen, Chérie. Lass dir einfach von ihm deinen angestauten Frust aus dem Hirn vögeln. Das täte dir gut.«

»Wie bitte?« Charlotte schnappte nach Luft. »Wenn das alles ist, dann bis morgen, Pete. Ich hoffe, dann weiß ich, wann ein Flieger Richtung München geht und wie ich von dort weiter bis nach Tirol komme. Wäre nett, wenn ihr mich vom Flughafen abholen könntet. Und von dir erwarte ich bis morgen einen positiven Bescheid bezüglich einer Unterkunft. Bussi, Bussi!« Sie schenkte ihm zwei Küsschen durch das Handy. »Pfiat di!«, und legte auf.

Sie war etwas ruppig zu ihm gewesen, doch sie wusste, so wie Pete Ausdrücke wie Vögeln und Schwanz in ihrer Gegenwart in den Mund nahm, so verzieh er ihr ihre Launen und die Zickerei. Immerhin waren schwule Männer auch nur Diven. Zudem war Pete Hofer ihr bester Freund.

*a*m Montagvormittag checkte als Erstes eine Familie mit drei Kindern aus Westfalen im Meerblick ein, was Sven Ole veranlasste, ein Vierbettzimmer mit einem weiteren Klappbett aufzustocken. Ihnen folgte kurz darauf das Ehepaar Schramm, hinter denen er die Pension Ende Oktober geschlossen hatte.

»Wie schön Sie es jetzt hier haben!«, rief Lenchen Schramm begeistert aus und sah sich im Eingangsbereich um, den Sven Ole mit Bodenfliesen versehen hatte. »Und es duftet so weihnachtlich!« Sie strahlte ihn fröhlich an. »Mein Mann und ich freuen uns schon auf die kommenden zwei Wochen.«

»Das freut mich zu hören«, entgegnete Sven Ole und nahm die Personalien auf. Im Anschluss half er den beiden Rentnern beim Tragen ihres Gepäcks und brachte sie zu ihrem Zimmer. »Wie gewünscht, habe ich Ihnen das Eckzimmer im Erdgeschoss reserviert«, sagte er und schloss die Tür auf.

»Das ist lieb von Ihnen, Herr Larsen«, bedankte sich Frau Schramm. »Das letzte Mal war es schön, nur das Treppensteigen war anstrengend für meinen Mann.«

»Dem wurde nun abgeholfen«, lachte ihr Gatte und zog den zweiten Koffer hinter seiner Frau in die Unterkunft hinein.

»Und auch der Ausblick ist tausendmal besser!«, rief sie begeistert aus und trat ans Fenster, von dem aus der Küstenwald sowie die Ostsee zu sehen waren. »Sieh doch nur, Klaus Dieter!« Sie zog die Gardinen zurück und stützte sich mit den Handflächen auf der Fensterbank auf. »Jetzt muss nur noch das Wetter besser werden, damit man bis nach Warnemünde schauen kann.«

Zur Mittagszeit wurde der Wunsch der Dame erfüllt. Der Dauerregen hörte nach dreieinhalb Tagen endlich auf, und zum ersten Mal seit dem Wochenende öffnete sich die Wolkendecke und ließ die Strahlen der Sonne hindurch.

Ob es ihr jetzt wohl gefällt?, dachte Sven Ole, der gerade auf dem Weg zum Parkplatz war, um seinen Pflichten beim Shuttleservice fürs Gepäck der Gäste nachzukommen. Charlotte von Stein geisterte ihm ständig durch den Sinn.

Sie war eine attraktive Erscheinung, auch wenn sie keine Modelmaße besaß. Geschickt kaschierte sie die kleinen Pölsterchen unter ihrer eleganten Kleidung. Trotzdem war sie keinesfalls füllig oder dick, nur eben nicht gertenschlank, sondern besaß vielmehr eine frauliche Figur, was ihm gut gefiel. Ihr bis zu den Schultern reichendes Haar war dunkler als das von Susanne und enthielt einen Hauch Violett.

»Aubergine«, hatte Susanne ihn berichtigt, als er es ihr gegenüber erwähnt hatte. Davon verstand er eben nichts.

Am schönsten waren aber ihre Augen. Auch wenn der Vergleich hinkte und vielleicht nicht unbedingt erstrebenswert erschien. Ihre Farbe erinnerte ihn an das Goldbraun seines Scotchs, von dem er sich nach getaner Arbeit gelegentlich ein Gläschen gönnte, ein warmer bernsteinfarbener Ton.

Der Handwagen, den er hinter sich herzog, holperte

über den gekiesten Weg. Überall standen Pfützen. Der Boden war völlig durchgeweicht. Das Regenwasser konnte kaum noch versickern. Es wurde Zeit, dass es trockener wurde, der Wind aufbriste und die Sonne ihr übriges tat.

Nur ihre übertrieben vornehme Art ist mir einen Tick zu viel, gingen seine Gedanken weiter, während er einer Pfütze auswich und über die nächste sprang. Sie grenzte schon an Arroganz, was die meisten Leute als abstoßend empfanden. Charlotte von Stein schien ein Mensch zu sein, der andere nach seiner Pfeife tanzen ließ und für die eigenen Wünsche und Bedürfnisse gern durch die Gegend scheuchte. Zudem rümpfte sie über alles die Nase. Nichts schien ihr recht oder standesgemäß zu sein. Worauf bildete sie sich eigentlich etwas ein? Auf ihren Adelstitel, der heutzutage keinen Pfifferling mehr wert war, oder lag es an ihrem dicken Bankkonto, das ihr erlaubte, auf andere hinabzusehen? Allein schon, dass sie es nicht für nötig empfand, zum Essen in der Klönstuv zu erscheinen. Sie war in einer Pension, nicht in einem Fünf-Sterne-Luxushotel, doch das schien die gnädige Dame nicht zu interessieren. Ihr musste das Essen auf dem Zimmer serviert werden, weil ihr der Speisesaal zu profan erschien. Hatte sie überhaupt jemals den Fuß in die Klönstuv gesetzt? – Sicher nicht!

Sven Ole merkte, dass er in Rage geriet, je länger er über sie nachdachte, ein Zustand, den er nicht von sich kannte.

Die Sonne brach nun vollständig durch die Wolken hindurch und schien durch die kahlen Wipfel der Bäume. Sie hatte kaum noch Kraft zu dieser Jahreszeit. Dennoch wärmten ihre Strahlen sein ohnehin bereits erhitztes Gesicht.

Sie war noch nicht mal in der Lage, sich eine Flugverbindung aus dem Netz herauszusuchen, ärgerte er sich weiter. Über wie viel Personal verfügte sie neben ihrem Chauffeur, den sie auch nur wie einen Untergebenen behandelte? Trotz allem hatte er ihr einen Flug für den kommenden Tag notiert. Hatte er es getan, damit sie endlich wieder die Pension verließ?

Nachdenklich wischte sich Sven Ole den Schweiß von der Stirn und lockerte den Schal, den er um den Hals trug.

Eigentlich mochte er Frau von Stein, wurden seine Gedanken versöhnlicher. Vielleicht wäre es den Versuch wert, ihre harte Schale zu knacken. Hatte Toni Huber nicht gemeint, mit der Zeit würde sie schon von alleine auftauen? Warum so lange warten? Warum sollte er es nicht sein, der ihren überkandidelten Eispanzer zum Schmelzen brachte?

Zufrieden grinste er vor sich hin und winkte den Neuankömmlingen zu, die ihn auf dem Parkplatz bereits erwarteten. Sie standen neben ihrem Auto und streckten die Glieder. Es handelte sich um ein Ehepaar Anfang dreißig mit einem vielleicht sechsjährigen Kind. Der Mann hatte bereits die Kofferraumklappe geöffnet, um das Gepäck auf den Handwagen umladen zu können.

»Willkommen im Meerblick an der Stoltera!«, begrüßte er sie und hob die Hand zum Gruß. »Sven Ole Larsen. Mir gehört die Pension.« Er schüttelte die Hand des Mannes und der Frau, während sich das Mädchen hinter den Beinen seiner Mutter versteckte und partout nicht wieder hervorkommen wollte. Sah er so zum Fürchten aus?

Sie luden das Gepäck in den Handwagen und setzten die Lütte hinein, die mit einem Mal alle Scheu verlor und unbedingt mitfahren wollte. Dann ging es durch den Wald zum Gästehaus zurück.

»Wir haben durch Zufall ihre Website gefunden«, plauderte der junge Mann, der neben Sven Ole ging, während seine Frau auf Höhe des Nachwuchses blieb, damit dieser nicht versehentlich aus dem Handwagen purzelte. »Sie hat uns auf Anhieb gefallen, vor allem der Blick hinaus auf die Ostsee – ich sage nur traumhaft! Zwar mag die Küste im Winter nicht unbedingt ein begehrtes Reiseziel sein, und Ihre Pension liegt ein wenig ab vom Schuss. Dafür verspricht sie aber Ruhe, was wir ehrlich gestanden vertragen können. Meine Frau und ich haben in Solingen stressige Jobs.«

»Zu Solingen fallen mir nur Messer und Scheren ein«, lachte Sven Ole und öffnete den Reißverschluss seines Anoraks. Allmählich kam er ins Schwitzen.

»Es gibt dort noch mehr«, grinste der Mann.

»Schade nur, dass es im Norden keine weiße Weihnacht mehr gibt«, fügte die Frau hinzu. »Aber selbst bei uns fällt zu den Festtagen meist kein Schnee. Dafür muss man wohl heutzutage auf 'ner Alm in Bayern wohnen.«

Sven Ole winkte ab. »Muss man nicht. Ich habe beim Weihnachtsmann einen Sack voll bestellt.« Er schenkte ihr einen Blick über die Schulter und zwinkerte ihr zu.

»Super!«, lachte sie zurück. »Dann kann der Weihnachtsmann die Rentiere vor den Schlitten spannen.«

»Oooh!«, staunte die kleine Tochter und bekam große Augen.

Kaum dass Sven Ole die Familie im ersten Obergeschoss untergebracht hatte, öffnete sich die Eingangstür erneut und die letzten Gäste, zumindest jene, die sich angekündigt hatten, traten in die Pension. Es waren Stammgäste, wie er von Tante Jutta erfahren hatte. Sie wohnten in Zittau und kamen seit DDR-Zeiten jedes Jahr im Sommer an die Ostsee. Mit Sven Oles Verwandtschaft verband sie eine lange Freundschaft.

»Es ist schön, wieder hier zu sein!«, bescheinigte ihm die Frau, die Sven Ole um die siebzig schätzte. »Als unsere Kinder noch klein gewesen sind, waren wir auch einmal über Weihnachten hier. Es waren die besten Weihnachtsfeiertage, die wir je erlebt haben. Selbst unsere Kinder, die damals acht, neun und elf Jahre alt gewesen sind, erinnern sich heute noch gerne daran. Nun sind Sie der Besitzer, Herr Larsen. Wir wünschen Ihnen alles Gute für den Neuanfang!«

»Dankeschön, auch im Namen meiner Tante!« Sven Ole neigte den Kopf und dachte, wenn ihr wüsstet. Mir steht das Wasser bis zum Hals. Der Kuckuckskleber wartet bereits vor der Tür.

»Wie geht es Ihrer Tante? Wohnt sie noch hier?«

Sven Ole gab auf alle Fragen bereitwillig Auskunft. Tante Jutta hatte das Paar als sehr nette Leute beschrieben, und er konnte es nur bestätigen.

»Sie wird sich freuen, Sie zu sehen«, sagte er und griff nach den beiden Koffern der Rentner.

Nachdem auch diese Gäste versorgt und auf ihren Zimmern waren, streckte er sich und trat hinaus auf die Terrasse, um ein wenig frische Luft zu schnappen. Es war kurz vor vierzehn Uhr, und sein Magen verlangte nach Essen. Tante Jutta hatte ihm etwas warm gestellt, doch er verspürte keinen Appetit auf Hackbraten mit Kartoffeln und Soße. Vielmehr verlangte sein Gaumen nach gegrillten Bratwürsten und Steaks, nach gebrannten Mandeln, heißen Mutzen und einem leckeren Glühwein.

»Na, Sven Ole, haste alle Gäste einquartiert?«, drang Susannes Stimme an sein Ohr, und er drehte sich zu ihr um und trat auf sie zu. »Die Zimmer blitzen, die Gemeinschaftsräume auch. Alles geputzt. Die nächsten Gäste können kommen.«

»Heute nicht mehr, es sei, jemand verirrt sich zu uns. Habt ihr alle Zimmer fertig gemacht?«

Susanne bejahte. »Aber sicher doch.« Sie lachte. »Vielleicht schickt uns das ein oder andere ausgebuchte Hotel noch weitere Gäste, wenn's ginge nicht ganz so vornehme wie unsere Frau von Stein«, raunte sie ihm zu.

»Das wäre nicht schlecht. Zumindest sind aber die ersten Zimmer belegt.« Er trat an ihr vorbei in den Vorraum. »Hältst du heute Nachmittag die Stellung?«

Verwundert hoben sich Sannes Brauen, während sie ihm folgte und die Tür hinter sich schloss. »Hast du heute noch was vor?«

Geheimnisvoll zuckte er mit den Schultern. »Gästegewinnung!« Er hauchte ihr einen freundschaftlichen Kuss auf die Wange und stieg ins erste Obergeschoss hinauf.

*C*harlotte war erleichtert, als sie erfuhr, dass es vor Weihnachten noch einen Flug nach München gab.

»Der nächste geht dann erst wieder am Montag kommender Woche«, hatte der Wirt ihr mitgeteilt. »Ich drücke die Daumen, dass noch Plätze frei sind.« Dann war er wieder ins Foyer hinabgestiegen, um die nächsten Gäste zu empfangen.

Sofort hatte sie beim Flugplatz angerufen und noch ein Ticket in der Business Class erstanden. Im Anschluss hatte sie versucht, Pete zu erreichen, doch er war nicht an sein Telefon gegangen. Nun versuchte sie es erneut.

»Griaß di, Charly, wie geht es dir?«

»Wie schon?«, giftete sie zurück. Begriff er nicht, dass sie sich völlig deplatziert vorkam? Es war fast wie eine Strafe für sie, in solcher Armut zu leben. »Hast du nicht meine Fotos erhalten?«

»Aber sicher doch, Darling! Ich würde sagen, eine ganz normale Durchschnittspension, in der Millionen Deutsche alljährlich ihre Ferien verbringen.«

»Zu denen ich allerdings nicht zähle«, zischte sie beleidigt. »Hast du eine Unterkunft für mich?«

»Nein, tut mir leid, Chérie, nicht mal die Krippe wäre frei.« Pete kicherte am anderen Ende der Leitung, und Charlotte kochte innerlich, weil er ihr Anliegen anscheinend auf die leichte Schulter nahm. »Was willst du nun tun?«

»Was wohl? Ich nehme morgen Mittag den Flieger nach München und komme so schnell wie möglich zu euch nach Tirol.« Sie stutzte. »Oder könnte mich jemand von euch von zu Hause abholen?«

»Was, aus Bayern? Ist das dein Ernst?« Pete lachte schallend. »Schätzchen, du solltest bleiben, wo du bist. Wo willst du schlafen, in der Notunterkunft? Die ist sicher auch überfüllt. Ich habe nichts für dich bekommen. In ganz St. Anton ist alles ausgebucht, auch in den Nachbarorten – Weihnachten, Silvester und so, du weißt, was ich sagen will. Bis zum Beginn des neuen Jahres besteht keinerlei Chance, es sei, du willst dir ein Iglu bauen. Schnee gäbe es dafür genug.«

»Sehr witzig!«, giftete sie. »Das hält mich nicht davon ab, von hier zu verschwinden. Ich habe vorhin die ersten Gäste ankommen sehen. Die müssen aus 'nem Altersheim geflüchtet sein. Mit denen feiere ich sicher keine stille und besinnliche Nacht. Das ist nicht meins! Bei mir muss es krachen.«

»Also willst du die Tage in Bayern allein im Familienkasten verbringen?«

»Wenn es sich nicht ändern lässt, ja.«

»Viel Vergnügen dabei! Da wird es sicher rauschender zugehen als an der Küste. Ich melde mich morgen, wenn du wieder zu Hause bist. Schade eigentlich. Ich, an deiner Stelle, würde bleiben. Die Ostsee und dieser Pensionswirt würden dir sicher guttun.«

»Woher willst du das wissen?«

»Ich weiß es einfach, Charly. Ein Tapetenwechsel täte dir gut. Muss es denn immer Schampus und Kaviar sein? Kannst du dich nicht auch mal mit weniger begnügen? Du tust gerade so, als hätte man dich in Alcatraz einquartiert. Komm mal wieder von deinem hohen Ross runter.«

Charlotte schnappte nach Luft. »Das kann nur jemand sagen, der nicht in Luxus aufgewachsen ist.«

»Aua, das tat weh, Chérie! Pfiat di!«

Noch bevor sich Charlotte entschuldigen konnte, beendete Pete das Gespräch.

Enttäuscht starrte sie auf das Display, das kurz darauf erlosch.

Es tat ihr leid, dass sie ihm gegenüber so unsensibel gewesen war, doch sie wusste auch, er würde ihr ihren Fauxpas schnell verzeihen. Sie war verärgert gewesen. Warum musste er ihr immer ihre Schwächen vorhalten? Sie wusste, dass sie oftmals die Oberzicke war und vornehm tat, als hätte sie einen Stock im Arsch.

»Doch was soll ich tun? Ich kann nicht über meinen Schatten springen«, murmelte sie vor sich hin und seufzte.

Du könntest es aber zumindest mal versuchen!

Und deshalb in dieser Einöde die Feiertage verbringen?

Entschieden schüttelte sie den Kopf.

Was aber sollte sie tun, wenn es in Tirol keine Bleibe für sie gab? Wollte sie tatsächlich die Feiertage in Bayern verbringen? Ganz allein, ohne ein vertrautes Gesicht würde ihr die Decke auf den Kopf fallen. Nicht mal Antonio wäre da, um sich mit ihm zu zanken. Der würde nämlich zu seinen Eltern auf den Bauernhof fahren.

»Wäre es da nicht vielleicht wirklich besser, in der Pension zu bleiben?«, überlegte sie, obwohl ihr davor graute, doch zumindest hätte sie hier ein paar Menschen um sich ...

Mit denen du aber keine Lust hast, die Feiertage zu verbringen!

Sie seufzte verzagt.

Vielleicht solltest du dir wenigstens mal die Räumlichkeiten näher anschauen. Ein noch größerer Schock als jener, den du beim Betreten des Zimmers erlitten hast, dürfte es sicher nicht werden. Und denk mal an den Wirt, den scharfen Typen. Nimm dir Petes Rat zu Herzen und vernasche ihn …

Es klopfte, und das Weihnachtsleckerli trat zur Tür hinein.

»Hallo Frau von Stein! Ich wollte Sie fragen, ob Sie Lust haben, mit mir auf den Rostocker Weihnachtsmarkt zu gehen? Bevor Sie dem Norden den Rücken kehren, sollten Sie wenigstens etwas erleben, von dem Sie zu Hause erzählen können.«

Das habe ich bereits zur Genüge!, dachte sie und nickte. »Warum eigentlich nicht? Einen Christkindlmarkt im Norden habe ich noch nie besucht.«

Susanne staunte nicht schlecht, als Sven Ole in Begleitung von Charlotte von Stein die Stufen hinunterkam und ihr zum Abschied zuwinkte.

»Bis heute Abend, Sanne!«

»Ja!«, stotterte sie verwirrt und sah den beiden mit großen Augen hinterher, als sie hinaus auf die Terrasse traten.

Hatten sie gemeinsam was vor?

Neugierig geworden, kam sie hinter der Anmeldung vor und eilte zum Fenster, um den beiden hinterherzusehen. Sie wären ein hübsches Paar! Die von Stein war zwar einen halben Kopf kleiner als ihr Chef, was daran lag, dass sie heute flache Stiefel trug, doch vom Äußeren passten sie zusammen wie die berühmten Gegensätze, die sich angeblich anzogen. Sven Ole groß, durchtrainiert mit blondem Schopf und meerblauen Augen, Charlotte von Stein mittelgroß mit einigen Pfunden auf den Rippen zu viel, dunkelhaarig, Raubtieraugen.

Tue ihm bitte nicht weh!, dachte sie und drehte sich zur Treppe um, auf der sie polternde Geräusche vernahm. Jemand kam die Stufen hinunter, nein, er hüpfte vielmehr Stufe um Stufe hinab.

Sie trat vom Fenster weg und spähte das Treppenauge hinauf.

Erst sah sie nur eine Hand, die das Geländer fest umklammert hielt, später erkannte sie den Chauffeur, der ihr ständig schöne Augen machte, wie er sich mühsam aus dem zweiten Obergeschoss zu ihr nach unten quälte.

»Warten Sie, ich helfe Ihnen!«, rief sie ihm zu.

Geschwind eilte sie ihm entgegen, nahm ihm die Krücken aus der Hand und packte seinen Arm, um ihn zu stützen.

»Wie dumm von uns. Wir hätten Sie schon gestern im Erdgeschoss einquartieren sollen. Was halten Sie davon?«

»Wäre da noch was frei?«

»Bis jetzt schon, Herr Huber. Das Einzelzimmer ist zwar für einen anderen Gast reserviert, aber der kann auch die Treppe nehmen. Er ist jung und sportlich zugleich.«

Fragend sah Toni sie an.

»Ich kenne ihn«, erklärte Susanne. »Er war im Oktober bereits Gast der Pension.«

»Na, wenn das so ist, nehme ich das Angebot gerne an. Dann kann ich mich etwas bewegen, auch mal hinaus an die frische Luft humpeln und bin in meinem Freiraum nicht so stark eingeschränkt. Immer nur im

Zimmer oder auf dem fensterlosen Flur hin und her ist nicht gerade schön.«

»Sollen Sie den Knöchel nicht vorerst schonen?«

Er lachte. »Das schon, doch Bewegung tut gut. Ich bin es nicht gewohnt, tagelang nichts zu tun. Und wenn es nach meiner Chefin ginge, wären wir schon längst von hier verschwunden.«

Susanne blieb stehen. »Wie stellt sie sich das vor mit ihrem verknacksten Knöchel?«

»Ihr Wägelchen hat Automatik. Da bräuchte ich eigentlich nur den rechten Fuß.« Er zwinkerte ihr zu.

Susanne lachte und stützte ihn die letzten drei Stufen. Dann hatten sie das Parterre erreicht, und sie reichte ihm seine Krücken. »Eigentlich schade, dass Frau von Stein dem Meerblick so wenig abgewinnen kann. Auf der anderen Seite verständlich. Sie ist andere Etablissements gewöhnt ...«

Verwöhnt trifft es eher, dachte Toni und lehnte sich gegen die Wand.

»Vielleicht setzen Sie sich in den Frühstücks..., ähm ich meine natürlich die Klönstuv«, empfahl ihm Susanne. Wie Sven Ole hatte sie sich noch nicht gänzlich an den neuen Namen des Frühstücksraumes gewöhnt. »In der Zwischenzeit bringe ich Ihre Sachen von oben nach unten, damit Sie fortan wieder ohne Hilfe die Pension verlassen können, natürlich nur, wenn es Ihnen nichts ausmacht, dass ich Ihre persönlichen Sachen zusammensuche.«

Toni zuckte mit den Schultern. »Ich habe nichts zu verbergen.« Er musterte sie mit einem Blick, der ihr unter die Haut ging. »Und wie wird der Ausblick sein?«

»Welcher?«, fragte sie verunsichert zurück. Sprach er von dem aus der Klönstuv oder von jenem aus seinem zukünftigen Zimmer? Oder war diese Frage eher mehrdeutig gemeint, denn seine Augen wanderten von ihrem Gesicht hinab und verharrten ungeniert auf ihrem Dekolleté.

»Der aus meinem neuen Zimmer natürlich«, erwiderte er und sah ihr wieder in die Augen, was nicht viel besser war, denn in seinen glomm ein Feuer, dem sich Susanne kaum zu entziehen vermochte. »Und sagen Sie nicht immer Herr Huber zu mir. So heißt mein Vater, und so nennt mich meine Chefin. Antonio oder kurz nur Toni genügt.«

»Antonio?«, fragte Susanne überrascht und ärgerte sich im selben Moment, es laut getan zu haben, vor allem, weil es ihr bereits bei der Anmeldung nicht entgangen war.

»Ja, ich bin mütterlicherseits Sizilianer.«

Alles klar!, durchfuhr es sie. Und in deinen Augen brodelt die Lava des Ätna!

Sie rang um Fassung. Dieser attraktive Halbsizilianer mit bayrischem Einschlag ließ sie keineswegs kalt.

»Wir sollten beim Sie bleiben, Herr Huber. Nett aber, dass Sie mir das Du anbieten möchten, doch es gehört sich einfach nicht.«

Verwirrt hoben sich Tonis Brauen. »Ihr Chef sieht das nicht ganz so verbissen, wie Sie sicherlich mitbekommen haben. Sven Ole war sofort einverstanden. Immerhin sind wir hier nicht in einem Luxushotel, wo alles recht steif abläuft, um nicht die Etikette zu verletzen.«

Punkt für ihn, musste Susanne zugeben. Trotzdem war sie sich unsicher, was Sven Ole wirklich dazu sagen würde. Vor allem fürchtete sie, ihrem Vorsatz treu bleiben zu können, keinen Gast der Pension als zukünftigen Freund in Betracht zu ziehen. Das persönliche Du machte es schwieriger, bestimmte Dinge abzulehnen. Auf der anderen Seite erinnerte sie sich aber auch, dass in den Ferienpensionen, in denen sie mit Rike untergekommen war, das Miteinander lockerer gehandhabt wurde als bei ihr im Hotel. Da hatten auch sie die Herbergsbesitzer und Angestellten geduzt.

Sie gab sich einen Ruck. »Du hast recht, Toni. Ich bin es nur nicht von meinen früheren Wirkungsstätten gewöhnt.«

Er hob verwundert die Augenbrauen.

»In genau solchen steifen Hotels habe ich bisher gearbeitet.« Sie grinste schief. »Susanne, kurz Sanne. Wenn aber mein Chef was dagegen hat ...«

»... kehren wir zum steifen Sie zurück«, beendete er lachend ihren Satz. »So, und wie ist nun der Blick aus meinem neuen Zimmer?«

»Leider nicht viel besser als bisher. Da du nun aber circa sechs Meter tiefer wohnen wirst, schaust du fortan nicht mehr auf kahle Äste und ein wenig Himmel, sondern nur noch auf dicke Stämme und kannst sogar den Parkplatz sehen, weil kein Laub an den Sträuchern ist.« Sie kicherte.

»Auch nicht schlecht!« Tonis Mund verzog sich zu einem schiefen Grinsen. »Dann bin ich fortan gut darüber informiert, wer in der Pension ist und wer nicht.«

»Du kannst ja auch in die Klönstuv gehen und dort aus dem Fenster schauen. Da genießt du den Meerblick im Meerblick«, erwiderte sie. »In der Zwischenzeit quartiere ich dich um, oder willst du lieber selbst deine Siebensachen zusammenraffen, und ich trage sie nur runter?«

»Um Gottes willen, dann müsste ich die vielen Stufen ja wieder hinauf.« Er schüttelte den Kopf. »Wie ich bereits sagte, ich habe nichts zu verbergen. Wenn es dir aber unangenehm sein sollte, meine Unterwäsche zu sehen, können wir es auch gemeinsam tun, also das Zusammenpacken meiner Sachen.« Frech grinste er von einem Ohr zum anderen.

Du Schlingel!, dachte Sanne, denn ihr entging nicht die erneute Zweideutigkeit seiner Worte. Verschmitzt grinste sie zurück. »Ich schätze, ich habe schon mal einen Herrenslip gesehen ...«

»Ich trage Boxershorts«, fiel er ihr ins Wort.

»Auch die sind mir nicht fremd«, konterte sie. Es würde schwer werden, diesem Charmebolzen zu widerstehen. »Wenn es dich also nicht stört, erledige ich es alleine, denn um dich noch einmal in den zweiten Stock zu bugsieren und anschließend wieder nach unten, fehlt auch mir die Lust.«

»Überredet«, erwiderte er. »Dann humple ich mal in die Klönstuv und schaue zum Fenster raus.«

*E*ine Stunde später hatte Susanne Toni Huber samt seinem Gepäck von der zweiten Etage ins Erdgeschoss umquartiert und Zimmer 18 für Sören Hay wieder bezugsfertig hergerichtet.

Als sie hinunter ins Parterre trat, gesellte sich Swetlana zu ihr, und sie tranken eine Tasse Kaffee, bevor die Ukrainerin sich in den Feierabend verabschiedete, den sie mit ihrem Freund auf dem Weihnachtsmarkt genießen wollte.

»Viel Spaß!«, rief Susanne ihr hinterher, als sie die Pension verließ. Was wohl Sven Ole und Frau von Stein gerade trieben?

Sie wollte in die Küche gehen, um die Vorbereitungen für das Abendbrot zu treffen, als sie hörte, wie die Tür aufschwang. Also machte sie kehrt und ging durch den Flur zurück zur Anmeldung.

»Einen angenehmen Tag wünsche ich!«, wurde sie von einem äußerst vornehm gekleideten Herrn Mitte vierzig begrüßt. Neugierig sah er sich um. »Ich bin auf der Suche nach einem Quartier über die Feiertage und den Jahreswechsel. Ist bei Ihnen noch etwas frei?«

Verwundert nickte Susanne. Hatte sich der Typ verlaufen? Er sah nach Geld aus, und zwar reichlich. Das Meerblick konnte unmöglich seinen Ansprüchen genügen. Er trug einen eleganten Mantel aus braunem Kaschmir, darunter einen dunkelblauen Anzug, der garantiert maßgeschneidert war. Ein eleganter Seidenschal verhinderte den Blick auf sein Hemd und die Krawatte, aber allein die Schuhe!

Sanne hatte nach all den Jahren den Blick dafür bekommen, wer nur so tat, als wäre er reich. Sie konnte edel von prollig inzwischen gut unterscheiden, und dieser Mann hatte Geld wie Heu und war eindeutig ein Gast sauteurer Hotels. Ins Meerblick hatte es ihn nur verschlagen, weil die Gästebetten in Warnemünde komplett ausgebucht waren. Warum nicht? Dann bekäme die vornehme Frau von Stein wenigstens einen Herrn ihres Stands.

Sie warf einen prüfenden Blick in das Gästebuch, denn ihm ein Einzelzimmer anzubieten, wagte sie kaum, doch es blieb ihr nichts weiter übrig, wollte sie nicht die letzten freien größeren Zimmer blockieren.

»Ich kann Ihnen leider nur ein Einzelzimmer in der zweiten Etage anbieten und das auch nur ohne den wundervollen Blick auf die Ostsee. Den genießen Sie dafür von der Terrasse aus oder während des Essens in der Klönstuv, in der wir sowohl das Weihnachtsfest als auch den Jahreswechsel begehen werden. Die Mehrbettzimmer, die ein wenig mehr Platz bieten, sind leider fast alle ausgebucht«, fügte sie dennoch hinzu, weil sie nicht lügen wollte.

»Wozu bräuchte ich ein Mehrbettzimmer?«, fragte er zurück. »Ich bin allein und kann nur in einem Bett schlafen.« Er rückte die in Gold und Blau geränderte Brille auf seiner Nase zurecht und sah sie aus aufmerksamen dunkelbraunen Augen an. »Bieten Sie nur Frühstück oder auch Halbpension?«

»Halbpension und an den Feiertagen zum Mittag ein Drei-Gänge-Menü. Wenn Sie sich dafür entscheiden sollten, bei uns zu speisen, möchte ich Sie bitten, bis morgen je ein Menü zu wählen.«

Erfreut hob er die buschigen Brauen und zog die Lederhandschuhe aus. Ein edler Siegelring schmückte seine linke Hand. »Das hört sich gut an.« Er hatte eine sonore tiefe Stimme. »Ich nehme sowohl das Zimmer als auch das Angebot der Weihnachtsmenüs an.« Er griff in die Innentasche seines Mantels und zückte seine Brieftasche, um ihr seinen Ausweis zu reichen.

»Dann herzlich willkommen im Meerblick, Herr ...«, Sanne warf einen kurzen Blick auf den Perso, »... vom Walde! Ich bringe Sie auf Ihr Zimmer. Wo ist Ihr Gepäck?«

»Noch in meinem Wagen. Ich wusste nicht, ob es freie Betten gibt.«

»Ich werde es für Sie holen«, bot sich Susanne umgehen an, doch Herr vom Walde winkte ab.

»Ich besäße keine Manieren, wenn ich eine junge Dame mein Gepäck schleppen ließe. Das mache ich schon selbst. Immerhin reise ich nicht mit meinem Kleiderschrank an.«

Wow!, staunte Susanne. Mit dieser Reaktion hatte sie nicht gerechnet.

»Machen Sie in der Zwischenzeit die Anmeldung fertig. Ich bin gleich wieder zurück.«

Er drehte sich um und ließ Susanne stehen, die völlig perplex war und ihm hinterherstarrte. Dann trug sie die erforderlichen Daten in das Anmeldebuch ein. Sven Ole hatte von der Anschaffung eines fortschrittlicheren Computerprogramms Abstand genommen, nachdem sich abzuzeichnen begann, dass seine Pension keine Zukunft mehr besaß.

»Rigobert«, grinste sie, als sie kurz darauf den Vornamen in die Anmeldung eintrug.

Er war wohnhaft in Starnberg und nicht nur ein sehr attraktiver Mann, sondern auch bei Weitem älter, als sie ihn geschätzt hatte. Trotz seiner angegrauten Schläfen und des mit silbrigen Fäden durchzogenen kurz geschnittenen Vollbartes hätte sie keinesfalls angenommen, dass er bereits zweiundfünfzig war.

Wenn er jünger wäre, würde er hervorragend zu Frau von Stein passen, zumindest vom Äußerlichen her, überlegte sie. Beide waren pikfein gekleidet, nur das Beste vom Besten, und verströmten den Hauch des Reichtums. Einzig charakterlich schienen sie Welten zu trennen. Die von Stein trug die Nase zum Himmel gereckt und rümpfte selbige über alles, was nicht luxuriös war und nach Geld stank. Rigobert vom Walde gab sich hingegen auch mit weniger zufrieden. Er musste nicht protzen, um zu zeigen, dass er vermögend war. Wahrscheinlich entstammte er einem alten Adelsgeschlecht, während die Erblinie der lieben Charlotte ein paar Mängel aufwies. Auch das hatte Sanne im Laufe ihrer Berufsjahre gelernt.

»Was aber interessiert es mich!«, seufzte sie und schlug das Anmeldebuch zu.

Im selben Moment schwang die Eingangstür auf, und vom Walde trat mit einem Rollkoffer und einer Tasche, die er über der Schulter trug, wieder zu ihr in den Vorraum und brachte einen Schwall kalter Luft mit hinein.

»Gut, Herr vom Walde, dann zeige ich Ihnen Ihr Zimmer. Mein Name ist Susanne Richter. Egal, was Ihnen auf dem Herzen liegt. Wenden Sie sich vertrauensvoll an mich. Den Pensionsbesitzer werden Sie heute Abend, spätestens morgen früh kennenlernen. Er weilt außer Haus.«

Sie trat um die Anmeldung herum und überlegte, ob sie die Hand zumindest nach der Umhängetasche ausstrecken sollte, ließ es dann aber bleiben, denn Rigobert vom Walde hatte sich bereits umgedreht und strebte der Treppe zu. Also griff sie nach dem Zimmerschlüssel, der auf dem Tresen lag, und folgte ihm.

Als sie vor Zimmer 17 ankamen, steckte sie den Schlüssel in das Türschloss, doch die Verriegelung sprang nicht auf.

Sie versuchte es erneut.

Als auch der dritte Versuch ins Leere lief, warf sie einen prüfenden Blick auf den Anhänger, auf dem natürlich die Ziffer 18 stand.

Sie rollte mit den Augen. »Kein Wunder, dass er nicht passt. Ich habe den falschen Schlüssel gegriffen.« Sie lächelte entschuldigend zu ihrem Gast. »Da aber beide Zimmer von der Ausstattung völlig identisch sind, ziehen Sie eben in die 18 ein. Da ist der Ausblick sogar noch ein bisschen besser, weil kein Baum direkt vor dem Fenster steht. Ich ändere es in der Anmeldung um.«

Sie trat zur Nebentür und öffnete diese.

»Bitte sehr!« Sie ließ vom Walde den Vortritt.

Neugierig blickte sich Rigobert im Zimmer um. So also wohnte man, wenn das Budget nicht für eine Nobelabsteige reichte. Ein Tischchen, ein Bett, ein Kleiderschrank. Dazu ein Sessel, der unter dem Fenster vor der Heizung stand. Über der Anrichte ein Flatscreen-TV. Es genügte. Er war nicht hier, um Urlaub zu machen und sich zu erholen. Seine Prioritäten lagen an anderer Stelle.

»Passt!«, sagte er und wandte sich zu Susanne um. »Klein, aber fein.« Er stellte den Koffer neben den Kleiderschrank und die Umhängetasche daneben. Dann griff er in seine Manteltasche und zückte einen Zehn-Euro-Schein, den er Susanne gab. »Vielen Dank, Frau Richter. Wann wird das Abendbrot gereicht?«

Susanne stand da und starrte mit offenem Mund auf

den Geldschein in ihrer Hand. Nicht, dass es für sie ungewohnt gewesen wäre, ein Trinkgeld in dieser Höhe zu erhalten. Sie hätte es nur nicht von einem Gast im Meerblick erwartet. »Von siebzehn Uhr dreißig bis neunzehn Uhr dreißig in der Klönstuv«, erwiderte sie. »Das ist rechts an der Rezeption vorbei den Gang entlang die zweite Tür links. Sie können es nicht verfehlen.«

Sie wünschte ihm einen angenehmen Aufenthalt und ließ ihn allein.

*D*anke, dass Sie sich wegen eines Fluges erkundigt haben«, sagte Charlotte und spielte mit dem kleinen Brillantring an ihrem rechten Ringfinger. Er war ein Geschenk ihres Vaters an ihre Mutter gewesen, als diese sich verlobt hatten. Er war winzig, doch sie hing an ihm, denn er erinnerte sie an ihre Eltern. Seit dem tragischen Tod der beiden hatte sie ihn nicht mehr abgesetzt. »Ich habe, bevor wir vorhin losgefahren sind, beim Flugplatz angerufen und für morgen früh einen Platz reserviert.«

»Und Sie können sich wirklich nicht vorstellen, die Feiertage bei uns im Meerblick zu verbringen?«, versuchte Sven Ole, seinen Gast aus Bayern umzustimmen, und machte ihr schöne Augen. Sie standen an einem Ausschank auf dem Neuen Markt und tranken einen Eierpunsch.

Unentschlossen zuckte Charlotte mit den Schultern und drehte die Hand, sodass der Stein im Licht der Laternen und Weihnachtsbeleuchtungen funkelte und blitzte.

Sie wusste es selber nicht, doch das musste sie dem Wirt nicht unbedingt auf die Nase binden. Auf der einen Seite scheute sie sich, die Feiertage allein zu verbringen, auf der anderen schreckte sie der Gedanke, die folgenden anderthalb Wochen in seiner Absteige zu sein. Das winzige Zimmer, das weder Raum noch Luxus bot, das gewöhnliche Frühstück und Abendbrot, welches ihr das Personal kredenzte. Auf so ein spartanisches Fest hatte sie wahrlich keine Lust. Sie brauchte hippe Bars und angesagte Klubs, in denen der Schampus in Strömen floss und sie mit ihresgleichen zusammen war. Kaviar, Wachteleier & Co., keinen Heringssalat und keine Rollmöpse, auch wenn sie sehr lecker waren, nicht allabendlich denselben Wurstteller mit denselben Scheiben aus dem Supermarkt, jeden Morgen nur drei Sorten Marmelade und Honig. Dafür war ihr Gaumen zu verwöhnt. Doch Pete hatte keine Unterkunft für sie bekommen. Was sollte sie tun?

Sollte sie seinen Rat befolgen und lieber im Norden bleiben, als die Feiertage vereinsamt in Bayern zu verbringen? Ohne Freunde, ohne Pete oder Toni. Einzig die Köchin und der Verwalter würden anwesend sein, doch beide waren bereits in die Jahre gekommen und legten ebenfalls wenig Wert darauf, die Abende mit ihr zu verbringen.

Dann kannste auch gleich im Meerblick feiern. Da haste nicht nur Toni zum Streiten an deiner Seite, sondern auch noch diesen smarten Kerl von Pensionswirt, der dich gerade anschmachtet.

Sie sah hoch und blickte in Sven Oles Augen, die so blau waren wie der Golf von Neapel um Capri herum. »Ich weiß nicht, was ich tun soll, Herr Larsen«, rückte sie nun doch mit der Sprache heraus. »Ich brauche Remmidemmi, keine Beschaulichkeit am Heiligen Abend.«

»Und so etwas in der Art hätte Ihnen die Yachthafenresidenz geboten?«

»Davon gehe ich aus. Dort gibt es Klubs, in denen das Leben tobt. Ich schätze, die Gäste im Meerblick werden betagter sein und solche Ansprüche nicht stellen.«

»Das kann ich nicht beurteilen«, gab Sven Ole schulterzuckend zu. »Es ist mein erstes Weihnachtsfest in dieser Pension. Wir begrüßen aber nicht nur Rentner, sondern auch Familien mit kleinen Kindern, wenn das Ihre Befürchtung ist. Zudem gibt es in Warnemünde und Rostock auch Bars und Klubs. Ich will sie aber nicht belatschern, länger bei uns zu bleiben.«

»Ein ehrenwerter Zug«, befand Charlotte. »Mein Problem ist, der Flug ist gebucht, nur leider hat mein Bekannter keine freie Unterkunft mehr für mich bekommen. Ich stehe vor demselben Problem wie vor zwei Tagen, als ich in Warnemünde angekommen bin. Ohne Reservierung kein Bett.« Sie sog an ihrem Trinkhalm und sah überrascht hoch. »Hm, der schmeckt ja köstlich!«, musste sie zugeben, obwohl sie das bezweifelt hatte.

»Sage ich doch«, lachte Sven Ole. »Ist ein Geheimtipp, den mir ein Einheimischer gegeben hat. Es soll der mit Abstand beste Eierpunsch auf dem Rostocker Weihnachtsmarkt sein.« Er sah ihr in die Augen, in denen sich das Licht der Lampen spiegelte und ihnen noch mehr den Touch von Raubtieraugen verliehen. »Dann bleiben Sie doch hier.«

»Ich weiß nicht so recht. Der Flug ist doch gebucht.«

»Dann stornieren Sie ihn eben.«

Charlotte äußerte sich nicht weiter dazu, sondern wechselte das Thema. »Wieso ist das Ihr erstes Weihnachten in der Pension?«

»Weil ich sie erst in diesem Jahr von meiner Tante übernommen habe. Leider wird es wahrscheinlich auch das letzte sein.«

Verwirrt hoben sich Charlottes fein geschwungene Brauen. »Wie darf ich das verstehen?«

Sven Ole winkte ab. »Reden wir nicht drüber.« Er lächelte sie an und wies nach vorn zu einer mehrstöckigen Pyramide. »Das Ding ist sage und schreibe zwanzig Meter hoch, habe ich gelesen, und steht im Guinness Buch der Rekorde. Da unten gibt es einen Ausschank und im oberen Geschoss Sitzgelegenheiten. Von dort aus muss man einen recht guten Blick über das Geschehen genießen.«

»Waren Sie schon mal drin?«

»Bisher noch nicht. Es wäre mir ein Vergnügen, es das erste Mal mit Ihnen zu tun.« Er räusperte sich verlegen. »Es war nicht so gemeint, wie es sich gerade angehört hat«, entschuldigte er sich mit einem schiefen Grinsen im Gesicht.

Charlotte kicherte. »Das will ich hoffen!« Ihr war sein sprachlicher Fauxpas nicht entgangen. »Lassen Sie es gut sein, Herr Larsen. Sie müssen noch fahren, und ich trinke nicht so viel.« Sie nahm einen weiteren Schluck von ihrem Eierpunsch und musterte ihn.

Er war ein ansehnlicher Kerl und besaß angenehme Gesichtszüge. Zwar stand sie mehr auf dunkelhaarige Männer wie den Huber Toni oder Männer mit angegrauten Schläfen wie ihren Exverlobten, doch bei Larsens blauen Augen unter einem strohblonden Schopf wurde ihr richtig warm ums Herz, oder lag es eher an der Wirkung des Alkohols? Einzig seine Berliner Sprachfärbung störte sie, obwohl er sich Mühe gab, sie zu verbergen. Trotzdem wäre er eine Sünde wert.

»Schlendern wir im Anschluss noch ein wenig über den Markt und schauen uns die Auslagen der Buden an?«, wollte Sven Ole wissen.

»Geht es dahinter noch weiter?«, fragte Charlotte.

Er schüttelte den Kopf. »Wir können aber noch einen Abstecher in die Marienkirche machen. In der Vorweihnachtszeit sind Kirchen oftmals hübsch geschmückt.«

Was ich bei evangelischen stark bezweifele, dachte sie, enthielt sich aber dieses Kommentars.

Sie tranken aus, und Sven Ole brachte die Gläser zum Stand zurück. Dann gingen sie durch die Reihen der Buden, die serpentinenartig auf dem Neuen Markt angelegt worden waren, und sahen sich alles an. Als sie das Riesenrad erreichten, fragte Sven Ole, ob sie mitfahren wollten, um den Blick über das festlich erleuchtete Rostock zu genießen, doch Charlotte lehnte ab.

Die Temperaturen waren in der letzten halben Stunde deutlich gefallen. Es war ihr für eine solche Vergnügung zu kalt. Also schlenderten sie weiter zur St. Marienkirche, die sich in unmittelbarer Nähe des Weihnachtsmarktes erhob.

Wie Charlotte es bereits vermutet hatte, bot das Innere nicht den Prunk bayrischer Gotteshäuser, in denen das Gold und die leuchtenden Farben im Kerzenschein erstrahlten. Trotzdem gab es auch hier ein Kleinod mit gigantischen Ausmaßen zu bewundern – die astronomische Uhr aus dem Jahre 1472.

»Unglaublich, dass es noch das Originaluhrwerk ist«, staunte sie. Für Kunst und alte Artefakte interessierte sie sich. »Und sie geht tatsächlich genau?« Sie verglich die Uhrzeit mit ihrer funkgesteuerten Uhr. Sie stimmte überein.

Als sie später wieder aus der Kirche traten, hatte der Wind aufgefrischt und wehte scharf von der Warnow hinauf in die Stadt.

Charlotte zog den Schal fester um ihren Hals und schlug den Kragen ihres Kaschmirmantels hoch. Dabei bemerkte sie ein paar weiße Fusseln auf ihrem Arm, die sich als Schnee entpuppten.

Verwundert blickte sie hoch und sah im Schein der Laternen, wie ein sanfter Schauer herniederging.

Regelrecht romantisch!, durchfuhr es sie, und ein wohliges Kribbeln rann ihren Körper hinab und breitete sich in ihrem Bauch aus. War das ein himmlisches Zeichen, die Festtage doch an der Küste zu verbringen?

»He, es schneit!«, rief Sven Ole freudig aus. »Nicht, dass wir noch weiße Weihnachten bekommen. Das wäre ein Traum!« Seine Mimik strahlte die fröhliche Zufriedenheit eines kleinen Jungen aus, der vom Weihnachtsmann einen Schlitten geschenkt bekommen hatte und sich nun freute, ihn ausprobieren zu können.

»Hoffentlich kommen wir noch zur Pension zurück«, ließ sich Charlotte, angesteckt von seiner Freude, zu einem Scherz verleiten. »Immerhin genügt oftmals eine Schneeflocke, um Chaos zu verbreiten.«

Sven Ole lachte schallend. »Wie wahr, wie wahr, Frau von Stein. Allerdings ist für heute Nacht ein Sturmtief angesagt.« Er sah auf die Uhr. Es war halb sechs. »Lust auf was Gegrilltes, auf Spanferkel vom Spieß, Bratwurst, Steak oder was auch immer Sie mögen?«

»Schon wieder?« fragte sie. Immerhin war es erst zwei Stunden her, dass sie etwas gegessen hatten.

»Na und?« Er grinste. »Vorhin war es die Grundlage für den Eierpunsch, nun jene für einen Glühwein oder die Feuerzangenbowle in der Breiten Straße.«

Charlotte grinste zurück. »Sie haben recht! Schlagen wir über die Stränge. Warum sollte ich den Ausflug in den Norden nicht auch genießen?«

Richtig so!, dachte Sven Ole und schmunzelte verstohlen. Die vornehme Dame taute tatsächlich allmählich auf und vergaß darüber ihr ständiges Gezicke. Vielleicht überlegte sie es sich ja noch anders und blieb in der Pension. Ihn würde es freuen.

Sie gingen zur Kröpeliner Straße zurück und spazierten die Einkaufsmeile entlang, die in bestimmten Abschnitten von Buden gesäumt war. Ab und an blieben sie vor Schaufenstern stehen und sahen sich die

Auslagen an. Rostocks Innenstadt war nicht die Kö in Düsseldorf oder die Münchener Maximilianstraße. Dennoch besaß auch sie ihren Reiz, wenn man nicht Luxus schoppen wollte. Ob seine weibliche Begleitung das ebenso sah, bezweifelte er. Deshalb war er erstaunt, als Charlotte in eines der Geschäfte wollte, um sich umzusehen.

»Oder stört es sie, wenn Sie sich einen Moment gedulden müssen?«, fragte sie ihn.

»Keineswegs!« Sven Ole hob abwehrend die Hände. »Schauen Sie sich in aller Ruhe um. Ich habe Zeit.«

»Ein Mann ganz nach meinem Geschmack!«, murmelte sie und betrat das Geschäft. Einzig seine Kreditkarte dürfte meinen Ansprüchen nicht genügen. Schade eigentlich. Er könnte mir gefallen.

Als sie eine halbe Stunde später schließlich den Universitätsplatz erreichten und sich jeder eine Portion Spanferkel schmecken ließen, schneite es richtig.

Flocken, luftig wie der Flaum von Küken, fielen vom Himmel herab und glitzerten im Schein der Lichter. Und sie blieben liegen. Der Boden war kalt. Die Temperaturen hatten kräftig angezogen. Inzwischen kroch die Kälte auch durch die Jacken, Mäntel und Handschuhe hindurch.

»Das sind die Vorboten des Unwetters«, meinte Sven Ole und rieb sich die klammen Finger.

»Ein paar Schneeflocken machen noch kein Unwetter«, entgegnete Charlotte gelassen. Schnee kannte sie zur Genüge. Anstatt sich darum Sorgen zu machen, genoss sie das zarte Fleisch und das würzige Aroma des Spanferkels und ließ sich ihren Tee schmecken, der nicht nur von innen heraus wärmte, sondern auch ihre Finger, wenn sie den Becher mit ihnen umschloss.

»Bei uns in Oberbayern hatten wir dieses Jahr bereits

genug von der weißen Pracht, nämlich seit Ende November. Mir reicht es schon jetzt.«

»Der Rest der Republik wäre froh, wenn er mal ein bisschen abbekommen würde. Immerhin scheint sich aber die Vorhersage des Wetterdienstes zu bewahrheiten«, erwiderte Sven Ole und aß weiter. »Ob der Schnee allerdings bis Weihnachten liegenbleiben wird ...« Er machte eine vage Handbewegung und sah zum Himmel auf.

Der Schneefall wurde immer stärker. Gleichzeitig nahm der Wind zu und ließ die Temperaturen kälter erscheinen, als sie tatsächlich waren.

»Wir sollten in die Pension zurückkehren«, schlug er vor. »Es wird allmählich ungemütlich.« Er setzte sich die Kapuze seines Anoraks auf und senkte den Kopf, denn der Wind trieb ihm den feinen Schnee ins Gesicht.

Charlotte machte auf ihrer Seite des Tisches Platz. »Kommen Sie zu mir, damit sie der Wind nicht von vorne trifft.«

Dankbar nahm er ihr Angebot an und rückte zu ihr.

Sie passten nicht wirklich zusammen. Er trug Anorak und Jeans und hatte die Kapuze auf dem Kopf. Charlotte hingegen zog in ihrem eleganten dunkelblauen Mantel und mit dem passenden Hut die Blicke nicht nur der Männer auf sich. Trotzdem genoss er ihre Nähe. Es kam ihm wie ein Weihnachtsmärchen vor, die Schöne und das Biest, obwohl er sich nicht für hässlich hielt.

Er musste schmunzeln, als ihm dieser Vergleich einfiel. Dann atmete er tief ein und genoss den Duft der Weihnachtszeit, der nach Winter und Schnee roch, nach gebrannten Mandeln und Glühwein, nach Grillfleisch, Zuckerwaren und Backbananen.

Als sie schließlich im Auto saßen und die Rückfahrt antraten, schlich der Verkehr bereits im Schritttempo die Straßen entlang, denn der festgefahrene Schnee sorgte für glatte Fahrbahnen. Hinzu kamen die ersten Verwehungen. Sven Ole war froh, als er den Blinker setzen konnte und auf den gekiesten Weg einbog, der zum Parkplatz des Meerblick führte. Ob sein bayrischer Gast morgen Vormittag überhaupt fliegen konnte, bezweifelte er und bemerkte einen winzigen Hoffnungsschimmer aufflammen, dass der einsetzende Schneefall und das bevorstehende Tief ihre Abreise verhindern könnte.

Charlotte hingegen fasste einen Entschluss. Sie wollte bleiben. Das Weihnachtsfest allein in den heimischen vier Wänden zu begehen, würde sie nur trübsinnig stimmen. Zu viele Erinnerungen an ihre Eltern und den Bruder bargen die Räume des weitläufigen Anwesens. Sie hatte bereits darüber nachgedacht, den alten Kasten gewinnbringend zu verkaufen. Geld hätte sie dringend nötig, und der Erlös würde dicke ausreichen, um sich auch noch ein Luxusappartement in München oder dem Umland zu leisten.

»Ich werde nachher den Flugplatz anrufen und den Flug stornieren«, sagte sie zu Sven Ole, als sie auf den Parkplatz des Meerblick fuhren.

Überrascht sah Sven Ole sie an. »Sie wollen mit uns die Feiertage begehen?«

Charlotte nickte. »Besser, als zu Hause allein zu versauern.«

Sven Ole strahlte übers ganze Gesicht. »Das freut mich, Frau von Stein. Sie werden es nicht bereuen.«

Wie selbstverständlich legte sich ihre linke auf seine rechte Hand, die auf dem Kupplungsknauf ruhte. Erstaunt sah er sie an.

»Und entschuldigen Sie, dass ich Sie gestern belehrt habe, wo sich Tirol befindet.«

»Schon vergessen, Frau von Stein. Ich hätte tatsächlich nicht gewusst, dass St. Anton am Arlberg liegt. Dass sich Tirol aber in Österreich befindet, das war mir klar.« Er zwinkerte ihr zu, ließ den Kupplungsknauf los und stellte den Motor aus. Dann verließ er den Wagen, ging um das Auto herum, um ihr die Tür zu öffnen.

Direkt an der Steilküste pustete der Wind inzwischen richtig heftig. Er bog die kahlen Baumkronen und rüttelte an den Fenstern der Pension. Sie mussten sich regelrecht gegen die Böen stemmen, als sie den Weg zum Gästehaus nahmen. Das Unwetter zog aus dem Osten über das Meer heran und hatte jede Menge Sturm und Schnee im Gepäck.

harlotte war froh, als sie in ihrem Zimmer war. Sie zog ihren Mantel aus und tauschte die flachen Stiefel gegen ihre hochhackigen Pumps. Ein kritischer Blick in den Spiegel, noch einmal den Lidstrich nachgezogen und die Farbe auf den Lippen aufgefrischt. Dann verließ sie ihr Zimmer und stieg eine Treppe höher, um Toni Huber zu sagen, dass auch sie in Warnemünde bleiben würde. Hinterher wollte sie sich in die untere Etage wagen, um sich die Gemeinschaftsräume anzuschauen.

Vor Zimmer 18 zog sie ein letztes Mal ihren Pullover zurecht, lockerte ihr Haar auf und klopfte, doch sie wartete nicht darauf, hereingebeten zu werden, sondern riss die Tür auf und erstarrte.

»Was machst du denn hier?«

Anstatt ihrem Chauffeur, sah sie sich ihrem Exverlobten gegenüber, der mit Schlips in Hemd und Socken vor ihr stand und im Begriff war, sich seine Hose anzuziehen. »Wieso ist deine Tür offen, und warum stehst du mit heruntergelassener Hose da?«

»Weil ich die Tür nicht abgeschlossen und meine Hose gewechselt habe, Charlotte. Ich freue mich auch, dich zu sehen!« Rigobert vom Walde steckte das Hemd in die Hose und zog den Reißverschluss hoch. Dann griff er nach seiner Weste und streifte sie über.

»Was willst du hier? Wie hast du mich überhaupt gefunden?« Sie stemmte die Hände in die Hüften.

»Das war nicht schwierig. Dass du als Erstes versuchst, in der Yachthafenresidenz einzuchecken, war mir klar. Dort konnte man sich an dich entsinnen und dass sie dich zu dieser Pension geschickt haben.«

»Und woher wusstest du, dass ich nach Warnemünde aufgebrochen bin und nicht nach Kitzbühel oder St. Moritz?«

Rigobert schmunzelte. »Das hat mir ein Vögelchen gezwitschert.«

»Heißt das Antonio Huber?« Zwischen Charlottes Augen bildete sich eine steile Falte. Sie wusste, dass sich ihr Chauffeur und ihr Exverlobter hervorragend verstanden, auch jetzt noch, wo sie die Verbindung mit Rigobert gelöst hatte.

Ihr Exverlobter schüttelte den Kopf. »Wenn es dich beruhigt, meine Liebe, es war niemand von deinem Personal.«

»Hm, dann kann es nur eine meiner angeblichen Freundinnen sein«, zischte sie verärgert, drehte sich um und wollte gehen. Dann überlegte sie es sich und wandte sich ihm noch einmal zu. »Ich hoffe, dass du mich in Frieden lässt.« Sie reckte ihr Kinn empor und rauschte davon. Sie musste Huber finden. Warum war er nicht mehr in seinem Zimmer einquartiert, oder hatte sie sich in der Zimmernummer geirrt?

Sie warf einen Blick zurück über die Schulter.

Nein, sie war in der 18 gewesen.

Dann stieg sie die Stufen hinab ins Erdgeschoss.

Die Anmeldung war verwaist. Dafür vernahm sie Stimmen, fröhliches Kinderlachen und das Klappern von Besteck und Geschirr, und folgte den Geräuschen, für alles gewappnet, was sie im Speisesaal erwarten würde, doch zuerst passierte sie den Flur.

Zu ihrer Rechten und geradezu gab es drei Türen.

Charlotte vermutete, dass sie zu weiteren Zimmern führten, denn sie trugen die Ziffern 01 bis 03. Rechter Hand bemerkte sie eine weitere Tür mit der Aufschrift KAMINZIMMER. Das klang anheimelnd, doch als sie die Klinke herunterdrückte, war der Raum verschlossen. Der folgende Zugang hingegen stand offen und führte in einen erstaunlich großen Saal.

Neugierig trat sie hinein und sah sich um.

Vier-Mann-Tische und welche, an denen bis zu sechs Personen Platz nehmen konnten, standen ordentlich eingedeckt im Raum und entlang einer beeindruckenden Fensterfront, die hinaus zur Terrasse und somit auf die Ostsee wies. Zu ihrer Rechten entdeckte sie eine ausladende Tanne von gut zweieinhalb Metern Höhe. Sie war liebevoll dekoriert und verströmte den Duft des Waldes. Auf den Tischen standen weihnachtliche Gebinde und Kerzen. So festlich hatte sie sich das Ambiente des Speiseraums wahrlich nicht vorgestellt. Es erinnerte sie nicht an das verhasste Internat in der Schweiz, sondern vielmehr an Hogwarts aus Harry Potter.

»Frau von Stein, was für eine Überraschung!« Susanne trat auf sie zu und lachte sie an. »Wo möchten Sie gerne sitzen, vielleicht dort am Fenster?« Sie wies auf einen Tisch mit sechs Stühlen. »Da genießen Sie jeden Tag eine fantastische Aussicht auf das Meer.«

»Wohl eher nicht«, entgegnete Charlotte kühl. »Morgen früh reise ich nämlich ab.«

»Ach so?« Susanne schaute verwirrt drein. »Ich dachte, Sie hätten sich gerade fürs Bleiben entschieden. Zumindest hat mir das soeben Herr Larsen erzählt. Schade, dass Sie sich schon wieder umentschieden haben. Weihnachten ist auch an der Küste schön.«

»Ich wollte in der Tat bleiben. Da wusste ich aber

noch nicht, wer in der Zwischenzeit Gast im Meerblick ist«, antwortete Charlotte und sorgte für noch mehr Unverständnis in Susannes Gesicht. »Ich wollte gerade meinen Chauffeur aufsuchen, doch in seinem Zimmer stand ich plötzlich meinem Exverlobten gegenüber! Wie kann das sein?«

»Ihrem Exverlobten?« Susanne dachte, sie hätte sich verhört. »Sie sind mit Herrn vom Walde liiert?«

»GEWESEN!«, berichtigte Charlotte sie scharf. »Warum ist er im Zimmer meines Chauffeurs einquartiert?«

»Verzeihen Sie, Frau von Stein!« Susanne fand ihre Fassung zurück und setzte ein gewinnendes Lächeln auf. »Ich habe Herrn Huber heute Nachmittag ein neues Zimmer gegeben, weil er mit seinen Krücken keine Treppen steigen kann. Er wohnt jetzt gegenüber der Klönstuv in Zimmer 03. Es tut mir leid, wenn Sie deshalb Unannehmlichkeiten hatten. Ich konnte nicht ahnen, dass Sie und Herr vom Walde sich kennen.«

»Sorgen Sie dafür, dass er mir nicht über den Weg läuft! Ich bestehe darauf!«

Susanne schnappte nach Luft, hielt aber den Mund. Wie sollte sie das anstellen?

»Und was ist die Klönstuv?«

»Dieser Saal hier!«

Charlotte hob die Brauen. »Ach ja, ich entsinne mich.« Dann drehte sie sich auf dem Absatz um und rauschte aus der Tür hinaus ins gegenüberliegende Zimmer, ohne es für nötig zu empfinden, zuvor anzuklopfen. Sie wusste, dass Huber die Tür unverschlossen ließ, weil er faul im Bett lag.

Susanne sah ihr hinterher und konnte sich ihr Grinsen nicht länger verkneifen. Die von Stein und Herr vom Walde kannten sich, sie waren sogar verlobt gewesen?

Sven Ole fällt aus allen Wolken, wenn ich ihm erzähle, sein Charlottchen war mit einem mehr als zwanzig Jahre älteren Herrn liiert.

Sie hatte Mühe, ihre Heiterkeit in den Griff zu bekommen, und verzog sich in die Teeküche, denn das Rentnerpaar aus Zittau schaute sie bereits fragend an. Es verstärkte allerdings ihren Eindruck, dass die hochherrschaftliche Linie, die die gnädige Dame zur Schau stellte, sicher nur Fassade war. Sie brauchte einen Gatten, der etwas darstellte, und in diesem Falle spielte selbst sein Alter keine Rolle.

»Wow, nicht so stürmisch!« Mit Mühe und Not wich Toni Huber dem aufschwingenden Türblatt aus und hüpfte zur Seite, was ihm aufgrund seines lädierten Knöchels und der beengten Raumverhältnisse nicht gerade gut gelang. Vielleicht hätte er doch abriegeln sollen.

»Was stehen Sie auch hinter der Tür!«, schimpfte Charlotte. »Ich besitze keinen Röntgenblick.«

»Aber einen Fingerknöchel, um zuvor anzuklopfen, bevor Sie in fremde Zimmer stürmen«, gab Toni ihr Paroli. Alles musste er sich von ihr nun auch nicht bieten lassen. Dieses Zimmer war sein Privatbereich. Das hatte sie zu akzeptieren.

»Habe ich das vergessen?« Sie zuckte mit den Schultern und reckte ihr Kinn in die Höhe. »Soll passieren. Kein Wunder nach dem Schock, den ich gerade erlitten habe.«

Fragend hoben sich Tonis Brauen, doch sie behielt den Grund für sich.

»Ich bin hier, Huber, weil ich morgen nach München

zurückfliegen werde. Wenn es Ihrem Fuß wieder besser geht, kommen Sie umgehend nach. Ich will nicht hoffen, dass Sie hier auf meine Kosten zwei Wochen Urlaub machen.«

»Es dauert so lang, wie es dauert«, entgegnete Toni kühl. »Schaun mer mal, dann sehn mer scho!«

»Übertreiben Sie es nur nicht!« Sie drehte sich um und öffnete die Tür. Dabei erhaschte sie einen kurzen Blick auf den Rücken ihres Exverlobten, der in den Speisesaal trat, und aus ihrem Blickfeld verschwand.

Auf Zehenspitzen schlich Charlotte aus Hubers Unterkunft Richtung Treppe. Sie wollte Rigobert vom Walde kein zweites Mal über den Weg laufen. Lieber das Weihnachtsfest allein in dem alten Familienkasten verbringen als auch nur einen Tag mit ihrem Exverlobten unter demselben Dach.

Auf der Treppe kam ihr der Pensionswirt entgegen. »Es hat sich etwas ergeben, Herr Larsen, das mich zwingt, morgen Vormittag doch meinen Flug nach München anzutreten.«

Enttäuscht sah Sven Ole sie an. »Schade, was ist passiert?«

»Nichts, wofür Sie die Verantwortung tragen«, wich sie aus. »Ich muss mir jetzt nur noch ein Taxi bestellen. Gut, dass ich noch nicht die Zeit gefunden habe, den Flug zu stornieren.«

Sven Ole seufzte. »Wann genau geht er denn?«

»Um halb elf muss ich spätestens eingecheckt haben.« Sie wollte weiter, doch er hielt sie zurück.

»Es wäre mir ein Vergnügen, Sie hinzufahren, Frau von Stein. Ich habe morgen Vormittag eh auf der Ecke zu tun. Da passt das schon.« Ganz stimmte es nicht. Er musste keinesfalls bis nach Rostock-Laage fahren, aber er musste zum Großmarkt ans andere Ende der

Stadt. Auf die paar Kilometer kam es da nicht mehr an.

Erstaunt hoben sich Charlottes Augenbrauen. »Oh, wie freundlich von Ihnen. Wenn es Ihnen wirklich nichts ausmacht, nehme ich Ihr Angebot gerne an.«

»Also hat Ihr Bekannter doch noch eine Unterkunft für Sie bekommen?«, wollte Sven Ole wissen, der sich ihren plötzlichen Sinneswandel nicht anders erklären konnte.

Charlotte schüttelte den Kopf. »Ich werde, entgegen meinen Gewohnheiten, ein stilles und besinnliches Fest begehen, doch ich bleibe ..., nein, ich kann nicht länger hier verweilen.«

Sven Ole verkniff sich die Frage nach dem Warum. »Und wie werden Sie von München nach Hause kommen?«

»Mit 'nem Taxi. Wie denn sonst?«

»Den Taxifahrer wird's freuen«, konnte er sich nicht verkneifen. Er wusste zwar nicht genau, wo sich Charlottes Wohnsitz befand, aber sicher nicht direkt neben der Landebahn.

»Es sind knapp hundert Kilometer, zu Fuß eindeutig zu weit«, beantwortete sie ihm seine unausgesprochene Frage.

»Da haben Sie recht.« Er seufzte ein weiteres Mal. »Und ich hatte mich ehrlich gestanden schon auf Ihre Anwesenheit zu den Feiertagen gefreut. Wir sehen uns dann morgen um halb zehn.«

Geschmeichelt lächelte Charlotte.

Irgendwie tat es ihr inzwischen leid, dass sie nicht bleiben konnte. Der Wirt hatte es ihr angetan. Sie mochte ihn und seine Gesellschaft. Und wer war mal wieder schuld, dass sie nun alleine die Feiertage verbringen musste? Rigobert!

»Ich danke Ihnen für den Ausflug heute auf den Weihnachtsmarkt, Herr Larsen«, sagte sie und berührte ihn sacht am Arm, zog ihre Hand aber schnell wieder zurück. »Bis morgen Vormittag!« Dann eilte sie die Stufen hinauf in ihr Zimmer, um ihre Koffer zu packen.

Der Ausflug auf den Rostocker Weihnachtsmarkt und die frische Luft sorgten in dieser Nacht dafür, dass Charlotte wie ein Stein schlief. Anfänglich hatte sie noch dem Sturm gelauscht, der an den Fenstern gerüttelt hatte, und darüber nachgesonnen, wer ihrer Freunde gegenüber Rigobert seinen Mund nicht hatte halten können. Dann war sie eingeschlummert, bis sie von einem scharrenden Geräusch geweckt worden war.

Was war das nur? Es klang unangenehm und gleichzeitig vertraut.

Verschlafen linste sie durch ihre nur einen Spalt breit geöffneten Lider. Es war noch etwas dunkel im Zimmer. Also musste es früh am Morgen sein. Umso erstaunter war sie, als ihr der Blick auf ihr Smartphone verriet, es war bereits Viertel nach acht. War das Unwetter noch nicht vorbei, oder warum wurde es nicht wirklich hell?

Gähnend streckte sie sich und rollte sich auf den Rücken. Das Scharren von Metall auf Stein ließ nicht nach und kehrte in rhythmischen Abständen immer wieder. Was war es nur? Sie kannte es, doch ihr Geist war noch nicht wirklich wach, um es zuordnen zu können. Er benötigte morgens stets seine Zeit, um aus dem Traumland in die Wirklichkeit zu gelangen. Meist reichten fünf Minuten und der Gang zur Toilette aus.

Als sie wieder aus dem Badezimmer trat, ging sie

zum Fenster, um die Vorhänge aufzuziehen und das frühe Licht des Tages ins Zimmer zu lassen, doch der Blick, der sich ihr bot, ließ sie zweifeln. Alles war weiß, nicht die Terrasse oder der angrenzende Wald. Nichts von dem war zu sehen, auch nicht die Ostsee. Was sie sah, war einfach nur Weiß!

Es dauerte einen Moment, bis ihr dämmerte, dass es der Schnee war, den der Sturm in die Fensterlaibung gedrückt hatte, bis diese komplett ausgefüllt war, sodass eine Wand aus frischem Schnee vor der Scheibe die Sicht nach draußen verhinderte. So etwas kam in den Bergen öfter vor, wenn der Wind ungünstig stand und den Schnee vor sich hertrieb. Allerdings besaßen die Fenster meist schützende Läden, hier aber nicht.

Ich bin mal gespannt, wie Herr Larsen wieder für freie Sicht sorgen wird, dachte sie und unterdrückte ein Gähnen. Eigentlich sollte es ihr egal sein. Um spätestens halb zehn säße sie in seinem Wagen auf dem Weg zum Flugplatz.

»O mein Gott!«, stieß sie heraus, als ihr einfiel, dass es bereits kurz vor halb neun war. Wieso hatte ihr Handy nicht um acht geläutet?

Sie griff nach ihrem Smartphone und schaute auf das Display. Die Weckfunktion war nicht aktiviert! Das hatte sie gestern Abend wohl vergessen. Trotzdem verblieb ihr noch eine gute Stunde Zeit. Einzig die Wetterlage bereitete ihr Sorgen, doch sie konnte nicht nach draußen schauen. Also ließ sie sich auf der Kante des Bettes nieder und wählte Hubers Nummer an.

»Ja?«, meldete sich schlaftrunken ihr Chauffeur.

»Huber, schauen Sie mal aus dem Fenster. Wie ist die Lage da draußen?«

Verwundertes Schweigen am anderen Ende.

»Machen Sie schon! Ich kann es nicht tun. Mein

Fenster ist dicht, also der herangewehte Schnee verhindert den Blick ins Freie. Hier wurde auch an den Fensterläden gespart.«

Es blieb ruhig am anderen Ende. Einzig ein genervtes Stöhnen war zu hören, als sich Toni aus dem Bett quälte und zum Fenster humpelte.

»Erinnern Sie sich an den Nikolaustag in diesem Jahr?«, fragte er kurz darauf gähnend.

»Wie könnte ich den je vergessen!«, knurrte sie zurück. »Sie müssen mich nicht an ihn erinnern und welchen Fehler ich begangen habe.«

»Das meinte ich auch nicht. Vielmehr wollte ich auf die damalige Wetterlage aufmerksam machen, ein Schneesturm, der die ganze Nacht gewütet hat. Und genauso sieht es aus, wenn ich aus dem Fenster schaue. Alles tief verschneit oder besser zugeweht. Der arme Sven Ole! Er schippt und schaufelt und schiebt, um die Zuwegung freizubekommen. Hätte ich keinen verstauchten Knöchel, würde ich ihm glatt behilflich sein.«

»Ist nicht Ihr Ernst!«

»Doch, ich würde ihm helfen. Allein braucht er ewig.«

»Das meinte ich nicht, Huber. Ich sprach von der Wetterlage. Wollen Sie andeuten, der Schnee liegt meterhoch?«

»Wo es zu Verwehungen gekommen ist, schon, Frau von Stein. Ich fürchte, ihr Rückflug nach München fällt nicht ins Wasser, sondern in den Schnee.«

Sie konnte ihn grinsen hören.

»Das wollen wir doch mal sehen!« Charlotte beendete die Verbindung. Zumindest wusste sie nun, was das für ein Geräusch war, das sie aus dem Schlaf gerissen hatte.

Eilends zog sie sich an und stieg ins Erdgeschoss hinunter, um sich selbst ein Bild von der Lage zu machen. Dabei lief sie beinahe ihrem Exverlobten in die Arme, hatte aber Glück, denn die Richter rief ihn zurück und reichte ihm einen Zettel.

Schnell passierte Charlotte den Vorraum und öffnete die Tür, die nach draußen führte. Eine weiße Winterpracht breitete sich vor ihr aus. Jemand hatte eine Schneise durch sie geschlagen, sodass sie nicht bis zu den Knien in den Schneemassen versank, als sie ihren Fuß nach draußen setzte.

»Das darf nicht wahr sein!«

Fröstelnd folgte sie dem schmalen Weg, bis sie den Pensionsbesitzer sah, der im Schweiße seines Angesichts den Schnee zu beseitigen versuchte.

»Herr Larsen, guten Morgen!«, rief sie ihm zu und schlang die Arme um den Oberkörper. Es war bitterkalt. In der Eile hatte sie vergessen, sich einen Mantel anzuziehen. Der scharfe Wind wehte den feinen Pulverschnee vor sich her und verwuschelte ihr Haar. Hoffentlich holte sie sich keinen Schnupfen. »Denken Sie daran, dass wir um halb zehn zum Flughafen wollen?«

Sven Ole drehte sich zu ihr um und machte den Rücken gerade. Trotz der Kälte war sein Gesicht hochrot und feucht vom Schweiß. »Moin Frau von Stein! Ich fürchte, mit ihrem Flug wird es nichts werden. Die Straßen sind zugeweht. Der Winterdienst ist zwar im Einsatz, aber der Verkehr ist fast vollständig zum Erliegen gekommen. Selbst der Nah- und der Fernverkehr ruhen.«

»Das geht nicht!«, erwiderte sie und merkte, wie ihre Stimme vor Kälte zitterte. »Ich will heute noch nach München zurück. Sie haben selbst gesagt, der nächste Flug geht erst wieder in der kommenden Woche.«

Er zuckte mit den Schultern. »Tut mir leid, doch

was soll ich tun? Einen Schneepflug besitze ich leider nicht. Zudem bezweifele ich, dass die Maschine überhaupt abheben wird.« Mitfühlend sah er sie an. »Gehen Sie lieber wieder ins Warme, Frau von Stein. Sonst erkälten Sie sich noch, und Sie wollen doch Weihnachten nicht im Bett verbringen?«

»Wenn ich von hier nicht wegkommen kann, wäre das sicher eine bessere Alternative, als mit meinem Exverlobten Weihnachten zu begehen«, murmelte sie vor sich hin und drehte sich um.

»Das ist die Menüauswahl für die Weihnachtsfeiertage«, sagte Susanne und reichte Herrn vom Walde den Computerausdruck. Er war mit seinem Namen und der Zimmernummer versehen und enthielt jeweils drei Gerichte mit Vorsuppe und Dessert pro Tag zur Auswahl. »Wenn Sie ihn eventuell gleich ausfüllen könnten oder ihn mir bitte bis heute Abend zurückgeben, wäre ich Ihnen dankbar. Der Chef will morgen zum Einkaufen in den Großmarkt fahren.«

»Das mache ich später«, versprach Rigobert und eilte Charlotte hinterher. Wo wollte sie nur in Pullover und Hose hin? Sie konnte ihm unmöglich ständig aus dem Weg gehen. Er wollte mit ihr reden.

Die Tür, die zur Terrasse führte, stand offen und ließ die kalte Winterluft in die Pension hinein. Sie roch nach Schnee und Meer.

War sie da draußen?

Er trat in den Türrahmen und reckte den Hals.

Charlotte stapfte den freigeschaufelten Weg entlang und sprach mit einem blonden Mann. Da der Wind ihre Worte vom Hause wegtrieb, verstand er nur gelegentlich einen Fetzen. Es ging um Flughafen und Nahverkehr. Wollte sie vor ihm fliehen?

Er trat aus der Tür.

Sofort pfiff ihm der Wind um die Ohren, der noch immer heftig war. Von seinem Zimmer aus hatte er gar nicht bemerkt, welche Auswirkungen der nächtliche Sturm gehabt hatte. Der hohe Schnee war ihm natürlich nicht entgangen, nicht aber, wie das Gästehaus auf der Nord- und der östlichen Giebelseite aussah. Erst als er in die Klönstuv getreten war und derselbe blonde Mann das Panoramafenster vom Schnee befreit hatte, war ihm bewusst geworden, wie das Unwetter gewütet hatte.

Charlotte zitterte vor Kälte. Das konnte er selbst aus der Ferne sehen. Er hatte auch keinen Mantel dabei. Er trug aber ein Jackett.

Mit langen Schritten eilte er auf sie zu. Kurz, bevor er sie erreichte, wirbelte sie auf dem Absatz zu ihm herum und erstarrte.

»Was? Hast du nicht begriffen, dass es zwischen uns aus ist?«, pöbelte sie ihn an. »Lass mich in Ruhe!« Sie wollte an ihm vorbei, doch er verstellte ihr den Weg, zog sein Jackett aus und hängte es ihr über die Schultern.

»Lass das! Ich brauche deine schäbige Jacke nicht.« Sie stemmte die Hände gegen seine Brust und zwängte sich an ihm vorbei, um im Laufschritt zur Pension zurückzukehren. Das Jackett fiel dabei in den Schnee.

Kopfschüttelnd sah er ihr hinterher. Dann bückte er sich und hob die Jacke auf. Er schüttelte sie aus, zog sie über und wandte sich dem Blondschopf zu. »Guten Tag! Was für ein Wetter!«

»Besser als keines«, lachte der Mann. Er trat auf ihn zu und reichte ihm die Hand. »Sven Ole Larsen. Mir gehört die Pension.«

»Angenehm, Rigobert vom Walde. Ich bin Gast.« Er grinste verschmitzt, und seine braunen Augen sprühten lustige Fünkchen. »Bei uns in Oberbayern kommt so etwas öfter vor. Dass ich es auch an der Ostsee erleben würde, hätte ich nicht gedacht.«

»Tja, ich erlebe es zum ersten Mal«, entgegnete Sven Ole. »Das war eine Schlechtwetterfront aus dem Osten, und die haben oftmals auch mal etwas Schnee im Gepäck. Dass sie aber solche Auswirkungen haben könnte, hätte ich nicht geahnt. Das soll es aber laut Wetterbericht gewesen sein. Drücken wir die Daumen, dass der Schnee über die Feiertage liegen bleibt. Das wäre schön.«

Rigobert warf einen Blick über die Schulter. Charlotte war bereits in der Pension verschwunden. »Entschuldigen Sie die Szene eben«, wandte er sich Sven Ole zu. »Frau von Stein und ich kennen uns.«

»Ich habe es gehört.« Sven Ole nickte nur. »Und Sie beabsichtigen, die Feiertage im Meerblick zu verbringen?«

Rigobert vom Walde bejahte. »Geplant waren eigentlich die Malediven, aber zwei Tage vor unserem Abflug hat es sich meine Verlobte anders überlegt.«

»Die Malediven ...« Sven Ole wischte eine Schneeflocke von der Wange, die ihm der Wind dorthin gepustet hatte. »Ist es schön, Weihnachten unter Palmen zu verbringen?«

»Warum nicht?«

Sven Ole zuckte mit den Schultern. »Ich komme aus Berlin. Da habe ich jedes Jahr grüne oder graue Weihnachten erlebt. Mir wäre Schnee tausendmal lieber als ein Traumstrand und kristallklares Meer. Irgendwie gehören klirrende Kälte und Schnee für mich zu Weihnachten und den Jahreswechsel einfach dazu.«

»Sehen Sie, und wenn Sie in Bayern aufgewachsen wären und als Kind jedes Jahr in ein Skiparadies hätten fahren müssen, hinge es Ihnen zum Halse heraus, obwohl ich damit nicht sagen will, dass ich weißer Weihnacht nichts abgewinnen kann.« Er schloss die Knöpfe des Jacketts und klappte den Kragen hoch. Es war zu windig und zu kalt.

»Gehen Sie wieder hinein, Herr vom Walde. Ich habe hier noch einiges zu tun, bis die Zufahrt wieder passierbar ist. Heute kommen auch noch Gäste an – theoretisch zumindest.« Er zwinkerte Rigobert zu. »Wie ich allerdings die höher gelegenen Fenster wieder vom Schnee befreien soll, ist mir schleierhaft. Eine solch lange Leiter besitze ich nicht, und von innen fällt mir der Schnee ins Zimmer, wenn ich die Fenster öffne.«

»Versuchen Sie es mal bei geklappten Fenstern«, empfahl Rigobert vom Walde. »Mit einem Besenstiel oder ähnlichem von oben nach unten wegstochern. Das funktioniert ganz gut, solange die Laibung nicht im Wege ist, sonst was Kürzeres wie einen Handfeger nehmen. Zumindest haben wir das so gemacht, als wir mal vergessen hatten, während eines Schneesturms die Fensterläden zu schließen.«

»Danke für den Tipp!« Sven Ole nickte dem Gast aus Zimmer 18 freundlich zu und widmete sich wieder seiner Arbeit, während Rigobert vom Walde sich schleunigst ins Warme begab.

*C*harlotte stürzte förmlich in ihr Zimmer und schnappte nach Luft.

Oh, lieber guter Weihnachtsmann, leihe mir kurz deine fliegenden Rentiere. Ich will nach Bayern zurück.

Dass sie dieses Jahr dem Grinch in Gestalt ihres Exverlobten begegnen würde, hätte sie nicht vermutet, als sie kurzerhand in den Norden geflohen war. Warum musste diese Pension auch noch freie Betten haben? Ganz Warnemünde war ausgebucht, scheinbar sogar alle Hotels dieser Welt, nur das Meerblick nahm noch Gäste auf. Und wer traf hier prompt ein? – Rigobert vom Walde!

Wenn ich denjenigen ermittle, der meinem Ex geflüstert hat, wohin ich gefahren bin, kann er oder sie sich warm anziehen!, grollte sie still. Doch zuvor musste ihr unbedingt eine Möglichkeit einfallen, wie sie der Pension den Rücken kehren konnte.

»Was ist denn daran so schlimm, dass er hier ist?«, fragte Sven Ole, als er Charlotte am Abend auf ihren persönlichen Wunsch hin ihr Abendbrot servierte. »Da sie nie die Klönstuv betreten und in Gemeinschaft essen, können Sie sich doch aus dem Wege gehen?«

»Das sagen Sie, Herr Larsen!« Charlotte stöhnte gekünstelt. Typisch Mann! Für die war alles so einfach.

»Ich mag einfach nicht mit diesem Menschen unter einem Dach leben, auch nicht in verschiedenen Zimmern. Eigentlich wollte ich zu den Festtagen auch in Gemeinschaft speisen. Da das nun nicht mehr geht und ich vorerst auch nicht nach Hause fahren kann, ziehe ich eben die Abgeschiedenheit meines Zimmers vor.« Sie runzelte die Stirn. »Denken Sie, dass es ein Zufall ist, dass er nach Warnemünde gekommen ist?«

Sven Ole zuckte mit den Schultern. »Schwer zu sagen, Frau von Stein.« Er hielt sich da lieber heraus.

Sie schüttelte den Kopf. »Der Grund bin ich, Herr Larsen, und unsere gelöste Verlobung.«

Sven Ole kratzte sich an der Augenbraue. »Ich kenne nicht den Grund, warum es dazu gekommen ist, Frau von Stein. Allerdings muss ich sagen, Herr vom Walde hat einen überaus freundlichen Eindruck auf mich gemacht, als ich ihn heute Vormittag kennenlernen durfte. Ich glaube nicht, dass er Ihnen Schwierigkeiten bereiten, stattdessen Rücksicht nehmen wird, wenn er weiß, dass er Sie in Ruhe lassen soll.«

»Einen überaus freundlichen Eindruck?«, schnarrte sie. »Das sagen alle, die ihn nicht näher kennen. Ich hatte meine Gründe, weswegen ich die Verlobung wieder gelöst habe.« Sollte sie ihm erzählen, dass der vornehme Rigobert unter Darmwinden litt und diesen in ihrer Gegenwart freie Fahrt gewährt hatte? Nein, das war ihr einfach zu unangenehm. »Ich will ihn einfach nicht mehr sehen! Das genügt.«

Sven Ole beließ es dabei.

»Gibt es eine Zugverbindung nach München?«

»Davon gehe ich aus. Ich müsste online nachsehen, ob und wann noch vor Weihnachten ein Zug fährt, Frau von Stein. Die Gäste reisen fast alle per Auto an.«

»Ich auch!«, zischte sie. »Was kann ich dafür, dass

sich mein Chauffeur die Haxe verstaucht?« Sie sah zu Sven Ole auf, legte den Kopf schräg und kräuselte die Stirn. »Wie ist es dazu überhaupt gekommen?«

»Keine Ahnung. Ich war nicht dabei. Herr Huber sagte nur, er sei auf der Treppe abgerutscht und habe sich dabei den Fuß umgeknickt.«

»Tollpatsch!«

Sven Ole holte einen zusammengefalteten Zettel aus seiner Gesäßtasche und entfaltete ihn. »Da Sie nun zu den Feiertagen im Meerblick sein werden, würde ich Sie bitten, die gewünschten Menüs zu wählen, damit wir uns darauf einstellen können. Am ersten und zweiten Feiertag bitten wir unsere Gäste zum Mittagessen in die Klönstuv.«

»Die ich nicht betreten werde, solange Rigobert vom Walde mir dort über den Weg laufen kann.«

»Dann möchten Sie die Feiertage auf dem Zimmer verbringen?«

»Das hatte ich nicht vor.«

Sven Ole seufzte. Sollte er ihr unmissverständlich erklären, dass sie eine Pension waren, kein Hotel mit Zimmerservice?

»Warnemünde wird sicher nicht so winzig sein, dass ich ihm ständig begegnen werde.« Beleidigt starrte sie an ihm vorbei zur Tür.

»Was halten Sie davon, wenn wir mal einen Spaziergang am Strand unternehmen und ich Ihnen Warnemünde zeige, wenn es meine Zeit erlaubt?«

Sie zuckte mit den Schultern. »Ich denke darüber nach. Es wird allerdings nicht nötig sein, wenn es mir gelingt, irgendwie nach Hause zu gelangen.«

»Na ja, irgendwie werden Sie schon von Rostock in die bayrische Landeshauptstadt kommen«, erwiderte er. Allmählich riss ihm der Geduldsfaden. »Ich kann

Ihnen nur nicht sagen, ob sie direkt sein wird oder nicht.« Er zwang sich zu einem Lächeln. Ihre ständige Zickerei ging ihm auf den Geist.

Warum nahm sie nicht einfach ihr sauteures Smartphone zur Hand und sah einfach nach? Anscheinend war sie es gewohnt, dass es immer andere für sie taten.

Da sie sich nicht rührte, zückte er sein eigenes Handy und gab die entsprechende Suchanfrage bei Google ein. Sie war von Erfolg gekrönt.

»Da haben wir's, es ist sogar ein ICE.«

»Vielen Dank! Dann werde ich den hier nicht benötigen.« Sie ließ ihn gar nicht erst ausreden und reichte ihm die Menüauswahl zurück. So schnell wie möglich wollte sie verschwinden. Nichts konnte sie mehr hier halten, auch nicht der enttäuschte Blick des Wirts.

»Unglücklicherweise«, fuhr Sven Ole fort, »hat das Unwetter heute Nacht die Oberleitungen kurz hinter Rostock beschädigt. Bis mindestens morgen Abend werden Sie sich wohl noch etwas gedulden müssen.«

»Dann fahre ich eben am Donnerstag.«

»Am Heiligen Abend?«

»Ja, warum nicht? Wird da der Zugverkehr eingestellt und die Bahnsteige hochgeklappt?« Fragend sah sie zu ihm auf.

Sven Ole antwortete nicht. Es wäre sinnlos. Sie war einfach nur überheblich und arrogant. »Lassen Sie es sich schmecken, Frau von Stein!« Die vornehme Dame war für das Meerblick nicht bereit.

»Verdammt, das ist ja wie verhext!«, schimpfte Charlotte leise vor sich hin, kaum dass sich hinter dem Pensionsbesitzer die Tür geschlossen hatte. Erst dieser

Schneesturm, der ihren Abflug verhinderte, nun noch kaputte Oberleitungen, sodass auch der Zug ausfiel. Wollte das Schicksal, dass sie mit ihrem Ex unter einem Dach die Feiertage beging?

Sie gönnte dem Abendbrot einen prüfenden Blick und rollte mit den Augen. Schon wieder nur Käse und Wurst, ein wenig Grünzeug sowie das obligatorische Schälchen mit Heringssalat, obwohl ihr dieser ausgezeichnet schmeckte. Trotzdem, gab es nichts anderes hier zu essen?

Mit spitzen Fingern schob sie den Teller zur Mitte des Tisches. Dann lehnte sie sich mit schwer beleidigter Miene an die Lehne des Sessels und verschränkte die Arme vor der Brust.

Musste sie hier tatsächlich versauern, sich mit Rigobert vom Walde herumärgern und nebenbei noch verhungern?

»Auf keinen Fall!«, murmelte sie entschlossen vor sich hin. »Ich ergebe mich nicht in mein Schicksal!« Sie griff nach ihrem Telefon.

»Griaß di! Bist du schon in München angekommen?«, wurde sie von Pete begrüßt.

»Pah, Pustekuchen!«, zischte sie beleidigt. »Heute Nacht hat ein Unwetter getobt und Schnee en masse gebracht, sodass wir nicht zum Flughafen kamen. Das war auch noch der letzte Flug in dieser Woche!« Sie knirschte mit den Zähnen.

»Wer ist wir, Toni und du?«

»Sei nicht albern, Pete! Huber muss hierbleiben. Wer soll sonst das Auto nach Bayern zurückfahren? Der Pensionsbesitzer wollte mich zum Flugplatz bringen.«

»Oho!«, entgegnete er nur. Sein Grinsen war nicht zu überhören.

»Selbst die Zugverbindungen sind alle gestrichen.

Durch den vielen Schnee sind die Oberleitungen beschädigt.«

»Upps!« Pete kicherte. »Dann musst du wohl in Warnemünde bleiben.«

»Pah, du wirst es nicht glauben, Pete, das hatte ich sogar vor ...«

»Ach wirklich?«

»... bis ich gestern Abend meinem Ex gegenüberstand.«

»Oh lá lá! Der rattenscharfe Rigobert ist bei dir in der Pension?«

Charlotte rollte mit den Augen. Schwule Kerle waren eindeutig schwanzgesteuerter als normale Männer, wenn es um diejenigen ging, die ihnen gefielen. »Ist das alles, was du dazu zu sagen hast?« Ihr fiel auf, dass Pete nicht gerade erstaunt darüber schien, dass Rigobert ihr gefolgt war. »Du hast ihm nicht zufällig verraten, wohin ich gefahren bin?«

»Möglich, dass mir diese Info versehentlich über die Lippen gekommen ist«, räumte er ein, und sie schnappte nach Luft.

»Du hast geplaudert?«

Darauf erhielt sie keine Antwort, doch ihr war es Antwort genug.

Warum hatte sich nur die ganze Welt gegen sie verschworen? Erst bekam sie keine standesgemäße Unterkunft in Warnemünde, dann passte Huber nicht auf und verstauchte sich den Knöchel, und zu allem Überfluss tauchte nun auch noch ihr Exverlobter auf, und die Folgen eines Schneesturms verhinderten, dass sie von hier wieder wegkam.

»Ich bin mehr als enttäuscht!«, murmelte sie mehr zu sich als zu Pete vor sich hin. »Ich komme aus diesem Albtraum einfach nicht heraus.«

»Kopf hoch, Chérie! So schlimm wird's schon nicht werden«, meinte er.

»Du hast gut reden!«, beschwerte sie sich. »Du sitzt mit meinen Freunden in einem sauschicken Fünf-Sterne-Hotel in Tirol herum, schlürfst leckere Cocktails und schenkst den Männern schmachtende Blicke, während ich mich mit immer demselben Wurstteller begnügen muss und mit Rentnern, die sich ihre Dritten richten und von morgens bis abends über ihre Gebrechen debattieren. Hinzu kommt Rigobert vom Walde, der unter Flatulenzen leidet.«

»Unter Flatulenzen?«, fragte Pete verwirrt.

Charlotte hatte selbst ihm nicht anvertraut, weshalb sie sich von Rigobert getrennt hatte.

»Was meinst du damit?«

»Ach, nichts!«, wich sie aus, denn sie wollte es ihm nicht erzählen.

»Es tut mir leid, Chéri, dass du im Norden festsitzt. Versuche, es von der positiven Seite zu sehen. Nach St. Anton brauchst du nicht kommen, kein freies Bett mehr, alles ausgebucht«, versuchte er, sie aufzumuntern. »Flüchtest du nach Hause, starrst du dort die Wände an. Schnapp dir stattdessen den Wirt und vernasche ihn. Ich fürchte, was anderes wird dir dieses Jahr leider nicht übrigbleiben. Also mach das Beste draus!«

Charlotte spürte, wie ihr die Kehle immer enger wurde und die Tränendrüsen sich entleeren wollten. Ihre Augen waren bereits feucht.

»Danke, Pete!«, krächzte sie. »Pfiat di!« Sie legte auf. Dann brachen die Dämme, und sie heulte los und ließ ihrem Unglück freien Lauf.

*a*m Mittwoch, einen Tag vor Heiligabend, checkten weitere Gäste im Meerblick ein. Einige waren durch das Unwetter an einem früheren Ankommen gehindert worden, andere hatten ihr Erscheinen nicht früher geplant.

Sven Ole war im Dauereinsatz, um den Gästen ihr Gepäck vom Parkplatz zur Pension zu bringen. Glücklicherweise hatte sich Tante Jutta daran erinnert, dass in einem der Verschläge auf dem Dachboden noch ein alter Schlitten stand. Mit dem Handwagen wäre es eine Plackerei geworden.

Die Temperaturen bewegten sich auch tagsüber unterhalb des Gefrierpunktes, sodass der Schnee liegenblieb, was nicht nur die jüngsten Gäste freute, die ausgelassen tobten und Schneebälle warfen oder sich auf die Koffer setzten und sich zum Meerblick ziehen ließen. Auch die Erwachsenen hofften auf weiße Weihnachten.

Swetlana Iwanowa lüftete alle Zimmer noch einmal durch, auch jene, die bisher nicht reserviert worden waren, und schaltete anschließend die Heizung an. Sie stellte die Weihnachtsgestecke auf die Tische und legte für jeden Gast einen kleinen Schokoladenweihnachtsmann dazu. Dann überprüfte sie ein letztes Mal, ob alles sauber und ordentlich war, und nahm im Anschluss die Gäste in Empfang, um sie zu ihren Zimmern zu führen.

Susanne hingegen begrüßte die Neuankömmlinge an der Rezeption. Sie nahm ihre Personalien auf und gelegentliche Sonderwünsche entgegen und bat die Gäste, sich für die Weihnachtsmenüs zu entscheiden. Und irgendwann schwang dann die Tür auf und der einzige Mensch erschien, auf den sie gut und gern hätte verzichten können.

»Ich freue mich, wieder hier zu sein!«, rief Sören Hay freudig aus, noch bevor Susanne dazu kam, ihn zu begrüßen. Er strahlte wie ein Honigkuchenpferd übers ganze Gesicht und trat auf sie zu.

Susanne konnte er damit nicht aus der Reserve locken.

Er tut, als wäre nichts geschehen!, dachte sie stattdessen grimmig und schenkte ihm einen vernichtenden Blick.

Sören Hay war das Dauergrinsen ins Gesicht gemeißelt. Er schien keinerlei schlechtes Gewissen zu haben, weil er sang- und klanglos verschwunden war, nachdem sie sich einander angenähert hatten. Vielleicht war das in seiner Welt auch normal.

»Guten Tag, Herr Hay!«, begrüßte sie ihn förmlich steif, ohne jegliche Gefühlsregung und genoss seine verdatterte Miene.

»Waren wir nicht beim Du angelangt?«

»Waren wir, doch das gehört der Vergangenheit an«, entgegnete sie kühl und sah in ihr Reservierungsbuch. »Sie haben Zimmer 17 im zweiten Obergeschoss.«

»O lá lá!« Sören schnalzte mit der Zunge. »Du hast mich in deiner Nähe einquartiert.«

»Gezwungenermaßen«, erwiderte sie. »Ursprünglich war das Einzelzimmer im Parterre für Sie vorgesehen, doch leider hatte einer der Gäste ein kleines Malheur und muss nun an Krücken gehen.«

»Was für ein Glück für mich! Dann fühle ich mich nicht so allein.« Sören grinste frech von einem Ohr zum anderen. Dann zückte er seinen Personalausweis und reichte ihn ihr.

»Und ich dachte immer, dass Haie Einzelgänger sind, was Sie letztlich bewiesen haben.« Sie nahm seinen Ausweis und füllte die Anmeldung aus.

Sören grinste noch immer. Er beugte sich ihr zu und stützte sich dabei mit dem Unterarm auf dem Tresen ab. »Bist du etwa sauer, dass ich Hals über Kopf die Pension verlassen musste?«

»Sie werden Ihre Gründe dafür gehabt haben, Herr Hay.« Sie sah nicht einmal von ihrer Arbeit auf. »Wie ich sagte, Haie pflegen keine Freundschaften und müssen ständig in Bewegung sein, sonst sterben sie.«

»Wow, hast du den Discovery Channel gebucht?« Er lachte. »Ach, Sanne, komm, hör' auf zu schmollen!« Er streckte die andere Hand versöhnlich nach ihr aus, doch sie wich nach hinten zurück.

»Bitte keine Annäherungsversuche, Herr Hay!« Sie reichte ihm seinen Ausweis zurück.

Bevor Sören dazu kam, ihr weitere Avancen zu machen, erschien Swetlana an der Anmeldung.

»Herr Hay hat Zimmer 17«, wies Susanne sie an und reichte ihr den Schlüssel.

Swetlana nahm ihn entgegen und gönnte Sören einen nicht gerade freundlichen Blick. »Kommen Sie, ich zeige Ihnen ihre Unterkunft.«

Sanne grinste verstohlen, als sie Sörens verdatterte Miene sah. Dann drehte sie sich um und richtete die übrigen Zimmerschlüssel am Schlüsselbrett aus, was nicht vonnöten war. Sie wollte aber diesem eingebildeten Pinsel zeigen, dass er bei ihr nicht mehr landen konnte. Dieser Zug war seit Ende Oktober abgefahren.

Am frühen Abend dann, nachdem die letzten Gäste eingecheckt hatten und sich in ihren Zimmern einrichteten, trat Sven Ole erschöpft, aber zufrieden zu ihr an die Anmeldung. »Geschafft, also nicht nur alle Gäste versorgt, ich bin ebenfalls erledigt!« Sein Blick glitt über das Schlüsselbord. Einzig drei Schlüssel hingen dort noch, einer für ein Zweibettzimmer im ersten Geschoss sowie zwei Schlüssel für ein Zweibett- und ein Vierbettzimmer in der oberen Etage. Er strahlte übers ganze Gesicht.

»Ich hätte nie gedacht, dass wir die Pension ein letztes Mal so voll bekommen. Schade nur, dass es uns nicht helfen wird, das Meerblick vor dem Aus zu bewahren.«

»Vor dem Aus, habe ich das eben richtig gehört?« Unerwartet kam Rigobert vom Walde die Treppe herunter und trat auf Susanne und Sven Ole zu. »Sie haben die Pension doch gerade saniert, Herr Larsen, zumindest in den Bädern ist das nicht zu übersehen. Auch die Räume wurden renoviert.«

Sven Ole und Sanne tauschten einen Blick. Warum sollten sie es abstreiten. Es war eben so.

»Ich habe das Meerblick erst in diesem Jahr von meiner Tante übernommen«, hob Sven Ole an und erzählte von ihren hochtrabenden Träumen, aus der etwas angestaubten Pension ein modernes Gästehaus zu machen, und wie sie dabei auf die Zusage ihres Bankbetreuers vertraut hatten und auf die Nase gefallen waren. »Selbst schuld«, schloss er und hob die Schultern, »wenn man so blauäugig einer mündlichen Zusage vertraut.«

»Ich hätte es auch getan«, sprang Susanne ihm zur Seite und griff nach seiner Hand, um sie zu drücken.

»Also wurde Ihnen erst eine mündliche Zusage erteilt, die dann später wieder zurückgenommen wurde, warum?«

»Weil es angeblich keine Sicherheiten gäbe«, antwortete Sven Ole. »Ich hatte zu diesem Zeitpunkt bereits viel investiert und sozusagen auf Pump gelebt, sodass ein weiterer Antrag abgeschmettert wurde.«

»Die Pension stellt keine Sicherheit dar?« Fragend kräuselte Rigobert vom Walde die Stirn. »Ich mag kein Finanzexperte sein, aber wenn ich sehe, wie es um die Auslastung der Zimmer bei Ihnen steht, kann ich diese Begründung nicht nachvollziehen.«

»Die Auslastung war zuvor bei Weitem nicht so hoch. Erst nach der Teilmodernisierung und einer Auffrischung der Website scheint das Interesse der Gäste wieder geweckt.«

»Nur leider zu spät«, fügte Susanne bedauernd hinzu. »Die Außenstände sind durch die Einnahmen nicht zu tilgen, zumindest nicht in dem Zeitraum, der uns zur Verfügung steht. Da nutzen auch die Weihnachtsbuchungen nichts mehr.«

»Das ist bedauerlich«, befand Rigobert vom Walde. »Haben Sie noch mal mit der Bank gesprochen? Die müssten doch sehen, dass es bei Ihnen bergauf geht und Gelder in Zukunft fließen werden?«

Sven Ole nickte resigniert. »Sie sehen es leider anders und sagen, die Insolvenz sei nicht mehr abzuwenden.«

»Schade!« Rigobert vom Walde rückte sich die Brille auf der Nase zurecht. »Ich habe Ihre Pension ins Herz geschlossen. Sie entspricht sicher nicht den Hotels, in welchen ich sonst zu nächtigen pflege, es ist eben nur eine Pension, doch dafür ist sie klein und fein. Ich könnte mir vorstellen, im Sommer wiederzukommen. Es muss nicht immer ein Luxushotel sein. Die Abgeschiedenheit und die Ruhe, doch vor allem der Blick hinaus aufs Meer entschädigen für einiges.«

»Ehrlich?«, rutschte es Sven Ole heraus.

»Ja, junger Mann. Kopf hoch! Vielleicht geschieht noch ein Weihnachtswunder.« Er zwinkerte ihm und Susanne zu und verschwand im Flur, der zur Klönstuv führte.

»Sein Wort in die Gehörgänge der Bänker!«, meinte Susanne. Noch immer hielt sie Sven Oles Hand in ihrer. »Oder er muss ein wenig von seiner Kohle rüberwachsen lassen, dann könnte dieses Wunder Wirklichkeit werden.« Sie grinste und gab die Hand ihres Chefs wieder frei. »Anderenfalls musst du dich an Frau von Stein ranmachen«, flüsterte sie ihm zu. »Sie ist zwar etwas überkandidelt, doch sie steht auf dich und tut zumindest so, als hätte sie auch genügend Geld auf der Bank.«

»Ach wirklich?« Verdutzt sah Sven Ole sie an. »Ist mir noch gar nicht aufgefallen.«

»Was, dass sie genügend Kohle hat oder auf dich steht?«

»Letzteres.«

Sanne verdrehte die Augen. »Typisch Mann! Du himmelst sie an und bekommst nicht mit, dass auch sie Signale zu senden beginnt.«

»Die da wären?«

»Erzähle ich dir ein anderes Mal. Ich muss jetzt Swetlana bei der Vorbereitung des Abendbrots helfen.« Susanne schnitt Sven Ole grinsend ein Gesicht und eilte in die Küche.

Charlotte hatte sich in ihr Schicksal gefügt. Sie musste es akzeptieren. Die Welt hatte sich gegen sie verschworen und wollte nicht, dass sie Warnemünde verließ. Ein erneuter Anruf bei der Deutschen Bahn brachte ihr die Auskunft ein, dass sich die Lage im Fernverkehr nicht gebessert habe. Die Schäden im Bereich des Rostocker Hauptbahnhofs waren zwar beseitigt, doch das Unwetter hatte in weiten Teilen der Republik für großes Chaos gesorgt und den Schienenverkehr aufgrund von beschädigten Oberleitungen und umgestürzten Bäumen teilweise zum Erliegen gebracht. Eine durchgehende Zugverbindung nach München wäre sicher erst im Laufe des ersten Feiertages zu erwarten.

Dann kann ich auch hierbleiben, dachte sie zerknirscht. Hatte die Dame von der Rezeption der Yachthafenresidenz nicht gesagt, ab dem 27. Dezember wären wieder Zimmer frei?

Sie starrte hinaus auf die Ostsee, die sich in ihrer vollen Schönheit präsentierte. Das Wasser war tiefblau, wenn die Sonne auf seine Oberfläche fiel, und funkelte in ihren Strahlen. Der Schnee hob sich blendend hell dagegen ab, sodass es den Augen wehtat, ihn zu lange anzusehen. Und der Himmel war genauso blau wie in den Bergen.

»Weiß-blau wie die bayrischen Landesfarben!«

Sie öffnete das Fenster und ließ die frische Meeresluft in ihr Zimmer herein. Als sie sich aus dem Fenster lehnte, konnte sie das Wäldchen sehen, das sich oberhalb des Kliffs erhob und wie eingezuckert aussah. Es war kalt genug und dazu windstill, sodass sich eine feine Schneeschicht auf den Ästen hielt.

Eigentlich ist es das ideale Wetter für einen Spaziergang am Strand, überlegte sie, doch allein verspürte sie dazu keine Lust. Nicht mal Toni kam als Begleiter infrage. Mit seinen Krücken wäre es nicht ratsam, über vereiste und verschneite Wege zu gehen.

»Oder ich frage Herrn Larsen!«, überlegte sie laut und schloss wieder das Fenster. Immerhin hatte er ihr seine Gesellschaft angeboten. Ob er aber so kurz vor Weihnachten dazu Zeit hätte, wusste sie nicht.

Sie zog die Gardinen wieder zu und nahm den Zimmerschlüssel, um sich nach unten zu begeben. Sie wollte endlich die Pension erkunden, wenn sie nun schon die nächsten Tage hier verbringen musste. Ein bisschen hatte sie bereits während ihrer Suche nach Huber gesehen, und vielleicht träfe sie den Pensionswirt, um mit ihm ein paar Worte wechseln zu können. Anderenfalls müsste sie wohl auf Antonio zurückgreifen, ein Gedanke, der ihr missfiel, denn ihre Gespräche endeten stets in Zänkereien.

Als sie ins Parterre trat, war die Rezeption verwaist. Von irgendwoher drangen leise Klänge weihnachtlicher Musik. Als sie sich auf die Melodie konzentrierte, erkannte sie Bachs Weihnachtsoratorium und summte den Choral mit, der gerade lief. Sie mochte klassische Musik. Sie verharrte einen Moment; dann schlug sie den Weg in den Flur ein und betete, dass ihr nicht Rigobert über den Weg laufen würde.

Die erste Tür nach der Anmeldung weckte erneut ihre Neugier. Das Schild KAMINZIMMER zog sie magisch an, doch der Raum war auch heute verschlossen.

Sie wollte sich abwenden und zur Klönstuv gehen, als sie einen Schatten hinter sich bemerkte und sich umdrehte.

»Möchten Sie einen Blick ins Innere werfen, Frau von Stein?«

»Wenn es Ihnen nichts ausmacht?«

Sven Ole schüttelte lächelnd den Kopf. Er trat an ihr vorbei, schloss die Tür auf und ließ sie eintreten.

Ein beinahe quadratischer Raum tat sich vor ihr auf, der ein Panoramafenster mit Blick zur Ostsee bot. Auf der rechten Seite war ein beeindruckender Kamin gemauert worden, vor dem ein großes Fell lag und zum Verweilen einlud. Eine bequeme Sitzgarnitur und ein paar Kleinmöbel ließen den Zweck dieser Örtlichkeit erahnen. Hier sollten sich Verliebte näherkommen. Dicke Vorhänge konnten vor dem Fenster zugezogen werden, um die Anwesenden vor neugierigen Blicken zu bewahren. Es gab aber auch einen Fernseher an der Wand für all jene, die nur die Kaminatmosphäre genießen wollten, aber zum Kuscheln keine Lust verspürten.

»Und, gefällt es Ihnen?«

»Romantik pur, wenn man jemanden hat, um sie zu genießen.«

Sven Ole schmunzelte. »Das geht auch mit jemandem an seiner Seite, mit dem man sich nur unterhalten will.«

»Wären Sie ein solcher Jemand?«

»Warum nicht?« Sven Ole kam aus dem Schmunzeln nicht heraus. Sanne schien recht zu haben. Nicht nur er war an Frau von Stein interessiert. Auch sie schien ihm gegenüber nicht ganz abgeneigt zu sein.

»Allerdings habe ich jetzt keine Zeit. Ich muss noch einmal nach Rostock fahren und die letzten Besorgungen im Großmarkt tätigen. Vor zwanzig, einundzwanzig Uhr bin ich sicher nicht zurück.«

Charlotte dachte nicht lange nach und gab sich einen Ruck. »Wie wäre es, wenn ich Sie dabei begleite. Ich bin noch nie in einem Großmarkt gewesen. Zudem fällt mir bald die Decke auf den Kopf.«

Das glaube ich Ihnen aufs Wort, dachte Sven Ole und nickte. »Es wäre mir eine Freude, eine so nette Begleitung an meiner Seite zu wissen.« Du liebe Güte, wie raspelte er doch Süßholz und schleimte herum. »Sind Sie in einer Viertelstunde zum Aufbruch bereit?«

Charlotte bejahte.

»Was haben Sie letztens gemeint, als Sie sagten, dass es auch Ihr letztes Weihnachtsfest im Meerblick werden wird?«, fragte Charlotte, als sie in Lütten-Klein Richtung Warnowtunnel abbogen, um sich die lange und vor allem langsame Fahrt durch die gesamte Innenstadt zu ersparen.

Sven Ole seufzte. »Ich muss die Pension im Januar schließen. Wir haben uns finanziell komplett übernommen.«

»Aber dafür gibt es doch Kredite.«

In knappen Worten schilderte Sven Ole, was geschehen war, und Charlotte schnappte nach Luft.

»Sie haben mit Geld bezahlt, das Sie noch nicht besaßen?«

Betroffen nickte er. »Ich weiß, das war sagenhaft dumm von mir.«

Sie passierten den Tunnel, der den Nordwesten mit dem Nordosten Rostocks verband und eine enorme Zeitersparnis brachte. Dann fuhren sie ein Stück auf der Autobahn entlang, bevor sie abbogen, um zum Großmarkt zu gelangen.

Kurz vor Weihnachten war der Parkplatz gut gefüllt. Viele Gewerbetreibende machten ihre letzten Besorgungen. Sven Ole hatte bereits per Mail seine Bestellung geordert, sodass sie schnell und ohne viel Aufwand den Markt wieder verlassen konnten. Sie luden alles in den kleinen Transporter, und sogar Charlotte packte tüchtig mit an.

»Du lieber Himmel«, keuchte sie und wischte sich trotz der Minusgrade den Schweiß von der Stirn, »als Außenstehender hat man überhaupt keine Vorstellung, was alles herangeschleppt werden muss, um den Gästen ein schönes Fest zu bescheren.«

»Wie wahr, wie wahr«, entgegnete er und grinste in sich hinein. Vielleicht würde tatsächlich noch ein Weihnachtswunder geschehen, wenn Frau von Stein von ihrem hohen Ross heruntersteige, um sich mit dem Fußvolk zu amüsieren. »Was halten Sie davon, wenn ich Sie als kleines Dankeschön zum Abendbrot einlade? Es wird nur eine kleine Gaststätte sein, nicht nobel, aber es schmeckt und man wird satt.«

»Einverstanden, aber nur, wenn ich zahlen darf.«

Sven Ole entglitt beinahe der Bierkasten, den er in den Transporter stellte. Die Flaschen klirrten laut, als der Kasten etwas härter als gewollt den Boden der Ladefläche berührte. »Sie wollen mich einladen, Frau von Stein?«

»Warum nicht? Immerhin haben Sie mir gerade von Ihrem finanziellen Engpass erzählt.«

Das war Sven Ole peinlich. »Vielen Dank, aber dafür reicht es allemal.«

»Habe ich Sie beleidigt, Herr Larsen? Das lag nicht in meiner Absicht.« Sie trat auf ihn zu, und das Licht der Parkplatzbeleuchtung spiegelte sich in ihren bernsteinfarbenen Augen wider. »Sie haben mich schon auf dem Weihnachtsmarkt freigehalten. Da finde ich es nur fair, wenn ich dieses Mal die Rechnung zahle.«

»Also gut.« Sven Ole gab sich geschlagen, obwohl ein seltsames Beigeschmäckle blieb.

Als sie später gesättigt noch eine Tasse Kaffee tranken, fragte er nach Rigobert vom Walde. »Ist es zu aufdringlich oder darf ich erfahren, was Sie beide so zerstritten hat?«

»Zerstritten eher nicht«, wich Charlotte aus und faltete die Hände vor sich auf dem Tisch. »Es war vielmehr sein Benehmen, das ich als anstößig empfand und das mich davon abgehalten hat, mit ihm den Bund fürs Leben einzugehen.«

»Aha!« Sven Ole konnte sich nicht vorstellen, was genau sie darunter verstand. Herr vom Walde hatte einen überaus gesitteten Eindruck auf ihn gemacht, aber er hatte ihn auch nur kurz kennengelernt. Er aß allerdings manierlich, nutzte sogar Messer und Gabel, wenn er eine Stulle aß, anstatt das Brot in die Hand zu nehmen und abzubeißen. »Wie werden Sie nun die Feiertage verbringen?«, wechselte er das Thema, da er spürte, sein Gast wollte nicht weiter darüber reden.

»Das wissen Sie doch, ich bleibe hier. Was bleibt mir anderes übrig? Das Wetter hat mir einen Strich durch die Rechnung gemacht.«

»Das ist mir klar. Ich meinte, werden Sie sich in Ihrem Zimmer vergraben oder kommen Sie herunter in die Gemeinschaft und feiern mit uns das Weihnachtsfest?«

Sie schenkte ihm einen prüfenden Blick. »Sind Sie um das Wohl all Ihrer Gäste so besorgt?«

»Aber sicher doch«, flötete er zurück. Es knisterte ziemlich zwischen ihnen.

Charlotte lachte. Sie stützte das Kinn in die Handfläche und sah ihn an. »Einem so charmanten Angebot kann ich natürlich keine Absage erteilen«, hob nun auch sie an, mit ihm zu flirten. »Ich werde ab morgen Abend der Gemeinschaft zur Verfügung stehen, solange ich nicht mit meinem Exverlobten an einem Tisch sitzen muss. Über Ihre Gesellschaft hingegen würde ich mich freuen.«

»Das lässt sich einrichten, Frau von Stein. Ich heiße übrigens Sven Ole.« Er reichte ihr die Hand.

»Angenehm, Sven Ole. Sagen Sie einfach Charlotte oder Charly zu mir.« Sie sah ihm in die Augen, die so wunderschön blau waren wie vorhin die Ostsee. Die Flamme der Kerze, die vor ihnen in der Mitte des Tisches stand, spiegelte sich in ihnen wider, als würde die Sonne glutrot untergehen. Ein wohliges Prickeln setzte in ihrem Bauch ein und breitete sich von dort in ihrem gesamten Körper aus.

Er gefiel ihr, das konnte sie nicht bestreiten, doch als Partner könnte er ihr nicht viel bieten. Nichtsdestotrotz wäre er eine kleine Sünde wert, vor allem zu den Feiertagen.

»Sind Sie sehr enttäuscht, wenn wir den Abend im Kaminzimmer auf einen anderen Tag verschieben?«, fragte er, nachdem er einen Blick auf seine Uhr geworfen hatte. »Es ist schon spät, und ich muss noch das Auto ausladen und alles in die Küche und auf den Dachboden bringen. Hinterher schlafe ich sicher im Stehen ein.«

Sie lächelte und schüttelte den Kopf. »Ich danke Ihnen, dass Sie sich so um mich bemühen, Sven Ole. Aufgeschoben ist nicht aufgehoben!«

An diesem Abend lag Charlotte noch lange wach und starrte an die Decke ihres Zimmers.

Sven Ole Larsen war ein interessanter Mann. Nie hätte sie es sich träumen lassen, dass sie ihm kurzerhand verfallen würde und ihm sogar erlaubte, sie mit ihrem Kosenamen anzureden. Normalerweise tat sie sich damit recht schwer.

»Das sagt viel über meine Gefühle für ihn aus!«, murmelte sie vor sich hin und zog sich das Federbett bis hoch zum Kinn.

Oder wollte sie nur ihren Exverlobten eifersüchtig machen, doch warum? Sie wollte nichts mehr von ihm!

Lassen wir die Dinge auf uns zukommen, dachte sie und rollte sich auf die Seite. Sie winkelte den Arm an und legte ihren Kopf darauf. Dann schloss sie die Augen und schlief kurz darauf zufrieden ein.

*D*er Morgen des 24. Dezembers begann mit strahlendem Sonnenschein. Charlotte stand am Fenster und sah hinunter zur Terrasse, wo zwei Kinder einen Schneemann bauten, denn Sven Ole hatte nicht die komplette Fläche freigeschaufelt. Lachend rollten sie die Kugeln über den Schnee, bis sie die richtige Größe hatten. Dann waren sie ihnen zu schwer, sodass ihre Väter kommen mussten, um sie aufeinanderzusetzen.

»Was für ein schöner Tag!«, murmelte sie versonnen vor sich hin. Sven Ole hatte recht. Der Blick aus dem Fenster über das Kliff und den Strand hinaus auf die Ostsee war einfach wunderbar. Jedes Mal war sie fasziniert, wenn sie aus dem Fenster sah. Ob die See nun schöner war als die Berge, wusste sie nicht so genau. Vielleicht war es diese Gegend aber wert, von ihr erkundet zu werden.

Ihr Entschluss stand fest. Wenn sie sich frei bewegen wollte, musste sie mit Rigobert reden, wollte sie nicht die kommenden Tage in ihrem Zimmer verbringen. Er musste die Trennung akzeptieren und sie zufriedenlassen. Am besten wäre es, er würde seine Koffer packen und verschwinden, damit keine Gefahr bestand, dass sie sich über den Weg liefen. Sie wollte ihn vergessen und nicht mehr sehen.

Entschlossen nahm sie ihren Zimmerschlüssel und tauschte die Hausschuhe gegen ihre Pumps. Ein letzter prüfender Blick in den Spiegel. Dann verließ sie das Zimmer und stieg eine Etage höher.

Ihr Herz pochte, je näher sie dem Raum Nr. 18 kam. Warum eigentlich? Sie und Rigobert hatten sich in Frieden voneinander getrennt, zumindest hatte sie ihm keine große Szene gemacht, sondern ihm einfach nur gesagt, es sei vorbei. Er hatte es zwar nicht verstanden, doch es bestand absolut kein Grund, vor Anspannung nun feuchte Handflächen zu bekommen und sich im Vorfeld bereits intensiv räuspern zu müssen.

Sie nahm ihren Mut zusammen und pochte an die Tür.

Kurze Zeit später vernahm sie Schritte auf der anderen Seite. Dann öffnete sich die Tür, und Rigobert blickte sie überrascht an.

»Charlotte, mit dir hätte ich nicht gerechnet.«

»Doch nun bin ich da«, entgegnete sie. »Darf ich hineinkommen?«

»Aber sicher doch.« Er ließ sie eintreten und schloss die Tür hinter ihr. »Nimm bitte Platz. Es ist etwas beengt, aber der Sessel ist frei. Ich nehme die Kante des Bettes.«

Sie winkte ab und drehte sich ihm zu. »Ich habe nicht vor, lange zu bleiben. Ich möchte nur wissen, warum du nach Warnemünde gekommen bist? Das kann unmöglich ein Zufall sein. Wenn ich schon gezwungenermaßen die kommenden Tage in dieser luxusfreien Pension zusammen mit Rentnern und dir verbringen muss, wäre es schön, wenn wir so tun, als würden wir uns nicht kennen.«

»Das ist ein Problem«, befand ihr Exverlobter, »denn ich bin nur deinetwegen hier.«

»Und wieso? Ich dachte, es wäre alles geklärt? Ich habe die Verlobung gelöst und dir deinen Ring zurückgegeben. Geht das nicht in deinen Schädel rein, dass wir fortan getrennte Wege gehen?«

»Ein Umstand, den ich so nicht einfach hinnehmen will, denn ich möchte zu gerne wissen, was ich getan habe, dass du dich zwei Tage vor unserer Abreise auf die Malediven von mir trennst?«

»Ich dachte, das hätte ich dir unmissverständlich gesagt«, hielt Charlotte dagegen, denn das hatte sie getan. Sie hatte ihm allerdings nicht komplett reinen Wein eingeschenkt, weil es ihr peinlich gewesen war, über seine Flatulenzen zu sprechen. Wenn er so intelligent war, wie er stets vorgab, es zu sein, hätte er allein darauf kommen müssen.

Rigobert setzte sich auf die Kante des Bettes und sah zu ihr auf. »Weil ich schnarche, wenn ich erkältet bin oder mal etwas mehr getrunken habe, was an jenem Abend der Fall gewesen ist?«

»Das habe ich als Grund angegeben, das ist richtig. Es ist aber nicht das Einzige, was mich abgestoßen hat. Ich war zutiefst entsetzt, dass du in meiner Gegenwart deinen Darmwinden freien Lauf gelassen hast!«

»Ich habe mich dafür entschuldigt, Charlotte. Es war mir selbst mehr als unangenehm. Ich wollte sie zurückhalten, was mir leider nicht gelungen ist.«

»Nun ja, ab einem gewissen Alter bekommt man damit Probleme«, fiel sie ihm ins Wort.

»Ich darf doch wohl bitten, meine Liebe!« Rigoberts Tonfall, der eben noch ruhig gewesen war, nahm an Schärfe zu. »Du tust ja so, als wäre ich ein Tattergreis. Zudem kannst du schwerlich behaupten, dass ich es ständig getan hätte. An jenem Abend war der Obstsalat daran schuld, den ich nicht vertragen habe.«

Charlotte lachte auf. »Seit wann leidet man nach einem Obstsalat unter Blähungen?« Ihr Lachen erstarb ihr auf den Lippen. »Du hast die ganze Nacht nicht nur gesägt, sondern auch extrem gegast.«

»Weil ich unter Fruktoseintoleranz leide, aber du hast mich überhaupt nicht zu Wort kommen lassen und mir stattdessen am nächsten Morgen den Ring auf den Tisch geknallt und bist wutentbrannt aus dem Raum gerannt hinunter zu deinem Auto, um abzuhauen.«

»Was hätte ich deiner Meinung nach denn tun sollen?«, verteidigte sich Charlotte beleidigt und verschränkte die Arme vor der Brust. »Im Flieger die Gerüche erdulden und die erbosten Blicke der Passagiere über mich ergehen lassen?«

»Bis zu unserer Abreise war alles vorbei«, entgegnete er. »Wenn du mir zugehört hättest, wüsstest du, dass eine Fruktoseunverträglichkeit keine Ewigkeit anhält. Es war natürlich meine Schuld. Ich hätte umsichtiger sein müssen, Trauben, Rosinen und Datteln waren Gift für mich.«

Verwirrt legte Charlotte den Kopf schräg. »Und ich dachte immer, Obst sei gesund.«

»Ist es auch, aber nicht für jemanden, der keinen Fruchtzucker verträgt.«

Das hatte Charlotte nicht gewusst, doch sie war nicht bereit, ihre Schuld einzugestehen. Dafür war sie zu stolz. »Und warum hast du mir das nie erzählt?«

»Als ich es tun wollte, hast du mir nicht zugehört.«

Sie reckte das Kinn in die Höhe. »Wie dem auch sei, Rigobert. Es wäre freundlich von dir, wenn du mir nicht nachstellen würdest, während wir gezwungenermaßen die Festtage unter einem Dach verbringen müssen. Besser wäre es noch, du würdest dich nach Bayern zurückbegeben. Dann hätte ich meine Ruhe vor dir.«

»Und wie, Teuerste?« Er lachte und verschränkte nun ebenfalls die Arme vor der Brust und schlug bequem ein Bein über das andere. »Selbst du hast es nicht geschafft, von hier wegzukommen.«

»Miete einen Wagen und fahre zurück«, schlug sie ihm vor. »Du besitzt Fahrpraxis, ich leider zu wenig für eine solch lange Strecke.«

»Dann fahre du doch per Anhalter, Chérie. Ich wäre sogar bereit, dich in meinem Mietwagen bis zur Autobahn zu bringen.« Ein amüsiertes Grinsen huschte über sein Gesicht. »Ich, für meinen Teil, bleibe hier! Mir gefällt es in dieser Pension.« Rigoberts Amüsement wich schlagartig Verärgerung. Was bildete sie sich ein, ihn des Meerblick verweisen zu wollen? Er sah sie kopfschüttelnd an. »Charlotte, ich hätte nie gedacht, dass du so oberflächlich bist. Du tust gerade so, als würde ich mich nicht benehmen können getreu der Devise: Warum rülpset und furzet Ihr nicht! Es gibt allerdings Umstände und Situationen im Leben, wo sich die Manieren dem Wohlbefinden des Körpers unterordnen müssen, ob man will oder nicht. Ich gebe zu, ich hätte rechtzeitig den Abend mit dir beenden müssen. Ich hätte dir ein eigenes Schlafzimmer anbieten sollen, doch wir waren an jenem Abend so ineinander verliebt ...«

»Ich sicher nicht, nachdem du den ersten Wind hast fahren lassen. Danach war mir alles vergangen.«

»Oho, dann hast du deinen Ekel aber gut vor mir zu verbergen gewusst.«

Sie reckte ihr Kinn noch weiter in die Höhe und antwortete nicht darauf.

Er seufzte. »Manchmal frage ich mich, warum ich dich unbedingt zurückgewinnen will ...«

»Das frage ich mich, seit du hier aufgetaucht bist«, fiel sie ihm abermals ins Wort.

»Ich bin mir nicht einmal sicher, ob deine Liebe mir gegenüber jemals echt gewesen ist ...«

Ein empörtes Zischen entfuhr ihrem Mund.

»Was hast du an mir gemocht? Ist es dein Vaterkomplex oder waren es vielmehr meine angegrauten Schläfen, wie du es oftmals angedeutet hast, oder doch eher mein Kontostand?«

»Das ist eine Unverschämtheit!«, empörte sie sich und stemmte die Hände in die Hüften. »Was bildest du dir ein, mit wem du hier sprichst?«

»Mit dir, Charlotte von Stein. Mir ist bekannt, unter welchem Standesdünkel du leidest, obwohl deine Familie erst vor einer Generation in den Adel eingeheiratet hat. Und ich weiß auch, dass dir bei deiner Lebensführung bald das Wasser bis zum Halse steht, vor allem mit dem Familienstammsitz deiner Vorfahren an den Hacken, der dich über kurz oder lang finanziell an den Rand des Ruins bringen wird.«

Sie sah auf ihn herab. »Und trotz all diesem Wissen willst du mich zurückerobern?« Sie kicherte. »Träum weiter, Rigobert, aber lass mich in Ruhe!« Mit diesen Worten drehte sie sich um und schwebte hoheitsvoll aus seinem Zimmer.

Als sie sich unbeobachtet auf dem Flur befand, sackte sie in sich zusammen und wischte die Tränen fort, die ihr in den Augenwinkel gedrungen waren. Rigoberts Worte hatten sie schwer getroffen.

»Dieser Mistkerl!«, murmelte sie verärgert. Warum unterstellte er ihr, oberflächlich zu sein und es nur auf sein Vermögen abgesehen zu haben?

Weil es so ist! Du bist oberflächlich und leidest unter Standesdünkel. Du hast ihn gemocht, weil er dich an deinen Vater erinnert hat, doch verliebt warst du eher in sein Geld.

Das ist nicht wahr!, protestierte sie. Als sie sich kennengelernt hatten, war sie von ihm als gestandenem Mann beeindruckt gewesen. Ja, er hatte sie in gewissem Maße an ihren Vater erinnert. Dass er vermögend war, war nur ein schöner Nebeneffekt, aber keinesfalls ausschlaggebend.

Sie musste aber eingestehen, sie sah oftmals auf andere herab und bildete sich ein, mit ihrem *von Stein* etwas Besonderes zu sein. Sie musste in Luxus und Glamour schwelgen, um sich standesgemäß zu fühlen, doch auch eine Bratwurst auf dem Rostocker Weihnachtsmarkt und ein Eierpunsch an der Seite eines Pensionswirtes hatten ihr geschmeckt. Sie musste sogar zugeben, dass ihre Unterhaltungen, zum Teil meist Zänkereien, mit Toni Huber weitaus tiefgründiger waren als die oberflächlichen Gespräche mit ihren aufgebrezelten Bekannten. Selbst die Nähe von Sven Ole empfand sie als äußerst inspirierend, obwohl er nicht in Reichtum schwamm, sondern vielmehr pleite war. Vielleicht täte ihr ein wenig mehr Bodenständigkeit gut. Über die Feiertage wollte sie es damit mal probieren.

Auf dem Weg zu ihrem Zimmer bot sich ihr die Gelegenheit, ihren Vorsatz sofort in die Tat umzusetzen.

»Ich werde ab heute Abend zum Essen nach unten kommen«, teilte sie Susanne mit, die ihr auf der Treppe mit einem Stapel Handtüchern auf dem Arm entgegenkam.

Sannes Gesicht hellte sich freudig auf. »Wie schön, Frau von Stein. Und weil heute Heiligabend ist, begrüßen wir alle kleinen und großen Gäste bereits zum Kaffeetrinken in der Klönstuv. Zu Stollen, Lebkuchen, Kaffee und Glühwein lauschen wir weihnachtlichen Klängen und warten auf den Weihnachtsmann, der dieses Jahr sogar im Rentierschlitten kommen kann.«

Verschmitzt zwinkerte sie ihr zu. »Darf ich Ihnen einen Platz reservieren?«

»Gerne, aber weit weg von Rigobert vom Walde.«

»Kein Problem, Frau von Stein. Möchten Sie mit Herrn Huber zusammensitzen.«

»Teilt er sich nicht seinen Tisch mit vom Walde? Danke, nein! – Wo ist Herr Larsen?«

»Auf der Terrasse«, lachte Susanne, die über den plötzlichen Sinneswandel ihres Problemgastes erfreut war. »Die Kinder haben einen Schneemann gebaut. Da er blind war und keine Nase hatte, hat mein Chef eine Möhre und zwei Pfirsichkerne zur Verfügung gestellt. Die Kinnings sind aus dem Häuschen.«

»Die Kinnings?«

»Ja, die plattdeutsche Form für Kinder«, erklärte Susanne, die sich einige Begrifflichkeiten des Nordens angenommen hatte. Es kam gut bei den Urlaubern an.

»Ah, ich verstehe. Vielen Dank!« Charlotte ging in ihr Zimmer, um sich ihren Wintermantel überzuziehen. Noch einmal wollte sie nicht nur im dünnen Blüschen die frische Winterluft genießen. Sie wechselte die Pumps gegen ihre Stiefel und lief hinunter ins Parterre.

Je näher sie dem Erdgeschoss kam, umso angenehmere Düfte zogen durch den Flur und kitzelten sie in der Nase. Es roch nach Braten und Rotkohl. Ihr lief das Wasser im Mund zusammen. Die Angestellten waren bereits fleißig beim Kochen, um ihren Gästen einen leckeren Weihnachtsschmaus servieren zu können. Was es wohl heute zum Abendbrot gab?

Hinter ihr klappte eine Tür.

Als sie sich umsah, erblickte sie die ältere Frau, die in der Einliegerwohnung lebte. Sie saß in ihrem Rollstuhl und trug eine Kittelschürze. Als sie Charlotte erblickte, lächelte sie ihr zu. »Na, duftet das nicht gut?«

Charlotte nickte. »Mein Magen meldet sich sofort. Kann man hier irgendwo in der Nähe etwas essen, zum Mittag meine ich?«

»Warnemünde bietet vielerlei«, erwiderte sie. »Ich habe mich noch gar nicht vorgestellt. Ich bin Jutta Larsen, Sven Oles Tante. Sie können einfach Tante Jutta sagen. Das höre ich seit dem Sommer ständig. Muss wohl daran liegen, dass Sven Ole mich so ruft.«

»Charlotte von Stein. Meine Freunde nennen mich Charly, also wenn Sie wollen ...« Ihr wurde plötzlich richtig warm uns Herz. Warum fühlte sie sich hier so geborgen und wohl, dass sie nun auch wildfremden Menschen erlaubte, sie mit ihrem Kosenamen anzusprechen?

»Charly, ach wie nett!«

»Und ein Lokal, das ich zu Fuß erreichen kann?«, hakte Charlotte nach. »Mir fehlt ein wenig die Fahrpraxis«, fügte sie kleinlaut hinzu. »Da mein Chauffeur verhindert ist, bin ich derzeit zu Fuß unterwegs.«

Tante Jutta winkte ab. »Das macht doch nichts, Kindchen, ähm, Charly. Ganz in der Nähe gibt es ein Gasthaus, das heute Mittag geöffnet hat, allerdings nur bis vierzehn Uhr. Folgen Sie einfach dem Pfad Richtung Westen, also nach rechts. Dann können Sie es unmöglich verfehlen. Ist ein gemütlicher Spaziergang von einer guten halben Stunde. Allerdings liegt Warnemünde auch nicht viel weiter entfernt.«

»Ich danke Ihnen!« Charlotte nickte Tante Jutta zu und verließ die Pension, um nach Sven Ole zu suchen.

Sie fand ihn in einer Schneeballschlacht mit den Kindern, die den Schneemann gebaut hatten. Als sie sie bemerkten, verbündeten sie sich und bewarfen sie, doch Sven Ole gebot ihnen nach kurzer Zeit Einhalt und trat auf sie zu.

»Schauen Sie nur, Charlotte, der Schneemann ist bereits da. Nun fehlt nur noch der Weihnachtsmann.«

Sie grinste. »Ich habe gerade Ihre Tante getroffen, die mir sagte, es gäbe hier in der Nähe ein Gasthaus, das Mittagstisch anbietet.«

»Das stimmt. Einfach nach rechts abbiegen und dem Pfad folgen. Dann können Sie es nicht verfehlen.« Er sah auf seine Uhr. »Oder Sie gedulden sich noch eine halbe Stunde, und wir gehen gemeinsam hin und genießen dabei den Blick über das Meer.«

»Das würden Sie tun, mich begleiten?« Charlotte war angenehm überrascht, denn sie hatte vermutet, als Chef der Pension hätte er so kurz vor dem Fest noch alle Hände voll zu tun.

»Gerne sogar. Ich bin seit heute Morgen um halb sechs auf den Beinen und habe all meine Pflichten erledigt ...«, er beugte sich ihr zu, »... außer meine Pflicht als Weihnachtsmann.«

Sie kicherte. »Dann bis gleich, Sven Ole. Ich warte um zwölf Uhr an der Rezeption auf Sie.«

*N*achdem Charlotte sein Zimmer verlassen hatte, blieb Rigobert noch einen Moment sitzen, bevor er vom Bett aufstand und ans Fenster trat. Viel zu sehen gab es nicht. Vielleicht, so überlegte er, sollte er sich anziehen und einen Spaziergang unternehmen. Er könnte auch zu Toni gehen und ihn zum Mittag einladen. Etwas Warmes im Bauch, bevor die weihnachtliche Prasserei begann, konnte nichts schaden, selbst wenn es nur eine Suppe war.

Er öffnete das Fenster, um Charlottes Parfüm aus dem Zimmer zu lassen. Dann ging er ins Bad und zog sich seinen Winterpullover über, der dort auf einem Bügel über der Duschstange zum Lüften hing. Als er wieder aus der Nasszelle trat, hatte die winterlich kalte Luft das Parfüm besiegt. Er schloss das Fenster und zog sich seine Schuhe an. Dann nahm er seinen Mantel, die Handschuhe und den Schal und griff nach seiner Brieftasche sowie dem Autoschlüssel und begab sich auf den Flur.

Dort traf er mit dem Bewohner aus Zimmer 17 zusammen. Es handelte sich um einen allein reisenden Herrn, nur dass dieser sein Sohn hätte sein können. Er schätzte ihn um die dreißig.

»Guten Tag!«, grüßte Rigobert und nickte ihm zu. Er hatte ihn bereits beim Frühstück bemerkt. Er saß am Nebentisch und kam ihm bekannt vor, doch er wusste nicht, woher. »Rigobert vom Walde«, stellte er sich vor. »Wir sind nicht nur Zimmer-, sondern auch Tischnachbarn«, suchte er das Gespräch mit ihm.

»Ach wirklich? Angenehm, Herr vom Walde! Sören Hay.«

»Hay?«

»Ja, wie der Weiße, nur mit weniger Zähnen und mit Y anstelle des I.« Verschmitzt grinste er.

»Kommen Sie aus Bremen?«

»Oh, hört man das?«

Rigobert winkte ab. »Schon, aber ich kenne einen Götz Hay. Sie sind nicht zufällig mit ihm verwandt?«

Erstaunt blieb Sören stehen und wandte sich ihm zu. »Doch, er ist mein Vater! Woher kennen Sie ihn?«

»Aus München. Das muss inzwischen fast ein Vierteljahrhundert her sein«, erinnerte sich Rigobert und fuhr sich über seinen grau melierten Bart. »Damals saß Ihr Vater in der Chefetage der K & P Bank. Wir hatten geschäftlich miteinander zu tun, bevor er nach Bremen gegangen ist.«

Ein versonnenes Lächeln umspielte Sörens Lippen. »An die Zeit in München entsinne ich mich kaum. Ich war wohl noch zu klein. Ich bin dort geboren. Trotzdem sehe ich meine Wurzeln eher in Bremen, weil ich dort aufgewachsen bin.«

»Verständlich! Wie geht es Ihrem Vater? Er wird sich sicher nicht mehr an mich entsinnen.«

»Danke, gut. Inzwischen steuert er den Ruhestand an.«

Überrascht hoben sich Rigoberts Augenbrauen. »So alt hätte ich ihn nicht geschätzt?«

»Ich muss mich korrigieren, Vorruhestand trifft es eher. Er wird im kommenden Jahr sechzig Jahre alt.«

Rigobert lächelte. »Das wird sicher Ihre Frau Mutter freuen, wenn der Gatte fortan zu Hause ist.«

Sören grinste. »Wie man es nimmt. Zumindest hat mein Vater dann aber viel mehr Zeit für sein Hobby. Er spielt gerne Golf.«

»Das sei ihm gegönnt«, meinte Rigobert und musterte seinen Begleiter von der Seite. »Sie haben große Ähnlichkeit mit Ihrem Vater, Herr Hay. Ich wusste sofort, dass ich diesem Gesicht schon mal begegnet bin, konnte mich aber nicht entsinnen, zu wem es gehört.«

»Ja, die Ähnlichkeit lässt sich nicht leugnen. Das höre ich immer wieder.« Sören zuckte mit den Schultern und blieb am Treppenansatz im Parterre stehen. »Wenn Sie mich bitte entschuldigen. Ich habe noch etwas vor.«

Rigobert hob die Hände. »Aber gerne doch. Vielleicht können wir uns ja zum Essen einen Tisch teilen. Immerhin reisen wir beide allein.«

»Warum nicht!« Sören verschwand im Flur, der zur Klönstuv führte. Gelassen folgte Rigobert ihm.

Wie klein die Welt doch war? Da fuhr er an die Ostsee und traf den Sohn eines Mannes, den er vor fünfundzwanzig Jahren am anderen Ende von Deutschland kennengelernt und seitdem nie wiedergetroffen hatte. Man traf sich halt immer zweimal im Leben, selbst wenn es nur das Zusammentreffen mit dem Nachwuchs war.

Er klopfte an Hubers Tür.

»Es ist offen!«, schallte Tonis Stimme von der anderen Seite, und er trat ein.

»Haben Sie Lust, mit mir essen zu gehen? Ganz in der Nähe soll es ein Wirtshaus geben, oder wir fahren nach Warnemünde und suchen uns dort ein nettes Lokal.«

Toni überlegte nicht lange. »Wo immer Sie hinwollen, Rigobert, Hauptsache, raus. Mir fällt allmählich die Decke auf den Kopf. Mit meinen Krücken und bei diesem Wetter bin ich ziemlich gehandicapt.«

Er angelte nach seinen Stiefeln und zog sie sich an. Dann griff er nach der warmen Jacke und humpelte Rigobert vom Walde hinterher.

»Wohin soll's gehen?« Rigobert blieb auf dem Flur stehen und sah sich nach ihm um. »Nach Warnemünde oder in dieses Wirtshaus?«

»Ich fahre dahin, wohin Sie fahren«, antwortete Toni verschmitzt.

»Dann schlage ich das Gasthaus vor«, entschied Rigobert. »Ich schätze, das ist nicht so überlaufen, da es außerhalb liegt, und wir müssen nicht noch nach einem Lokal suchen, das heute Mittagstisch anbietet.«

»Überlaufen wird es heute sicher nirgendwo sein, zumindest nicht in den Lokalen«, keuchte Toni. Er war zwar sportlich, doch mit den Krücken kam er nicht richtig klar. »Das Gasthaus hört sich aber prima an. Vor allem muss ich nur 'ne kurze Strecke humpeln.« Er zwinkerte Rigobert zu.

»Stimmt. Und Herr Larsen hat mir versichert, dass es geöffnet hat.«

Sie traten aus der Pension und begaben sich zum Parkplatz. Der Weg bis dorthin war ordentlich freigeräumt und gestreut. Linker Hand hatte der Wirt eine breite Spur gelassen, damit er den Schlitten nutzen konnte. Er war ein umsichtiger Mann.

»Schade, dass ihm ein solch dummes Missgeschick widerfahren ist«, murmelte Rigobert in Gedanken versunken vor sich hin.

Als sie in das Auto stiegen, entdeckte er zwischen den Stämmen der Bäume zwei Personen, die den Pfad von der Pension hochkamen und auf den Wanderweg in Richtung Westen einbogen. Es waren der Wirt und Charlotte.

»Sieh mal einer an«, murmelte er. »Wohin wollen die beiden denn?«

Toni hatte seine Worte vernommen und blickte in die entsprechende Richtung. »Schmeißt sie sich jetzt etwa an Sven Ole ran?«

Rigobert zuckte mit den Schultern. »Das wäre erstaunlich. Immerhin spielt Herr Larsen nicht in ihrer Liga.«

»Wer spielt das schon?«, lachte Toni und angelte nach dem Sicherheitsgurt, um sich anzuschnallen. »Ich bin mal gespannt, ob sie die ganze Zeit auf ihrem Zimmer bleiben oder sich zu den Feiertagen auch mal unters Volk mischen wird.«

»Darauf könnte man glatt Wetten annehmen«, erwiderte Rigobert und startete den Leihwagen. »Wahrscheinlich bleibt sie oben. Im Speisessal könnte sie vermutlich auf mich treffen, und sie will mich nicht mehr sehen.«

»Schade eigentlich. Sie haben ihr richtig gutgetan. Sie war bodenständiger geworden.« Toni rutschte auf der Suche nach einer bequemen Sitzposition auf dem Beifahrersessel herum. »Ich weiß zwar nicht, was zu Ihrer plötzlichen Trennung geführt hat, aber seitdem lässt sie kein gutes Haar mehr an Ihnen und hat wieder ihre Höhenflüge.«

Rigobert schmunzelte. »Oberflächlich, ich habe es doch gesagt.«

Während einige der Gäste das Meerblick verließen, stand Sören Hay auf der Terrasse und genoss die frische

Winterluft und das Nikotin seiner Zigarette. Er hatte gehofft, Susanne in der Klönstuv oder im angrenzenden Küchenbereich anzutreffen, doch es war niemand da. Also hatte er sich seine Jacke übergezogen und war rauchen gegangen.

Zuerst hatte er seinen Zimmernachbarn mit einem anderen Mann an Krücken die Pension in Richtung Parkplatz verlassen sehen. Dann war der Wirt mit einer rattenscharfen Frau an seiner Seite aus dem Meerblick getreten. Herr Larsen hatte ihn gegrüßt und war mit ihr in Richtung Westen aufgebrochen, wo sich das gemütliche Wirtshaus befand, in welchem er mit Susanne auch schon gewesen war.

Das Thema Susanne schien sich erledigt zu haben, doch wer war diese Frau?

Ein Gast der Pension, oder hatte der Wirt in der Zwischenzeit eine Freundin gefunden? Im Oktober war er noch Single gewesen, und es hatte ihm gar nicht gefallen, dass Susanne mit ihm angebandelt hatte. Doch wenn sie ein Gast war, warum war sie ihm dann noch nicht aufgefallen? Eine solche Frau konnte man schwerlich übersehen. Ihre Klamotten sahen teuer aus. Der große Hut war nicht gerade typisch in der heutigen Zeit, zumindest nicht bei Normalos. Sie hatte ihn auch nicht wirklich eines Blickes gewürdigt. Erstaunlich, dass sie in einer Pension eingecheckt hatte und Arm in Arm mit dem Besitzer herumspazierte.

Doch vielmehr als sie, bereitete ihm der Gast aus Zimmer 18 Kopfschmerzen. Vom Walde kannte seinen Vater Götz und wusste, dass dieser in München in einer Bank gearbeitet hatte. War ihm bekannt, was er nun in Bremen tat?

Sören nahm einen Zug von seiner Zigarette und blies den Rauch in die klare Winterluft. Dabei warf er einen Blick über die Schulter, doch weder das eine noch das andere Pärchen war noch zu sehen. Dafür vernahm er Motorengeräusche. Anscheinend fuhren von Walde und Hinkebein in ihrem Auto fort.

Das Meer war beinahe spiegelglatt. Selbst heute, am Heiligabend, lagen zwei Schiffe am Horizont auf Reede und warteten darauf, im Überseehafen einlaufen zu dürfen. Wie mochten sich die Seeleute wohl so kurz vor Weihnachten fühlen, weit weg von ihren Familien, eingepfercht auf einem Schiff, das Festland vor Augen und doch unerreichbar für sie?

Sören wusste es nicht. Auch wenn er in Bremen aufgewachsen war, hatte er sich nie für die Seefahrt interessiert. Viel lieber hatte er Monopoly gespielt und sich für Architektur begeistert.

Eigentlich schade, dass Sanne nichts mehr von ihm wissen wollte. Er hatte sie irgendwie gemocht, doch er wollte sich nicht so erniedrigen und um ihre Aufmerksamkeit betteln. Sie hatte ihm unmissverständlich klargemacht, dass sie an ihm nicht mehr interessiert war. Vielleicht war es auch besser so. Er wollte keine feste Bindung. Trotzdem überlegte er, ob er sich für sein klammheimliches Verschwinden nicht zumindest entschuldigen sollte. Das würde aber letztlich auch nichts bringen, wenn er nach Weihnachten ihrem Chef seine Überraschung präsentierte. Spätestens ab jenem Zeitpunkt würde sie kein Wort mehr mit ihm reden, obwohl das Schwachsinn wäre. Immerhin reichte er ihnen die Hand, rechtfertigte er sein Vorhaben. Er bot Larsen die Möglichkeit, elegant die drohende Insolvenz zu umschiffen und seine Schulden begleichen zu können. Wer für seine Misere verantwortlich war, würde er hoffentlich niemals erfahren.

Die Zigarette war aufgeraucht.

Er steckte den Kippen in den Blumentopf mit der Erde, auf der sich eine Schicht Schnee befand, und stopfte die Hände in die Taschen. Das Wetter war wunderbar. Weihnachten an der Küste, und alles ist weiß. Das war ein Wintermärchen, das zu träumen, er sich seit Jahren verboten hatte, denn normalerweise waren die letzten Tage des Jahres nicht einmal kalt, auch nicht in Bremen.

Kurz entschlossen zog er den Reißverschluss seines Anoraks bis hoch zum Kinn. Handschuhe brauchte er nicht, und seine Winterstiefel hatte er bereits an. Der Blick auf die Uhr sagte ihm, es war Mittagszeit. Ein Spaziergang würde ihm guttun.

1 7

ine Möwe flog über ihren Köpfen dahin und
stieß ihren durchdringenden Schrei aus. Eine
zweite folgte und antwortete ihr.

»Da merkt man sofort, dass man am Meer ist«, sagte
Charlotte und sog die Luft in ihre Lungen ein.

Es waren nur ein paar Grad unter Null, doch durch
die Nähe zur Ostsee erschienen die Temperaturen
deutlich kälter als in den Bergen zu sein. Zum Glück
ruhte der Wind, und die Sonne vermittelte das Gefühl
von Wärme, obwohl ihre Strahlen kaum noch Kraft
besaßen. Ein paar harmlose weiße Wölkchen waren
die Vorhut der sich im Norden auftürmenden Wol-
kenberge, aber so lange es windstill blieb, ging keine
Gefahr von ihnen aus.

»Es tut gut, mal wieder an der frischen Luft zu sein«,
stellte Charlotte fest und blinzelte in die kahlen Wipfel der Bäume, die von einem feinen Eispanzer überzogen waren.

»Wir können von Glück reden, dass es beinahe
windstill ist«, entgegnete Sven Ole und nickte zu der
dichten Wolkenwand, die sich auf die Küste zuschob.
»Dann bleiben wir davor noch ein wenig verschont.«

»Och, nachmittags an Heiligabend brauche ich keinen Sonnenschein«, meinte Charlotte. »Da kann es
ruhig grau und trübe sein. Dann genieße ich so richtig
die anheimelnde Wärme des Kamins und die Lichter
des Christbaums.« Sie rieb die Handflächen aneinan-

der, denn sie trug fingerlose Handschuhe. »Jetzt freue ich mich aber auf eine gut geheizte Wirtsstube und einen heißen Tee.«

»Wie wäre es mit einem steifen Grog?«, fragte Sven Ole und hielt ihr die Tür zum Gastraum auf.

»Warum nicht? Ist das nicht fast dasselbe wie Tee, nur dass anstelle des Tees ein Schnäppi ins heiße Wasser gegossen wird?«

»Richtig, meist wird Rum verwendet«, erklärte er und putzte sich die Füße ab, bevor er in den Wirtsraum trat. »Es geht aber auch Whisky oder Weinbrand, dazu noch Zucker, und fertig ist ein Getränk, dass den Körper von innen heraus wärmt.«

Charlotte nickte und sah sich um.

Es waren kaum Gäste da. Am Mittag des Heiligen Abend standen die meisten Frauen in ihren Küchen und brutzelten den Weihnachtsschmaus, während ihre Gatten den Christbaum schmückten. So war es zumindest bei ihr zu Hause gewesen, nur dass die Köchin für das Essen verantwortlich war, doch ihr Vater hatte es sich nie nehmen lassen, mit ihr und ihrem Bruder den Baum zu schmücken.

Zwei ältere Männer saßen am Tresen und begossen bereits die bevorstehenden Feiertage. Kurz sahen sie zu ihr und Sven Ole herüber und versenkten im Anschluss den Blick wieder im Glas. In der dunkelsten Ecke des Gastraums entdeckte sie ein junges Pärchen, das sich händchenhaltend anschmachtete und Küsschen gab. An einem dritten Tisch blickte sie auf den Rücken eines Mannes, der sich mit einem anderen in einer angeregten Unterhaltung befand. Mit seinem Oberkörper verdeckte er seinen Gesprächspartner, doch sie erkannte seine Stimme sofort. Es war jenes angenehm tiefe Timbre, dem sie vor einem Jahr verfallen war.

Abrupt blieb sie stehen, sodass Sven Ole unweigerlich auf sie prallte und sie dabei ein Stück in die Wirtsstube schob.

»Entschuldigung!«, rief er und streckte den Arm nach ihr aus, damit sie nicht das Gleichgewicht verlor und stürzte.

Doch Charlotte fing sich ab und wirbelte auf dem Absatz zu ihm herum. Sie wollte ihn zur Seite drängen, um fluchtartig das Gasthaus zu verlassen, doch er hinderte sie daran.

»Was ist denn los?«, fragte er.

»Ich muss hier raus!«, keuchte sie. »Da hinten sitzen mein Ex und mein Chauffeur.«

»Na und?« Sven Ole umfasste sanft ihre Oberarme und hielt sie davon ab, aus dem Gastraum zu türmen. »Was ist daran so schlimm, wenn die beiden dort sitzen? Sie können unmöglich jedes Mal das Weite suchen, wenn Sie Ihren Exverlobten sehen.« Ihren Protest ignorierend, schob er sie zu einem Tisch, der weit entfernt von dem der beiden Männer stand. Dabei nickte er ihnen zu, denn sie hatten sie bemerkt und sich zu ihnen umgedreht.

»Haben Sie das gewusst?«, fragte Charlotte erstickt. Sie hielt den Blick gesenkt.

»Dass Herr vom Walde und Toni hier essen werden? – Nein!« Sven Ole half ihr aus dem Mantel und hängte ihn mit seinem Anorak an einen der Garderobenhaken, die an den Wänden verteilt waren. Dann zog er den Stuhl zurück und ließ Charlotte Platz nehmen. »Er hat mich gefragt, wo man gut essen könne, doch dass sie nun heute hier ebenfalls speisen, war mir nicht bekannt.« Er setzte sich auf den Stuhl zu ihrer Rechten und musterte sie. »Warum ist es so unerträglich für Sie, mit ihm in einem Raum zu sein?«

Das wusste Charlotte selber nicht. Sie wollte Rigobert einfach nicht mehr sehen.

Stumm starrte sie auf das kleine Weihnachtsgesteck, von dem die ersten Nadeln bereits auf dem Tischtuch lagen. Die Kerze war ziemlich heruntergebrannt.

»Nehmen Sie mir bitte meine Direktheit nicht übel, Charly. Ich finde es kindisch, sich deshalb auf dem Zimmer zu verkriechen oder freiwillig das Lokal verlassen zu wollen, nur weil er auch anwesend ist.«

Damit hatte er sicherlich recht, doch sie konnte nicht über ihren Schatten springen, oder wollte sie einfach nur nicht?

»Sie haben mir gesagt, Sie hätten sich getrennt, weil Herr vom Walde keine Manieren besäße.« Sven Ole hob die Augenbrauen und runzelte gleichzeitig die Stirn. »Ich kenne Ihren Exverlobten zwar nicht so gut wie Sie, doch er macht einen wohlgesitteten Eindruck auf mich.«

Sie schenkte ihm einen beleidigten Blick. Musste ihr jeder Mann heute seine Meinung sagen? War sie tatsächlich so ein schlechter Mensch, der die Nase zu hoch in den Himmel hob? Konnte keiner für sie und ihr Empfinden Verständnis aufbringen?

Wahrscheinlich nicht! Wie auch, Sven Ole wusste über nichts Bescheid. Würde er noch genauso denken, wenn er wüsste, dass der vornehme Rigobert wie ein Ferkel furzt?

Aber nur, wenn er Früchte isst!

Ein Grinsen erhellte kurzzeitig ihr Gesicht, das Sven Ole falsch deutete.

»Na sehen Sie, Charly! Ist doch nicht so schlimm, oder? Ein Lächeln steht Ihnen so gut.« Seine Hand legte sich auf ihre und drückte sie sanft.

Charlotte rann ein wohliger Schauer durch den Körper. Sie musste zugeben, dass sie gerne in der Nähe des Pensionswirtes war. Als sie Hubers Blick gewahrte, der an Rigobert vorbei zu ihnen herübersah, legte sie ihre andere Hand auf die von Sven Ole und schenkte dem Wirt des Meerblick einen schmachtenden Blick. Sollte ihr Chauffeur es ruhig brühwarm an ihren Exverlobten weitergeben. Das würde sie maßlos freuen. Immerhin war Rigobert noch immer in sie verliebt und wollte sie zurückgewinnen.

Die Bedienung erschien und störte den Moment, um ihren Exverlobten eifersüchtig zu machen. Sie reichte ihnen die Speisekarte, und Charlotte studierte die Auswahl der gut bürgerlichen Kost.

»Was ist ein Mecklenburger Rippenbraten?«, fragte sie.

Sven Ole hob die Schultern. »Keine Ahnung, ich komme nicht von hier.«

Die Kellnerin brachte Licht ins Dunkel. »Das ist ein mit Backpflaumen, Apfelstücken und Zwiebeln sowie Zucker und Zimt gefüllter Rippenbraten«, erklärte sie. »Ein typisch regionales Gericht.«

»Hört sich lecker an, ist mir aber in Anbetracht der Tatsache, dass wir heute noch Schlemmen werden, zu viel.« Charlotte sah sich in der Rubrik der Vorspeisen um und entschied sich für eine Tomatensuppe mit Croutons, dazu einen Tee.

»Ich vertrage etwas Deftigeres«, befand Sven Ole. Ihm knurrte der Magen, denn er hatte heute bereits kräftig angepackt. »Ich nehme ein Bauernfrühstück und dazu ein großes Glas Bier.«

Nachdem die Kellnerin die Sorte geklärt hatte, verschwand sie in Richtung Küche, um die Gerichte an die Küche weiterzugeben.

»Frau Richter hat mir erzählt, dass Sie zum Nachmittag zu uns in die Klönstuv stoßen wollen, um auf den Weihnachtsmann zu warten. Das freut mich sehr.«

»Darf ich Sie etwas fragen?« Ohne seine Antwort abzuwarten, schob Charlotte ihre Frage sofort hinterher. »Sind Frau Richter und Sie ein Paar?«

Überrascht sah Sven Ole sie an. »Wie kommen Sie darauf?«

»Es ist die Art, wie Sie miteinander umgehen, anders, als Sie es mit dieser Russin tun.«

»Frau Iwanowa kommt aus der Ukraine«, berichtigte er sie und räusperte sich verlegen. »Und ja sowie nein. Susanne, also Frau Richter und ich waren kurzzeitig ein Paar, bis wir gemerkt haben, dass es nicht das Richtige zwischen uns ist. Trotzdem gehen wir noch immer sehr respekt- und liebevoll miteinander um.«

»Das ist nicht zu übersehen.« Sie schmunzelte wissend. »Und Sie sind sich sicher, dass es zwischen Ihnen aus ist?« Ein feines Lächeln umspielte ihren Mund.

»Ja, natürlich. Sie etwa nicht?«

Sie schüttelte den Kopf. »Ich schätze, Frau Richter mag Sie noch immer und Sie sie ebenfalls. Früher oder später kommen Sie wieder zusammen.«

»Mit Letzterem haben Sie recht. Ich mag Susanne sehr. Trotzdem, es ist vorbei.« Er nahm sein Bier, das die Kellnerin in der Zwischenzeit gebracht hatte, und trank einen Schluck.

Charlottes Gesichtszüge hellten sich fröhlich auf. »Sie haben Schaum an der Oberlippe kleben.«

»Einen Schaumbart also!« Er lachte und wischte ihn mit dem Handrücken fort. »Ich wollte schon mal für die Bescherung üben, wenn dazu auch noch ein weißer Rauschebart kommt.«

»Ach, Sie spielen das Christkindl?«

»Wohl eher den Weihnachtsmann.«

Ein lautes Lachen ließ Sven Ole und Charlotte aufschauen. Rigobert vom Walde bog sich vor Lachen und haute mit der flachen Hand auf den Tisch. Auch Toni Huber grinste übers ganze Gesicht.

Charlotte rümpfte die Nase. »Kein Benehmen, ich sage es doch.«

Sven Oles rechter Mundwinkel verzog sich spöttisch nach oben. »Ehrlich jetzt, Charly? Nur weil er mal lauthals lacht, besitzt er keine Manieren?« Wie war sie denn drauf? Ging sie zum Lachen in den Keller?

Allmählich machte sich bei ihm der Eindruck breit, dass seine Begleiterin selbst nicht wirklich wusste, weshalb sie sich von ihrem Verlobten getrennt hatte, und deshalb fadenscheinige Gründe ins Feld warf, um ihre Trennung rechtfertigen zu können.

»Ich fürchte, ich reagiere inzwischen auf alles, das mit Rigobert vom Walde zusammenhängt, sehr allergisch«, bestätigte sie ihm seine Vermutung und zuckte mit den Schultern. »Vielleicht bin ich wirklich einfach nur oberflächlich, wie er es mir vorhin vorgeworfen hat.«

»Ach, hat er das?«

Sie nickte, und mit einem Mal tat sie ihm leid.

Mitfühlend legte er seine Hand auf ihren Unterarm.

Je öfter er mit ihr zusammen war, umso präziser wurde sein Bild von seinem bayrischen Gast.

Charlotte von Stein war eine Frau, die in ihrem Standesdünkel gefangen schien. Irgendetwas zwang sie dazu, sich auf ihren Adelstitel etwas einzubilden, der inzwischen keinen Pfifferling mehr wert war. Auch wenn sie eine von Stein war, war sie weder blaublütiger noch edler als er oder andere. Hatten ihre Eltern sie in diesem Glauben erzogen oder waren es die falschen Freunde, die sie negativ beeinflussten? Er wusste es nicht, doch er empfand ehrliches Mitleid mit ihr, auch wenn ihn ihre zumeist übertrieben vornehme Art irritierte.

Da sie nicht antwortete, hakte er nach. »Charlotte?«

Sie seufzte und starrte in ihren Tee. Dann nahm sie sich ein Herz und beugte sich ihm zu, um ihm alles zu erzählen, nicht nur von dem Gespräch heute Vormittag mit Rigobert, sondern auch, warum sie sich von ihm getrennt hatte.

»Ehrlich gestanden hatte ich weder gewusst, dass er darunter leidet, noch dass man von Früchten krank werden kann«, schloss sie und sah ihm hilflos in die Augen. »Ich dachte immer, Obst und Gemüse sind gesund, doch ich habe vorhin gegoogelt, was eine Fruktoseunverträglichkeit alles mit sich bringt.«

»Unter anderem auch die Pupseritis.« Sven Ole grinste von einem Ohr zum anderen. »Eine Tante, also nicht Tante Jutta, litt unter demselben Problem. Es war nicht schön, in ihrer Nähe zu sein, wenn sie mal Früchte gegessen hatte.«

»Und was hat sie dagegen getan?«

Charlotte zog ihren Arm zurück, denn die Bedienung kam mit dem Essen.

»Den Verzehr der meisten Früchte unterlassen, zumindest wenn Besuch da war.« Sven Ole dankte und griff nach dem Besteck.

»Das sollte mein Exverlobter dann ebenfalls tun«, murmelte Charlotte und legte sich die Serviette auf den Schoß, bevor auch sie zu ihrem Löffel griff.

»Zumindest auf die, die besonders gefährlich sind bei seiner Unverträglichkeit«, meinte Sven Ole. »Jeder reagiert ja anders darauf.«

Charlotte tauchte den Löffel in ihr Süppchen ein und leckte ihn ab. »Oh, das ist gut«, befand sie und sah zu Sven Ole, der bereits tüchtig zulangte. »Dass manche

Menschen keine Milchprodukte vertragen, war mir bekannt, nicht aber, dass Obst so verheerend unverträglich sein kann.«

Sven Ole horchte auf.

Hörte er da so etwas wie Reue und Einsicht aus ihren Worten heraus?

Er schenkte ihr einen verstohlenen Blick.

Charlotte hatte sich ihrem Teller zugewandt und löffelte beinahe in Zeitlupe mit abgespreiztem kleinem Finger winzige Portiönchen ihre Suppe. Wahrscheinlich konnte sie nicht über ihren Schatten springen.

Eine Zeitlang aßen sie wortlos, bis die Kellnerin erschien und sich erkundigte, ob alles mit dem Essen in Ordnung sei. Da es nichts zu beanstanden gab, zog sie sich wieder hinter den Tresen zurück.

»Habe ich überreagiert?«, fragte Charlotte.

»Sie kannten ja nicht alle Gründe«, wich Sven Ole aus, um nicht mit der Tür ins Haus zu fallen und ihr zu sagen, sie hätte sensibler sein müssen, vor allem zuhören sollen.

»Weil ich ihm gar nicht erst zugehört habe«, sprach sie seine Gedanken aus. »Ich war einfach nur entsetzt, wie er sich in meiner Gegenwart danebenbenommen hat. So etwas hatte ich noch nie zuvor erlebt.«

»Er hat sich doch aber entschuldigt«, erinnerte er sie kauend und schluckte den Bissen hinunter. Auch das entsprach nicht der Etikette. Schon als Kind war ihm eingetrichtert worden, dass man nicht mit vollem Mund sprach, und trotzdem tat er es gelegentlich und fühlte sich deshalb nicht als Mann ohne Benehmen. »Hätte es Ihnen nicht in den Sinn kommen müssen, dass es ihm selbst unangenehm und peinlich war?«

Wenn ich darüber nachgedacht hätte und nicht so oberflächlich wäre, ja!, überlegte Charlotte und nickte.

»Haben Sie ihn überhaupt geliebt?«, bohrte Sven Ole weiter und schob sich den nächsten Bissen in den Mund. Dabei ließ er sie nicht aus den Augen.

Charlotte nahm einen Löffel Tomatensuppe und knabberte im Anschluss auf einem Crouton herum. Das verschaffte ihr Zeit.

»Ihr Zögern spricht nicht gerade dafür«, merkte er an und griff nach seinem Bier.

Sie schluckte den zerkauten Crouton hinunter.

»Ich habe ihn sehr gemocht«, resümierte sie und legte den Löffel aus der Hand, um nach ihrem Tee zu greifen. »Anderenfalls hätte ich mich nicht mit ihm verlobt. Die Liebe zu einem weitaus älteren Mann ist aber nicht die flammende Liebe, die man gegenüber einem gleichaltrigen verspürt.« Sie warf einen prüfenden Blick zum Tisch ihres Exverlobten und ihres Fahrers, doch die beiden Männer waren in ihr Gespräch vertieft, das recht amüsant zu sein schien, und machten keine langen Ohren. »Rigobert ist bereits zweiundfünfzig. Er ist sportlich, charmant, auf keinen Fall ein alter Daddy oder Langweiler. Trotzdem ist die Beziehung zu ihm anders gewesen als zu meinen vorherigen Verehrern, die bei Weitem jünger waren.« Sie seufzte und nahm einen Schluck von ihrem Tee. »Seit dem Tod meiner Eltern leide ich unter einem Vaterkomplex, nein, ich sollte ehrlich sein, seitdem hat er sich extrem verschärft.« Sie stellte die Tasse auf den Tisch und fuhr sich über das Gesicht, um die dunklen Schatten zu vertreiben. »Rigobert ist ein interessanter Mann. Ich liebe ... liebte seine angegrauten Schläfen, den mit grauen Strähnen durchzogenen Bart. Er hat so markante Gesichtszüge, seine Augen haben mich immer gütig und voller Liebe angeschaut. Seine wohl tönende Stimme ... Ich habe mich auf Schlag zu ihm hingezogen gefühlt.« Sie schmunzelte. »Ehrlicherweise muss ich gestehen, dass anfänglich auch ein Funken sportlicher Ehrgeiz dabei gewesen ist, denn zwei meiner Freundinnen hatten ebenfalls ein Auge auf ihn geworfen. Irgendwie fühlte ich mich angespornt, dass er sich in mich verguckt.« Sie nahm den Löffel wieder in die Hand, und ihre Miene drückte plötzlich große Ernsthaftigkeit aus. »Auf keinen Fall habe ich mich aber an ihn rangeschmissen, weil er vermögend ist.«

Sven Ole hob bestürzt den Blick. »Hat man Ihnen das unterstellt?«

»Allerdings. Er hat es getan, als ich ihn vorhin bitten wollte, mich in Ruhe zu lassen, und ich bin enttäuscht, dass er so über mich denkt.«

»Das war nicht gerade fein!«, urteilte Sven Ole und griff nach seiner Serviette, um sich den Mund abzuwischen.

»Danke, dass Sie es ebenso sehen! Er hat mich mit dieser Unterstellung sehr verletzt.« Auch sie hatte ihre Suppe ausgelöffelt und schob den Teller zur Seite.

Ihr Exverlobter und ihr Chauffeur zahlten.

Ein Blick auf ihre Armbanduhr sagte Charlotte, dass es bereits Viertel vor zwei war. Wo war nur die Zeit geblieben? Um vierzehn Uhr schloss das Restaurant.

»Ich schätze, wir müssen auch gleich gehen«, sagte sie zu Sven Ole, der bereits seine Brieftasche gezückt hatte und in die Höhe hielt, um der Bedienung zu signalisieren, dass auch er zahlen wollte.

Als sie schließlich wieder dem Küstenpfad folgten, hatte sich der Wind aufgemacht und wehte vom Meer über das Kliff. Die Wolkenfront näherte sich unaufhörlich Warnemünde.

»Ich danke Ihnen, Sven Ole, dass Sie mir zugehört haben.« Charlotte zog sich den Schal fester um den

Hals, klappte die Revers ihres Mantels zu und schloss den obersten Knopf. Dann hakte sie sich bei ihm ein.

»Nicht dafür!«, entgegnete er. »Wenn es mir erlaubt ist, anzumerken, Charly, das Gespräch mit Ihrem Ex-verlobten hat Ihnen die Augen geöffnet. Jetzt, da Sie wissen, warum alles so war, wie es an jenem Abend gewesen ist, haben Sie ihm verziehen. Ich schätze, sie sind noch immer in Herrn vom Walde verliebt, doch Sie wollen es nur nicht zugeben und es ihm und sich selbst eingestehen. Deshalb suchen Sie nach Gründen, sich von ihm zu distanzieren. Warum eigentlich, um Ihr Gesicht zu wahren?«

»Finden Sie?« Sie löste sich von ihm und blieb stehen.

Er nickte und drehte sich ihr zu. »Denken Sie über meine Worte nach, Charlotte. Vielleicht wäre es das Beste, sich mit Ihrem jetzigen Wissen noch einmal mit ihm auszusprechen.«

Wahrscheinlich hast du recht!, gab sie innerlich zu und hakte sich wieder bei ihm ein.

Der Schnee war festgetreten und an einigen Stellen glatt. Das Gespräch mit Sven Ole ließ sie erkennen, dass sie tatsächlich engstirnig und oberflächlich war. Sie sollte noch einmal in sich gehen, ob sie Rigobert nicht doch noch liebte und zurückgewinnen wollte. Wenn ja, konnte sie nur hoffen, dass es für eine Versöhnung nicht schon zu spät war.

Bevor Charlotte in die Klönstuv ging, um mit den Gästen des Meerblick den Heiligabend zu verbringen, nahm sie ihr Telefon und rief Peter Hofer an, doch ihr Busenfreund nahm nicht ab. Hatte er sein Handy im

Hotelzimmer vergessen oder hatte er das Läuten im Trubel der Feiernden nicht gehört?

Enttäuscht unterbrach sie die Verbindung und tippte für ihn eine Nachricht.

Lieber Pete, ruf mich bitte an. Muss mit dir reden. DRINGEND! *LG Charly*

Dann steckte sie das Smartphone in ihr mit Juwelen besetztes Handtäschchen, nahm den Zimmerschlüssel und ging hinunter ins Erdgeschoss.

*D*ie Nacht brach herein, als Charlotte die festlich geschmückte Klönstuv betrat. Die meisten Gäste waren bereits anwesend. Einige von ihnen wandten sich ihr neugierig zu. Auch Toni hatte an einem Tisch in der Mitte des Raumes Platz genommen. Rigobert fehlte noch.

Die Hausdame trat auf sie zu und nahm sie in Empfang. »Für Sie haben wir ein Plätzchen am Fenster reserviert, Frau von Stein. Da genießen Sie einen fantastischen Blick hinaus aufs Meer und können vielleicht sogar den Weihnachtsmann in seinem Rentierschlitten über den Himmel fliegen sehen.« Sie lachte fröhlich und ging voraus, um Charlotte zu ihrem Platz zu führen.

Dieser befand sich an einem Sechs-Mann-Tisch. Vier Gäste waren bereits anwesend und blickten zu ihr auf, als sie sich näherten.

»Bitte, Frau von Stein, Sie können sich den Platz aussuchen. Beide stehen zur Verfügung.« Susanne wies auf zwei freie Stühle, von denen der eine den Blick auf den Weihnachtsbaum bot, der andere nicht. Dafür hatte sie bei Letzterem den Saal nicht im Rücken, doch das war ihr egal. Sie wollte den Christbaum sehen.

»Ich nehme diesen da.« Sie trat um den Tisch herum und nickte ihren Tischnachbarn zu.

»Schön, dass Sie bei uns sitzen!«, rief der ältere Herr aus und strahlte sie an. »Durch Sie wird der Altersdurchschnitt unseres Tisches extrem gesenkt.« Fröhlich, von einem Ohr zum anderen grinsend, sah er in die Runde.

»Aber Klaus Dieter!« Seine Frau schnappte nach Luft und stieß ihn in die Seite. »Lass diese Späßchen!« Entschuldigend lächelte sie zu Charlotte auf und schenkte im Anschluss dem jüngeren Ehepaar einen abbittenden Blick. »Wir sind Familie Schramm«, stellte sie sich Charlotte vor.

»Klaus Dieter und Lenchen reichen aber auch«, ergänzte ihr Mann, während sich Charlotte neben der jüngeren Frau niederließ und somit den Rentnern gegenübersaß.

»Charlotte von Stein!«

»Angenehm!«, erwiderte ihre Stuhlnachbarin und reichte ihr die Hand, »Kerstin Keller! Und das ist mein Mann Michael.«

Ihr Gatte lehnte sich etwas vor und nickte ihr nur zu.

»Sind Sie heute erst angereist?«, wollte Lenchen wissen und sah sie durch die dicken Gläser ihrer Brille neugierig an. Sie trug das ergraute Haar zu einem Zopf zusammengebunden, der ihr bis zum Rücken reichte. Charlotte fand, langes Haar gehörte gefärbt, doch das verkniff sie sich.

»Ich bin bereits seit Samstag hier«, erwiderte sie. »Genaugenommen waren mein Chauffeur und ich die ersten Gäste nach der Renovierung.« Ihr entgingen nicht die verstohlenen Blicke, die sich die Paare untereinander zuwarfen, als sie von Huber als ihrem Fahrer sprach. »Mein Aufbruch nach Warnemünde war eher spontan als geplant. Ich hatte keine Reservierung. Nur noch im Meerblick waren freie Zimmer zu bekommen.« Sie zuckte mit den Schultern.

»Also haben Sie bisher auf ihrem Zimmer gespeist«, stellte Kerstin Keller fest, die Charlotte auf Mitte bis Ende vierzig schätzte.

Sie bejahte und ließ sich von Susanne eine Tasse Kaffee einschenken.

»Kuchen steht auf dem Büfett, Frau von Stein. Wenn Sie Glühwein oder Eierpunsch trinken möchten, den gibt's dort auch.« Sie wies zur gegenüberliegenden Wand, wo ein paar Tische aufgereiht waren, und zog sich zurück, um sich um das Wohl der anderen Gäste zu kümmern.

Charlotte sah aus dem Fenster.

Der Heilige Abend hatte sich über Warnemünde herabgesenkt. Die über das Meer heranziehende Wolkenfront hatte die Küste erreicht, und es begann zu schneien. Der Wind schlief ein, sodass die Flocken sanft vom Himmel herabsanken und für Nachschub der winterlichen Pracht sorgten. Die Flammen der Kerzen spiegelten sich in der großen Panoramascheibe, die Beleuchtung des Christbaumes auch. Ein paar Kinder tobten noch auf der Terrasse herum, wurden nun aber von ihren Eltern herbeigerufen, denn das gemeinsame Warten auf den Weihnachtsmann hatte begonnen.

»Ist das nicht magisch?«, fragte Lenchen. »Passend zu Heiligabend und dem bevorstehenden Weihnachtsfest beginnt es zu schneien. Dass wir an der Ostsee Schnee erleben, hätten wir nicht zu vermuten gewagt. Nicht wahr, Klaus Dieter?«

Ihr Mann nickte und blickte hinaus.

Charlotte warf einen Blick über die Schulter.

Die meisten Gäste hatten sich in Schale geworfen. Die Männer trugen Sakko oder Anzug, zumindest die älteren Semester, während sich die Frauen in ihre

147

Abendkleider gezwängt hatten und den Schmuck funkeln ließen. Es roch nach Tannengrün und Kerzenwachs, nach Kaffee und Kuchen. Auf den Tischen standen kleine Weihnachtsgestecke mit brennenden Kerzen, daneben lagen Walnüsse und Apfelsinen. Charlotte musste zugeben, dass das Team des Meerblick noch ein letztes Mal tief in die Taschen gegriffen hatte, um ihren Gästen ein unvergessliches Weihnachtsfest zu bescheren.

»Alles hübsch und liebevoll gemacht«, sprach Lenchen ihre Gedanken aus. »Schade, dass Sven Ole und Tante Jutta im neuen Jahr die Pforten schließen müssen.«

»Ach, die Pension macht dicht?«, fragte Kerstin erstaunt. »Wieso?«

»Haben Sie es noch nicht gehört?«, wollte Klaus Dieter wissen. »Der Chef hat darauf vertraut, dass ihm ein Kredit gewährt werden wird, doch dann kam es anders.«

»Ja, das ist jammerschade«, fügte seine Frau bedauernd hinzu. »Nun ist er haushoch verschuldet und muss Insolvenz anmelden und die Pension verkaufen, um alles bezahlen zu können.«

»Wieso muss er die Pension verkaufen und gleichzeitig Insolvenz anmelden?«, fragte Michael Keller verwirrt. »Wenn er durch den Verkauf des Hauses seine Gläubiger auszahlen kann, bleibt ihm die Insolvenz erspart.«

»Gibt es denn überhaupt schon einen Interessenten?«, fragte Charlotte, die erstaunt war, dass Sven Oles Missgeschick bereits in aller Munde war.

Die Schramms zuckten mit den Schultern.

»Keine Ahnung. Genaueres wissen wir ja auch nicht. Vielleicht ist aber das der Grund, weshalb sich die Insolvenz nicht vermeiden lässt«, überlegte Klaus Dieter laut. »Vielleicht sind die Schulden aber auch zu hoch, um sie mit dem Verkauf der Pension tilgen zu können.«

»Wie bitte?« Michael Keller rückte die Brille auf der Nase zurecht. »Wollen Sie andeuten, er hat sich dermaßen verschuldet, dass selbst ein Verkauf des Meerblick ihn nicht mehr retten kann?«

Klaus Dieter hob die Schultern und ließ sie sinken.

»Ich denke, wir sollten die Diskussion an dieser Stelle beenden«, mischte sich Kerstin Keller entschieden ein. »Niemand von uns weiß was Genaueres, alles nur reine Spekulation. Drücken wird die Daumen, dass alles gut werden wird.«

Charlotte war froh, dass das Getratsche beendet war. Gut Reden hatten die meisten Menschen, wenn das Kind in den Brunnen gefallen war. Wie hätten sie reagiert, wenn ihnen die Zusage von ihrem langjährigen Berater gemacht worden wäre und ihnen zudem die Zeit im Nacken säße? Sven Ole hegte noch immer einen Funken Hoffnung, es könnte sich alles zum Guten wenden.

»Egal!«, hatte er zu ihr gesagt, nachdem sie gefragt hatte, ob er sich denn überhaupt ein so üppiges Weihnachtsfest leisten könne. »Wenn ich schon pleite und bis über beide Ohren verschuldet bin, kommt es auf die paar Euro auch nicht mehr an. Es soll das schönste Weihnachten werden, dass das Meerblick jemals erlebt hat.«

Charlotte musste zugeben, dass er diese Prämisse nicht aus den Augen verloren hatte.

Sie sah sich nach ihm um, doch sie fand ihn nicht unter den Anwesenden. Auch ihr Exverlobter war noch nicht aufgetaucht. Also schaute sie wieder zur Weihnachtstanne, die glitzerte und funkelte. Sie war mit vorwiegend rotem Christbaumschmuck dekoriert und liebevoll mit rot-goldenem Lametta geschmückt. Unzählige kleine Lichter setzten sie in das richtige Licht. Sie war wunderschön und verzauberte Charlotte, und mit einem Mal war sie froh, in dieser Pension eingecheckt zu haben.

Rigobert vom Walde warf einen letzten prüfenden Blick in den Spiegel. Der Anzug saß tadellos, der Kragen des Hemdes war ordentlich gestärkt und wies kein Fältchen auf, und auch die Krawatte war bestens gebunden. Er strich seine Augenbrauen glatt und fuhr sich über den kurz geschnittenen Bart. Dann griff er nach seinem Zimmerschlüssel und verließ den Raum.

Als er in den Zugang zur Klönstuv trat, wandten sich ihm einige Gesichter zu. Unter ihnen entdeckte er auch das von Charlotte. Sie war also aus ihrem Zimmer herausgekommen, um mit den anderen Gästen das Christfest zu feiern. Das hatte er nicht erwartet.

Ihre Blicke trafen sich, doch erstaunlicherweise sah sie nicht weg, sondern nickte ihm kaum merklich zu. Das verwunderte ihn. Dann blickte sie wieder zu den Gästen an ihrem Tisch, und er trat auf seinen zu, an dem er jeden Morgen und Abend zusammen mit Toni und einer dreiköpfigen Familie aus Solingen das Essen einnahm. Jetzt war auch der sechste Stuhl besetzt. Es war der Bewohner aus Zimmer 17, Sören Hay.

»Guten Tag!«, grüßte er und wandte sich dem Mädchen zu, das allmählich ihm und Toni gegenüber aufzutauen begann und ihn fröhlich anlachte. »Na, bist du schon aufgeregt, was das Christkindl dir bringen wird?«

Die Kleine strahlte von einem Ohr zum anderen und nickte. Ihre blauen Augen leuchteten ihn erwartungsvoll an. Mit ihrem blonden Lockenkopf sah sie wie ein süßer Weihnachtsengel aus. Einem so liebreizenden Geschöpf würde der Weihnachtsmann sicher etwas Schönes bringen.

Swetlana Iwanowa kam und schenkte ihm Kaffee ein. Schade, dass sie sich um seinen Tisch sorgte. Ihm wäre es angenehmer, wenn es ihre Kollegin täte. Immerhin schien auch Charlotte sich anderweitig zu orientieren.

»Liebe Gäste, darf ich kurz um Ihre Aufmerksamkeit bitten!«, tönte die Stimme des Pensionswirtes durch die Klönstuv. Er trat in die Mitte des Raumes. »Ich freue mich, Sie alle zum diesjährigen Weihnachtsfest im Meerblick begrüßen zu dürfen und wünsche Ihnen erholsame und besinnliche Feiertage. Greifen Sie zu! Es gibt fast alles, was das Herz begehrt ...«

»Aber sicher nicht für meine Chefin!«, raunte Toni Rigobert zu und kicherte.

»Neben Kaffee und Tee haben wir natürlich auch Glühwein und Eierpunsch im Angebot und für unsere jüngsten Gäste Kakao und Kinderpunsch. Der Stollen stammt von unserem Lieblingsbäcker, ist also nicht selbst gemacht, der Spekulatius ebenfalls nicht. Dafür haben sich meine Tante und Frau Iwanowa tagelang in der Küche verkrochen, um die Weihnachtsplätzchen zu backen und liebevoll zu dekorieren. Frau Richter und mir kam im Anschluss die schwierige Aufgabe zu, sie zu probieren.« Er lachte, und die Gäste fielen mit ein.

Sogar Charlottes Mundwinkel hoben sich, wie Rigobert feststellen konnte, als er zu ihrem Tisch hinübersah. Sie hatte sich auf ihrem Stuhl umgedreht und hing dem Pensionswirt förmlich an den Lippen.

Nach der kurzen Ansprache griffen alle zu und genossen das leckere Gebäck. Weihnachtliche Klänge untermalten die festliche Atmosphäre. Susanne und Swetlana gingen an die Tische und erkundigten sich nach dem Befinden der Gäste. Auch Sven Ole mischte sich unters Volk und plauderte mal hier und mal da.

Während sich die Erwachsenen unterhielten, saßen die Kinder brav auf ihren Stühlen, wurden sie von ihren Eltern daran erinnert, dass der Weihnachtsmann auch noch so kurz vor der Bescherung die bösen Kinder von den guten zu unterscheiden vermochte. Einzig die zwei Kleinsten der Kleinen kabbelten fröhlich quietschend auf einer Decke auf dem Fußboden umher.

Nach dem Kaffeetrinken standen einige Gäste auf und vertraten sich die Beine. Andere zogen sich eine Jacke über, um auf der Terrasse die frische Luft zu genießen oder eine Zigarette zu rauchen. Zu ihnen gehörte auch Sören Hay. Die übrigen gesellten sich zu den Gästen an anderen Tischen, um mit ihnen zu plaudern. Und auch Charlotte stand auf und trat auf den Pensionsbesitzer zu.

»Sie haben nicht übertrieben, Sven Ole. Ein wundervoller Start in den Heiligen Abend!«

»Danke, Charlotte, Ihr Lob freut mich ungemein. Ich gebe es an meine Tante und die beiden Damen weiter.« Sven Ole strahlte sie an.

Charlotte lächelte zu ihm auf und stellte sich auf die Zehenspitzen, um ihm zuzuflüstern: »Nochmals danke, dass Sie mich wachgerüttelt haben.« Dabei tätschelte sie ihm den Arm.

Er beugte sich zu ihr hinab. »Habe ich das tatsächlich geschafft?« Er schmunzelte und strich ihr sanft über den Handrücken. »Dann ist das erste Weihnachtswunder geschehen.«

Sie lachte und griff nach seiner Rechten, um sie zu drücken. »Wie gut, dass es keine freie Suite mehr in den Nobelabsteigen von Warnemünde gegeben hat, sonst hätten wir uns niemals kennengelernt.«

»Stimmt! Es wäre zudem ein Verlust für das Meerblick gewesen, Charly. Ich freue mich, dass Sie mein Gast sind, und wünsche Ihnen ein schönes Fest!«

»Danke, ich Ihnen auch, Sven Ole!« Charlotte nahm ihren Mut zusammen, stellte sich auf die Zehenspitzen und hauchte ihm ein Küsschen auf die Wange. Zum Glück war es schummrig im Saal, sonst hätte er gesehen, wie ihre Wangen sich röteten.

Rigobert entging nicht, dass Charlotte sich von ihrem Platz erhob und auf den Pensionschef zutrat. Leider standen sie zu weit entfernt, sodass er nicht mitbekam, worüber sie sich unterhielten. Ihre Körpersprache war allerdings eindeutig. Schon im Gasthaus hatte ihn Toni auf die Annäherung der beiden aufmerksam gemacht. Was taten sie? Hauchten sie sich Liebesgedöns ins Ohr?

»Sven Ole scheint ein Auge auf Ihre Exverlobte geworfen zu haben«, stellte nun auch noch Toni fest und streute Salz in die Wunde.

»Ich sehe es!« Rigobert knirschte mit den Zähnen.

Nutzte der Wirt die Lage aus, um sich an Charly heranzuschmeißen? Nötig hätte er es. Finanziell am Boden zerstört, schien Charlotte von Stein der rettende Strohhalm zu sein.

»Wenn er sich da mal nicht täuscht!«, knurrte er.

Überrascht schaute Toni ihn an. »Was sagten Sie, Rigobert?«

»Nichts!« Er winkte ab. Vielleicht sollte er den Spieß einfach umdrehen und sich ebenfalls eine Dame suchen, mit der er flirten konnte. Ihm fiele da sofort eine ein. Allerdings schien Toni bereits ein Auge auf sie geworfen zu haben, doch sie war nicht an ihm interessiert, zum Glück. So konnte er sich ihre Hilfe sichern.

Als sich Charlotte nun auch noch auf die Zehenspitzen stellte, um Herrn Larsen einen Kuss auf die Wange zu drücken, reichte es ihm.

Wo steckte Susanne Richter?

Er entdeckte sie am Büfett, wo sie die Kuchenplatten abräumte, um Platz für das Abendbrot zu schaffen.

Er beugte sich Huber zu. »Ich muss Sie um einen Gefallen bitten, Antonio, einen, der Ihnen wahrscheinlich nicht zusagen wird.« Er weihte ihn in sein Vorhaben ein, und Toni stimmte grinsend zu.

»Sie scheint eh kein Interesse an mir zu haben. Viel Erfolg, Rigobert!«

»Ich danke Ihnen!« Rigobert wandte sich den anderen am Tisch zu. »Entschuldigen Sie mich bitte!« Dann stand er auf und ging zu Susanne in der Absicht, es Charlotte mit gleicher Münze heimzuzahlen, doch deren Telefon klingelte und sie verließ den Saal, ohne mitzubekommen, wie er sich an sie heranschmiss.

»Griaß di Chérie!«, tönte die wohl vertraute Stimme von Pete aus dem Smartphone an Charlottes Ohr. »Was gibt's denn so Dringendes, dass ich dich sofort anrufen sollte? Wo steckst du eigentlich?«

»Wo wohl, noch immer an der Stoltera in jener kleinen Pension, doch das ist nicht der Grund, weshalb ich dich sprechen wollte.« Sie nickte Sven Ole entschuldigend zu und suchte sich ein ruhiges Eckchen, um ungestört mit ihrem alten Freund quasseln zu können. Sie musste ihm von dem gemeinsamen Mittag mit dem Pensionswirt erzählen, von ihrem Gespräch mit Rigobert und der Erkenntnis, dass sie wohl alles falsch gemacht haben musste.

Als sie schließlich in der hintersten Ecke im Flur stand, sprudelte sie los und erzählte Pete alles, was ihr auf der Seele brannte.

»Du hast dich von ihm getrennt, weil er an einer Unverträglichkeit leidet?«, fragte Pete verstört. Charlotte konnte hören, dass er dafür keinerlei Verständnis aufbringen konnte. »Jetzt wird mir klar, warum du mir den Grund niemals nennen wolltest. Das ist megafies!«

»Danke, Pete!«, zickte sie zurück. »Doch wie sollte ich? Ich habe erst vorhin davon erfahren«, verteidigte sie sich verärgert. War denn in letzter Zeit die ganze Welt gegen sie? »Wie hättest du reagiert, wenn dein Liebster dir ein paar stinkende Winde unter die Nase setzt?«

»Ich hätte ihn als Ferkel bezeichnet und wäre anschließend mit ihm in die Kiste gehüpft!« Er kicherte und wurde ernst. »Du solltest deinen Mitmenschen mehr Aufmerksamkeit schenken und nicht vorschnell über sie urteilen«, hielt er ihr schonungslos vor. »Dann wäre es zu einem solchen Missverständnis gar nicht erst gekommen.«

»Bin ich tatsächlich ein so ignoranter Mensch?«

»Manchmal schon, Charlotte.«

Sie schluckte hörbar.

»Du hast dich in den letzten Jahren nicht gerade zu deinem Vorteil entwickelt, Charly. Das hatten bereits dein Bruder und deine Eltern bemerkt, doch sie hofften, es ginge vorbei. Erst vom Walde hat dich wieder auf den Boden der Realität zurückgebracht, nachdem du erst mal einen richtigen Höhenflug hattest, weil er um deine Hand angehalten hat.«

Charlotte war geschockt. So also dachte Peter Hofer über sie? Taten die anderen es auch? Sie fragte nach.

»Toni teilt diese Meinung und auch deine Angestellten. Selbst dein Exverlobter hat mehr als einmal verständnislos seine Augenbrauen gehoben, wenn dich der Hafer gestochen hat. Er hat dir viel verziehen und es zumindest geschafft, dir ein wenig Bodenständigkeit zu verleihen.«

»Autsch!«, murmelte Charlotte nur und kämpfte gegen die aufsteigenden Tränen an. Es war ihr nie bewusst gewesen, dass sie sich so fehl verhielt?

»Ich weiß, das klingt jetzt alles recht hart, doch es wurde Zeit, dass es dir mal jemand sagt, Schätzchen. Höre mit deiner übertrieben vornehmen Art auf. Du musst niemandem beweisen, dass du ein Von in deinem Namen trägst. Schau dir einfach mal deinen Exverlobten an. Rigobert ist tausendmal reicher als du und benimmt sich ganz normal.«

»Findest du?«, fragte sie und merkte, wie die harsche Kritik sie bockig werden ließ. »Ich bezeichne ein solches Verhalten als prollig. Man darf ruhig zeigen, dass man adlig ist.«

»Siehst du, Darling, genau das meine ich. Deine Antwort strotzt vor Überheblichkeit, mit der du bei den meisten Menschen auf wenig Gegenliebe stoßen wirst. Nebenbei bemerkt, der Adelsstand wurde bereits anno 1919 annulliert.«

»Das interessiert mich nicht!«, zischte sie erbost, weil sie sich über Pete ärgerte, und das tat sie nur, weil sie wusste, er hatte recht.

Pete störte ihr Einwand nicht. »Wie du von der Pension berichtet hast, Charly ... Deinen Worten nach, wurdest du in Alcatraz einquartiert, und zwar in Einzelhaft, doch ich habe die Fotos gesehen, Chérie. Diese Pension ist natürlich keines deiner Luxushotels, aber hast du schon mal darüber nachgedacht, dass ein Großteil der Menschheit genauso lebt und Urlaub macht?«

Sie antwortete nicht.

»Bist du noch dran?«

»Ja!«, schniefte sie und wischte sich mit der Hand über Augen und Nase. »Es tut weh! Warum haben wir dieses Gespräch nicht schon früher geführt? Ich habe nicht gewusst, dass ich ein so verdorbener Mensch bin.«

»Weil du es nicht führen wolltest, Charly. Du lebst in deiner eigenen Welt, und die wird von Glamour, Geld und Standesdünkel regiert. Normalsterbliche haben dort keinen Platz. Erstaunlich, dass du mich wie einen Gleichgestellten behandelst, auch wenn ich nur aus bürgerlichem Haushalt stamme.«

Charlotte hätte sich am liebsten die Ohren zugehalten. Sie kam sich vor, als spräche sie gerade mit dem Geist der vergangenen Weihnacht. Was würden die anderen beiden ihr vorzuhalten haben? Dass sie Rigobert niemals zurückgewinnen könne und deshalb einsam sterben würde?

Aus dem Augenwinkel nahm sie den Pensionswirt wahr. Er hatte sich eine Jacke übergezogen und ging den Flur entlang zur Rezeption. Wollte er auf die Terrasse, um ein wenig frische Luft zu schnappen?

Die brauche ich jetzt auch, und dazu einen riesigen Becher Glühwein!

Sie räusperte sich, um ihrer Stimme Festigkeit zu

verleihen. »Pete, beenden wir das Gespräch. Das ist für den Heiligabend genug Kritik, die ich erst einmal verdauen muss. Ich melde mich die Tage. Schöne Feiertage und grüße die anderen von mir!« Sie wartete nicht ab, was er zu erwidern hatte, und legte auf.

Dann holte sie den kleinen Kosmetikspiegel aus ihrem Handtäschchen hervor und warf einen prüfenden Blick in ihn. Trotz der Tränen war die Schminke nicht verschmiert und ihre Augen kein bisschen gerötet. Sie sah perfekt wie immer aus.

Sven Ole sog die frische kalte Luft tief in seine Lungen ein. Sie tat seinen Atemwegen gut. Seit er an der Ostsee wohnte, hatte er morgens keine verstopfte Nase mehr. Doch das wäre bald schon wieder vorbei, wenn er nach Berlin zurückkehren würde, um in der Firma seines Vaters einen neuen Lebensabschnitt zu beginnen.

Er verdrängte diesen Gedanken und sah sich um.

Das Weihnachtsfest schien ein riesiger Erfolg zu werden. Seine Gäste amüsierten sich gut. Bald schon würde der Weihnachtsmann an die Pforten des Meerblick klopfen, um die Geschenke zu bringen. Anfänglich hatte er daran gedacht, einem Fremden diese Aufgabe zu übertragen. Dann hatte er entschieden, dass er es sein wollte, der mit weißem Bart und rotem Mantel die Gaben verteilte, die ihm die Gäste zuvor für ihre Liebsten gegeben hatten. Nur Susanne hatte er nicht zu überzeugen vermocht, seinen Weihnachtsengel zu spielen.

Er trat neben Sören Hay, der sich im Gespräch mit dem frisch vermählten Paar von Zimmer 14 befand. Sie hatten ihm anvertraut, dass die Festtage im Meerblick für sie so etwas wie ihre Flitterwochen waren. Allein deshalb sollten die letzten Tage des alten Jahres ein voller Erfolg werden, bevor er die Pension zusperren musste.

»Was habe ich gehört«, hob Sören Hay mit einer

Portion Bedauern in der Stimme an, »Sie werden nach Neujahr schließen? Für immer?«

»Wenn kein Weihnachtswunder geschieht, ja.«

»Das tut mir aufrichtig leid.« Sören nahm einen Zug von seiner Zigarette und blies den Rauch in die klare Winterluft.

»Vielen Dank, Herr Hay, aber daran will ich zu Weihnachten nicht denken. Ich war blauäugig und habe prompt die Rechnung erhalten. Im neuen Jahr mache ich die Pension dicht und hoffe, sie gut zu verkaufen, damit ich meine Verbindlichkeiten restlos begleichen kann. Anderenfalls ...« Er zuckte mit den Schultern.

»Das sollte Ihnen doch gelingen!«, stellte Sören fest. »Auf der anderen Seite mag kein Käufer eine hoch verschuldete Immobilie erwerben.«

»Nicht die Immobilie ist hoch verschuldet, sondern ihr jetziger Inhaber«, stellte der Frischvermählte klar.

»Gibt es denn bereits einen Interessenten?« Er nahm einen Zug von seiner E-Zigarette und pustete den Qualm so, dass Sven Ole nicht ganz so eingenebelt wurde.

»Bisher nicht. Ich habe mich auch noch nicht wirklich darum gekümmert. Wie ich bereits sagte, ich hoffe noch immer auf ein Wunder und will meinen Gästen, also Ihnen ...«, Sven Ole lächelte, »... ein wunderbares Weihnachtsfest und einen tollen Jahreswechsel bescheren. Deshalb lasse ich mich auch nicht lumpen und werde dafür alles Erdenkliche tun.«

»Sehr ehrenwert von Ihnen«, befand die junge Frau und stopfte ihren Kippen zu den anderen in die Blumentopferde. »Ich geh wieder rein, Schatz«, wandte sie sich an ihren Mann. »Mir ist es einfach zu kalt.«

»Das sollten wir alle tun«, meinte Sven Ole mit einem Blick auf die Uhr. Dann sah er zu den Knirpsen, die im Schnee auf der Terrasse tobten. »Ich glaube, ich habe gerade am Himmel etwas aufblitzen sehen. War das womöglich der Weihnachtsmann?«

Einige der Erwachsenen, die seine Worte vernommen hatten, gaben staunende Geräusche von sich und schauten nach oben, um die Kinder zu animieren, es ihnen gleichzutun. Die Kinder fielen prompt darauf herein und suchten den an einigen Stellen wieder wolkenlosen und damit sternenklaren Himmel ab, natürlich ohne Erfolg. Trotzdem glaubten sie, das Rentiergespann des Weihnachtsmannes zu sehen.

»Da ist er, da ist er!«, riefen sie fasziniert aus und machten große Augen. Ihre kleinen Finger wiesen hinauf zum Firmament.

»Einbildung ist auch 'ne Bildung!«, grinste Sören und nahm den letzten Zug von seinem Kippen.

Sven Ole zwinkerte ihm zu. »Bis gleich!« Er nickte dem Frischvermählten zu, der seine E-Zigarette ausmachte und in der Jackentasche verschwinden ließ, und ging zurück in die Pension, um sich umzuziehen. An der Treppe, die zu den Obergeschossen führte, traf er auf Charlotte.

»Oh, Sie kommen schon wieder rein.« Sie klang enttäuscht.

Sven Ole musterte sie.

Sie hatte sich ihren Mantel übergezogen und den Schal umgebunden. Hatte sie zu ihm auf die Terrasse kommen wollen?

Schade, dafür war es nun zu spät. Seine Pflichten als Weihnachtsmann warteten auf ihn. Jeder Gast hatte in den vergangenen Tagen ein Geschenk für einen anderen abgeben dürfen. Es waren recht viele Päckchen zusammengekommen, die er übergeben sollte.

Er konzentrierte sich wieder auf Charlotte.

Ihre gute Laune schien verflogen. Ihre Mimik strahlte

mit einem Mal pure Ernüchterung aus. Was war geschehen? Hatte sie mit ihrem Exverlobten gesprochen?

»Ich habe jetzt leider keine Zeit für Sie«, meinte er bedauernd. »In einer halben Stunde wird nämlich der Weihnachtsmann das Meerblick mit seiner Anwesenheit beehren. Wir unterhalten uns nach der Bescherung.«

Enttäuscht kehrte Charlotte in die Klönstuv zurück und hängte Mantel und Schal an die Garderobe am Eingang. Beim nächsten Mal hätte sie beides gleich zur Hand, um an die frische Luft gehen zu können. Dann käme sie nicht wieder zu spät.

»Haben Sie ein wenig die schöne Winterluft genossen?«, erkundigte sich Lenchen und strahlte sie an.

Charlotte verneinte. »Ich wollte, doch mir kam ein Anruf dazwischen.« Das entsprach nicht ganz der Reihenfolge, aber das Ergebnis blieb dasselbe.

Sie setzte sich, und ihr fiel ein, dass sie eigentlich einen Glühwein trinken wollte. Also stand sie wieder auf und ging zum Büfett. Dabei glitt ihr Blick über den Tisch der Angestellten, an dem schon wieder ihr Exverlobter saß und sich mit Susanne Richter unterhielt. Natürlich blickte er ihr tief in die Augen, tief, viel zu tief für Charlottes Geschmack. Zudem war die Bluse der Richter recht weit geöffnet, sodass sicher noch mehr zu sehen war.

Sie hätte heulen können! Hatte sie den Bogen überspannt? Wandte sich Rigobert von ihr ab und einer anderen zu?

Ihre Mundwinkel sanken nach unten, und sie spürte, wie sich ein Funken Eifersucht in ihr regte. Vom

Walde war ihr Exverlobter! Zudem war die Richter deutlich unter seinem Niveau!

Charly, reiß dich zusammen! Du wolltest von deinem hohen Ross runterkommen. Gerade tust du genau das Gegenteil!

Ja, ja, dachte sie. Ich kann's nicht lassen. Trotz allem stimmt es aber!

Sie nahm Swetlana den Glühweinbecher aus der Hand, den diese ihr reichte, und kehrte zu ihrem Tisch zurück. Dabei machte sie einen Umweg, um Toni einen Besuch abzustatten, der sich im Gespräch mit einem dunkelhaarigen Mann befand, der sie, als er sie bemerkte, unverfroren angrinste.

»Na, Huber, amüsieren Sie sich gut?«

»Danke, Frau von Stein, ja. Sie ebenfalls?«

Charlotte nickte. »Wie geht es Ihrem Knöchel?«

»Noch nicht so gut, um wieder nach Bayern zurückkehren zu können«, erwiderte er und grinste zu ihr auf.

»Das war auch nicht der Grund meiner Frage«, entgegnete sie beleidigt. Was dachte er nur von ihr? Eigentlich hatte Pete es ihr bereits erzählt. Sie zwang sich zu einem versöhnlichen Tonfall. »Ich wollte mich nur nach Ihrem Befinden erkundigen, Toni.« Seit Langem redete sie ihn mal wieder mit seinem Vornamen an. Immerhin kannten sie sich seit mehr als zehn Jahren, und sie nutzte nur die steifere Form mit dem Sie, um den Abstand zu ihm zu wahren. Immerhin war er ihr Chauffeur. »Einen schönen Abend noch, auch Ihnen!«, wandte sie sich der jungen Familie und dem attraktiven Mann an Tonis Seite zu. Hatte er nicht heute Mittag rauchend vor der Pension herumgestanden?

»Wollen Sie sich nicht zu uns setzen?«, fragte er sie.

Charlotte verneinte. »Danke aber für das Angebot!« Dann kehrte sie zu ihrem Tisch zurück.

Sie saß noch nicht lange, als plötzlich der Ruf des Knirpses vom Nebentisch alle im Saal aufhorchen ließ.

»Der Weihnachtsmann ist da!« Aufgeregt sprang er von seinem Stuhl auf, streckte den Arm aus und wies hinaus auf die Terrasse.

Die Blicke, nicht nur der Kinder, folgten seinem Fingerzeig.

Auch Charlotte sah aus dem Fenster, und ihre Augen weiteten sich.

Eine hoch gewachsene Gestalt mit einem geschulterten Jutesack auf dem Rücken stapfte über die Terrasse und blieb in deren Mitte stehen, um sich zu ihnen umzudrehen. Sie trug einen knielangen roten Mantel, der am Kragen und am Saum mit weißem Fell besetzt war. Unter einer roten Zipfelmütze, ebenfalls mit Fellbesatz, schauten fröhliche Augen durch das große Panoramafenster in die Klönstuv hinein. Am Beeindruckendsten war der weiße Bart, der ihr Kinn bedeckte und bis fast auf die Brust reichte.

Das erste Erstaunen war schnell überwunden, und die Überraschung geglückt.

Die Kinder sprangen auf und drängten zum Fenster, um sich die Nasen an der Scheibe platt zu drücken.

Der Weihnachtsmann hob seine Hand zum Gruß, machte kehrt und stapfte auf den Eingang zur Pension zu. Kurz darauf drang ein lautes Pochen bis in den Saal.

»O Kinder, der Weihnachtsmann ist da!« Susanne sprang von ihrem Platz auf und eilte los. Gezwungenermaßen begab sich Rigobert an seinen Platz zurück.

Charlotte grinste hämisch. Sven Ole hatte ihrem Exverlobten die Tour versaut.

Gespannte Stille breitete sich in der Klönstuv aus.

Selbst die Erwachsenen hielten den Mund und gönnten den Kindern ihre Vorfreude auf den Weihnachtsmann. Mit leuchtenden Augen starrten die Lütten zum Eingang. Es gab aber auch welche, die sich in die Arme der Eltern geflüchtet hatten.

Und dann erklangen schwere Schritte im Flur. Der Weihnachtsmann trat in den Festsaal hinein.

»Ho! Ho! Ho!«, begrüßte er die Anwesenden. »Frohe Weihnachten! Ich habe gehört, hier wartet man auf mich?« Er trat vor den Christbaum und stellte seinen prall gefüllten Sack auf dem Boden ab, während die Wiener Sängerknaben aus der Konserve *Stille Nacht, Heilige Nacht* sangen. Dann drückte er das Kreuz durch und strich sich die Schneeflocken aus dem Bart und von den Schultern seines Mantels. »Von draußen vom Walde komme ich her, und ich muss euch sagen, es weihnachtet sehr!« Er sah in die Runde.

»Willkommen im Meerblick, lieber Weihnachtsmann, und auch dir frohes Fest!«, begrüßte Susanne ihn. »Wie du siehst, warten viele kleine und große Kinder auf dich.«

»Wart ihr denn auch alle brav?«

»Aber sicher doch!«, rief der Mann aus Zimmer 14 und grinste forsch übers ganze Gesicht. Seiner Angetrauten schien das etwas unangenehm zu sein, denn sie stieß ihm die Hand in die Seite.

»Manche müssen sich immer in den Vordergrund drängen«, flüsterte Lenchen über den Tisch zu Charlotte und Kerstin Keller. »Und dabei ist er frisch verheiratet ...«

Charlotte nickte nur beiläufig und konzentrierte sich wieder auf Sven Ole.

»Dann schauen wir doch mal, was ich euch mitgebracht habe.« Der Weihnachtsmann öffnete den Jutesack und entnahm ihm das erste Geschenk. »Ho! Ho! Ho! Das hier ist für die kleine Emma.« Er hob den Blick und sah sich nach dem Kind um.

Es war das Mädchen, das bei Rigobert und Toni mit seinen Eltern am Tisch saß und sich nun am liebsten unter selbigem verkrochen hätte. Papa und Mama mussten ihm regelrecht einen kleinen Schubs geben, damit es sich von seinem Stuhl erhob, aber partout nicht nach vorne gehen wollte. Schließlich nahm der Vater es an die Hand und trat mit ihm zum Weihnachtsmann vor.

Im Anschluss wurden nicht nur die anderen Kinder beschenkt. Auch die Erwachsenen erhielten ihre Präsente und kehrten mit strahlenden Augen und einem fröhlichen Lächeln im Gesicht zu ihren Plätzen zurück. Nur für Charlotte schien nichts dabei zu sein. Hatte Santa Claus keine Gabe für sie mitgebracht?

Von wem auch?, dachte sie betrübt. Das wäre dann der Geist des diesjährigen Weihnachtsfestes! Die Erkenntnis traf sie hart, doch auch sie hatte nicht daran gedacht, Toni eine kleine Aufmerksamkeit zu schenken. Selbst als sie erfahren hatte, dass jeder Gast für einen anderen ein Geschenk abgeben dürfe, war sie nicht auf die Idee gekommen, für ihn etwas zu besorgen.

Eine gute halbe Stunde später hatte sich der Sack fast gänzlich geleert. Der Weihnachtsmann in Gestalt von Sven Ole musste tief hineingreifen und suchen, um noch ein Geschenk zu finden. »Wen haben wir denn hier? – Ho! Ho! Ho! – Antonio Huber und Rigobert vom Walde!«

Charlotte stand der Mund offen.

Wer hatte für ihren Chauffeur und ihren Exverlobten ein Geschenk abgegeben?

Während sie noch darüber nachgrübelte und letztlich Sven Ole in Verdacht hatte, trat Rigobert nach vorn und nahm aus den Händen des Weihnachtsmannes sein und das Präsent für Toni entgegen, dem niemand zumuten wollte, auf seinen Krücken durch den Saal zu humpeln.

Derweil warf der Weihnachtsmann einen letzten Blick in seinen Sack, der nun tatsächlich leer zu sein schien. Dann stutzte er und beförderte sogar gleich drei kleine Schächtelchen zutage.

»Charlotte von Stein! Ho! Ho! Ho!«, las er vor. »Die anderen beiden Geschenke ebenfalls. Da war wohl jemand richtig artig im vergangenen Jahr.«

Charlotte spürte, wie ihr die Hitze in die Wangen schoss.

Die Gäste der anderen Tische sahen sich neugierig um, wer sich hinter dem Namen verbarg. Familie Keller und die Schramms wussten es natürlich und lachten ihr freundlich zu.

»Na, sehen Sie, Sie wurden doch nicht vergessen«, flüsterte ihr Kerstin Keller zu und drückte ihre Hand. Ihr schien nicht entgangen zu sein, dass sie ziemlich enttäuscht gewesen war.

Charlotte stand auf und trat auf Sven Ole zu. »Ich glaube kaum, dass ich wirklich so brav war, dass ich als Einzige gleich drei Geschenke verdiene«, raunte sie ihm zu und nahm dankend die Präsente entgegen. Sie freute sich, hatte sie doch mit keiner Überraschung gerechnet. Trotzdem wäre sie am liebsten im Boden versunken, als sie mit einem Mal so im allgemeinen Interesse aller Anwesenden stand.

»Wir sehen uns gleich!«, murmelte Sven Ole und wandte sich wieder den Gästen zu. »Alle wurden beschenkt. Meine Aufgabe ist für dieses Jahr in der Pension Meerblick erfüllt. Nun muss ich weiter. Die Rentiere warten am Waldessaum auf mich so wie viele andere Kinder auf der ganzen Welt. Ich wünsche allen ein glückliches und besinnliches Weihnachtsfest!«

Er schulterte den leeren Sack. Dann hob er zum Abschied die Hand und stapfte unter Dankes- und guten Wünschen zur Klönstuv hinaus.

*U*nd Sie hatten Angst, dass keiner was für Sie abgegeben hat«, lachte Lenchen, als sich Charlotte wieder an den Tisch setzte. »Von wem kommen die Geschenke denn?« Sie reckte den Hals. »Sie sind doch alleine hier, von Ihrem Chauffeur einmal abgesehen.«

»Lenchen, sei nicht so neugierig!«, tadelte Klaus Dieter sie. »Eine schöne Dame wie Frau von Stein hat sicher so einige Verehrer.« Er zwinkerte Charlotte verschwörerisch zu und erhielt von seinem Lenchen einen Stoß in die Rippen.

»Klaus Dieter!«

Interessiert mich auch, wer an mich gedacht hat, überlegte Charlotte. Wahrscheinlich war eines der Präsente von Sven Ole, das andere von Rigobert, der wieder bei ihr landen wollte. Doch wer hatte das dritte Geschenk für sie abgegeben?

Sie sah in den angehängten Klappkärtchen nach und bekam große Augen.

Ihre Vermutungen bestätigten sich. Sowohl ihr Exverlobter als auch der Wirt der Pension hatten an sie gedacht. Als sie den dritten Namen las, übermannten sie ehrliche Schuldgefühle, denn selbst Toni Huber war sie eine kleine Weihnachtsüberraschung wert, nur sie hatte nicht an ihn gedacht.

Na und? Er hat eine Weihnachtsgratifikation erhalten. Das sollte genügen.

Nein, das sollte sie nicht!, widersprach sie ihrer Arroganz im Geiste und senkte beschämt den Blick.

»Aufmachen, Frau von Stein!«, rief Lenchen, die vor Neugier kurz vor dem Platzen stand. »Wir haben alle unsere Päckchen geöffnet. Nun sind Sie an der Reihe.«

Charlotte blieb nichts übrig. Sie musste vor den Augen Fremder die Schächtelchen öffnen. Hauptsache, Huber hatte ihr kein Kohlestück hineingelegt, weil sie immer so garstig zu ihm war.

Sie begann mit dem Geschenk von Sven Ole, denn sie ging davon aus, dass es am Unverfänglichsten war. Er hatte es in rotes Glanzpapier eingewickelt und mit einer goldenen Schleife versehen. Das Präsent enthielt den kleinen kunstgewerblichen Weihnachtsengel, den er auf dem Weihnachtsmarkt für seine Tante erworben hatte, zumindest hatte er es so zu ihr gesagt. Mit diesem Geschenk hatte er die richtige Wahl getroffen, denn auch sie hatte kurzzeitig darüber nachgedacht, einen solchen Engel zu erstehen.

Dieser Schelm!, durchfuhr es sie, und ihr Blick flog zum Tisch der Angestellten, doch Sven Ole war noch nicht wieder zurück.

»Der ist ja hübsch!«, befand derweil Lenchen und strahlte übers ganze Gesicht. »Der wird aus dem Erzgebirge sein.«

»Muss er nicht«, widersprach Michael Keller. »Das Ding wurde wahrscheinlich irgendwo in Asien hergestellt.« Er grinste. »Made in Taiwan.«

»Das glaube ich nicht«, entgegnete Lenchen bestimmt. »Da mein Mann und ich aus dem Erzgebirge stammen, sogar aus Seiffen, wenn Ihnen das etwas sagt, wissen wir, wie echte erzgebirgische Volkskunst auszusehen hat.« Sie langte über den Tisch und tätschelte Charlotte die Hand. »Der Engel kommt nicht aus Asien, meine Liebe, ganz sicher nicht.«

Charlotte zuckte mit den Schultern. Das war ihr derzeit völlig egal, obwohl sie wusste, dass er keine billige Nachbildung war.

Mit fahrigen Händen öffnete sie das Schächtelchen von Rigobert und betete, dass es keinen Ring oder ein anderes übertriebenes Geschenk enthielt. Ihre Befürchtungen bestätigten sich glücklicherweise nicht. Trotzdem war es ihr mehr als peinlich, denn es war ein kleines Lebkuchenherz mit der Aufschrift: Ich liebe dich!

O mein Gott!, stöhnte sie innerlich. Selbst ein Brilli wäre nicht so peinlich gewesen.

Sie sah über die Schulter zu Rigobert, der zu ihr herüberschaute und knapp nickte. Ob er es inzwischen bereute, dieses Herz nicht an die Richter verschenkt zu haben?

»Oh, gibt es da einen weiteren Verehrer, Frau von Stein?«

Charlotte hätte am liebsten dem Lenchen einen Knebel in den Mund geschoben. Allmählich ging ihr die ständig plappernde Dame auf den Geist.

»Und nun noch das dritte Päckchen!«, plauderte Marlene munter weiter, ohne zu ahnen, welche Gedanken Charlotte hegte.

»Wenn's denn sein muss!« Sie seufzte. Betont langsam griff sie nach der Schleife und öffnete sie. Dann löste sie vorsichtig das Papier, und zum Vorschein kam ein Karton, in dem ein Seidenschal lag, so wie sie ihn gerne auch in den Sommermonaten trug.

Sie schluckte schwer. Ihr Chauffeur hatte sich richtig in Unkosten gestürzt. Wie sollte sie Huber jemals wieder in die Augen schauen?

»Entschuldigen Sie mich bitte!« Sie stand auf, um an den Tisch von Toni und Rigobert zu gehen. Sie wollte sich bedanken. Eigentlich wäre jetzt die passende Gelegenheit, sich bei ihrem Exverlobten für ihr Verhalten zu entschuldigen ...

Wenn dieser nicht schon wieder aus der Ferne mit der Pensionsangestellten flirten würde!

Dieser Wüstling!, schimpfte Charlotte im Geiste und spürte, wie ihr Blutdruck zu steigen begann.

Gekonnt machte sie einen Schlenker und steuerte auf den Ausgang der Klönstuv zu, um sich zur Toilette zu begeben. Sie wollte das junge Liebesglück nicht stören.

Als sie wieder in den Festsaal zurückkehrte, hatte sich dieser fast vollständig geleert. Einige Gäste vertraten sich auf der Terrasse die Beine, andere waren auf ihre Zimmer gegangen. Selbst von Rigobert und Toni war nichts zu sehen. Die Pensionsangestellten deckten in der Zwischenzeit die Tische für das Abendbrot ein, das um halb sieben beginnen sollte.

Charlotte trat ans Fenster und schaute hinaus auf die Terrasse. Wo steckte Sven Ole? Unschlüssig warf sie einen Blick über die Schulter. War er noch nicht wieder zurück? Fragen wollte sie nicht nach ihm.

Als sie den Blick wieder der Terrasse zuwandte, bemerkte sie den Mann von Tonis und Rigoberts Tisch, der ihr zuwinkte. Er gab ihr zu verstehen, doch herauszukommen, doch sie schüttelte den Kopf. Ihr stand nicht der Sinn nach neuen Bekanntschaften. Zuerst musste sie ihre bisherigen in den Griff bekommen.

Sie trat vom Fenster weg und ging zu Tonis Zimmer.

»Haben Sie einen Moment Zeit für mich?«, fragte sie, nachdem sie geklopft und hereingebeten worden war.

»Aber sicher doch, Frau von Stein.«

Charlotte schloss die Tür hinter sich und trat zwei Schritte ins Zimmer.

Toni hatte es sich auf seinem Bett bequem gemacht und den Fuß hochgelegt. Seine Krücken lehnten zwischen Nachtisch und Bett an der Wand.

»Ich wollte mich für das kleine Präsent bedanken«, hob sie an und wich seinem überraschten Blick aus. »Ein sehr hübscher Schal. Er trifft meinen Geschmack.«

»Muss er«, grinste Toni. »Sie hatten ihn sich vor zwei Monaten angesehen, als wir zum Shopping in München waren.«

Ah, deshalb war er ihr so bekannt vorgekommen.

»Ich könnte jetzt sagen, ich habe Ihr Geschenk zu Hause vergessen, doch das wäre eine glatte Lüge, und ich lüge nicht.« Sie schaute hoch. »Es ist mir sehr unangenehm, Toni, und ich möchte mich dafür entschuldigen, auch für mein oftmals garstiges Verhalten Ihnen gegenüber. Ich weiß nicht, was mich manchmal reitet. Erstaunlich, dass Sie es trotzdem schon so lange mit mir aushalten.«

Toni hob die Schultern und ließ sie sinken. »Ist halt ein Job, Frau von Stein. Ich muss ja nicht mit Ihnen zusammenleben.«

Autsch, das tat weh!

Verletzt blickte sie ihn an. Pete hatte recht. Niemand mochte sie wirklich. Sie wurde respektiert, doch nicht geliebt.

»Ich spüre aber so etwas wie eine Veränderung an Ihnen, Charlotte. Was ist geschehen? Hat der Geist der Weihnacht Sie durchdrungen?« Er kicherte vergnügt.

Charlotte atmete tief ein und stieß die Luft hörbar wieder aus. »Das muss wohl tatsächlich am heutigen Tag liegen«, vermutete sie und fuhr nervös mit dem Daumen über das obere der drei Schächtelchen, die sie in den Händen hielt. »Jeder fühlt sich heute bemüßigt und sagt mir seine ehrliche Meinung, die nicht sehr positiv ausfällt. Egal.« Sie seufzte. »Ich wollte mich bei Ihnen bedanken, Toni, und mich entschuldigen, dass ich für Sie kein Geschenk habe. Einen schönen Weihnachtsabend noch!«

Sie drehte sich um und hatte die Klinke schon in der Hand, als Huber sie zurückhielt.

»Danke, Charlotte, das wünsche ich Ihnen auch. Ich möchte das Angebot von Herrn Hay wiederholen: Wenn Sie möchten, kommen Sie zu uns an den Tisch. Dann sitzen Sie nicht mit komplett Fremden zusammen. Allerdings müssen Sie dann mit Ihrem Exverlobten vorliebnehmen.«

»Selbst das würde mich derzeit nicht stören. Bei Ihnen am Tisch ist aber kein Platz mehr frei. Trotzdem vielen Dank, Toni. Vielleicht an einem anderen Tag.« Sie öffnete die Tür und ließ ihren Chauffeur allein, um sich in ihr Zimmer zu begeben.

Warum habe ich eigentlich abgelehnt?, überlegte sie, als sie den Treppenabsatz im ersten Geschoss erreicht hatte. Weil es zuvor noch was zu erledigen gäbe? Ja, sie müsste zu Rigobert gehen, um sich auch bei ihm zu entschuldigen, doch dazu fehlte ihr irgendwie der Mut. Also verwarf sie diesen Gedanken, denn wenn er sich tatsächlich für Susanne Richter zu interessieren begann, musste sie nicht freiwillig den Gang nach Canossa wählen.

Der Heiligabend verlief in ruhigen, aber fröhlichen Bahnen. Nach dem Abendbrot, zu dem neben den üblichen Aufschnittplatten mit Wurst, Käse und Fisch am heutigen Tag auch Kartoffelsalat mit Bockwurst oder Frikadellen angeboten wurde, saßen die Gäste bei Kerzenschein und weihnachtlichen Klängen zusammmen und tranken Sekt oder Wein.

Verstohlen schenkte Charlotte ein ums andere Mal dem Tisch von Rigobert und Sven Ole einen Blick, bis schließlich der Pensionswirt zu ihr an den Platz trat und sie hinaus auf die Terrasse gingen, um ein wenig frische Luft zu schnappen. Allein waren sie dort nicht lange. Kurz nach ihnen erschien Sören Hay.

»Ein gelungener Abend!«, lobte er und steckte sich eine Zigarette an. »Rauchen Sie auch?«, wandte er sich an Charlotte, die verneinte. »Ich habe mich noch gar nicht vorgestellt, Sören Hay.«

»Ich weiß«, entgegnete sie kühl. »Ihren Namen kann man nicht so schnell vergessen. Der Weihnachtsmann hat ihn genannt.«

Ein schiefes Grinsen zog den rechten Mundwinkel des Bremers in die Höhe. »Sie reisen alleine?«

Charlotte taxierte ihn mit gekräuselter Stirn. Wollte er ihr ein Gespräch aufdrängen? Merkte er nicht, dass er störte? Sie wollte mit Sven Ole alleine sein.

»Frau von Stein ist sozusagen bei uns gestrandet«, kam ihr Sven Ole zuvor. »Da es in ganz Warnemünde kein freies Zimmer mehr gab, nur bei uns, wurde sie uns vermittelt, was ich als echten Gewinn ansehe.« Er schenkte ihr ein Lächeln, dass ihr warm ums Herz wurde.

»Sie kleiner Charmeur!« Sie lächelte zurück. »Es wäre schön, wenn wir über die Feiertage vielleicht mal einen Spaziergang unternehmen würden. Zeigen Sie mir Warnemünde. Rostock habe ich ja schon kennengelernt und auch den Großmarkt.« Sie zwinkerte ihm zu und hoffte, Sören Hay bekäme mit, dass er unerwünscht war.

»Gern, wenn es meine Zeit erlaubt. Ich melde mich bei Ihnen.«

»Anderenfalls würde ich mich gern bereit erklären, es zu tun«, nutzte Sören die Gunst der Stunde und bot ihr seine Gesellschaft an. »Ich war im Herbst bereits Gast in der Pension und habe einiges von Warnemünde kennengelernt.«

»Vielen Dank, Herr Hay.« Ich ziehe die Gesellschaft des Pensionschefs vor, setzte sie mit einem zuckersüßen Lächeln auf den Lippen im Geiste hinzu und schlang die Arme um den Leib, um zu suggerieren, wie kalt ihr sei. »Ich gehe wieder hinein, nicht dass ich mich noch erkälte.« Sie nickte beiden Männern zu und kehrte in die Pension zurück.

Sie war enttäuscht. Dieser Hay hatte den Moment zerstört. Sie hatte mit Sven Ole allein sein wollen. Sie hatte Trost bei ihm gesucht, und dieses aufdringliche Nordlicht hatte sich ungebeten zwischen sie gedrängt.

Wie die Richter zwischen dich und Rigobert!

Ob er noch immer der Hausdame schöne Augen macht?

Sie sah auf die Uhr.

Es war bereits halb zehn, nicht unbedingt für sie die Zeit, um ins Bett zu gehen, doch sich den ganzen Abend ansehen zu müssen, wie die beiden turtelten, sagte ihr nicht zu. Und auch die Gesellschaft von Lenchen wurde auf Dauer recht anstrengend. Die Gute war zwar lieb und nett, doch sie plapperte ununterbrochen. Ihr Mundwerk stand selten still, und die Themen interessierten sie nicht. Zudem war sie ihr zu neugierig.

Kurz entschlossen ging Charlotte in den Saal zurück, um sich von ihren Tischnachbarn zu verabschieden und stellte fest, dass sie nicht die Erste war, die den Abend beenden wollte. Auch das Rentnerpaar aus Zittau, das am Nebentisch saß, befand sich bereits im Aufbruch.

»Einen schönen Abend noch! Bis morgen früh.« Sie nickte Familie Keller und den Schramms zu und verließ den Saal. Dabei suchte ihr Blick Rigobert, der schon wieder am Tisch der Pensionsangestellten saß und mit der Richter sprach.

Er konnte es einfach nicht lassen!

Rigobert entging nicht Charlottes düsterer Blick, den sie ihm und Susanne schenkte. Innerlich grinste er nur.

Was du kannst, kann ich schon lange!

Er wandte sich wieder Susanne zu. Vertraulich legte er ihr die Hand auf den Arm und schenkte ihr einen schmachtenden Blick. Es war ihm bewusst, dass seine Exverlobte es mitbekam. Sollte sie ruhig ein wenig eifersüchtig werden. Das dürfte dem Neuaufflammen ihrer Liebe nur zuträglich sein.

*a*m Weihnachtsmorgen, gleich nach dem Frühstück, sah Charlotte, wie Rigobert und Susanne Richter die Pension verließen. Was hatten sie vor, wollten sie spazieren gehen?

Bei diesem Gedanken merkte sie, wie ihre Mundwinkel nach unten sanken. Sie saß in der Pension fest, und Rigobert amüsierte sich mit fremden Frauen, anstatt sie mal zu fragen, ob sie nicht was zusammen unternehmen wollten.

Warum sollte er? Du hast ihm deutlich gesagt, dass du von ihm nichts wissen willst!

Sie eilte zum Eingang und spähte den beiden aus dem Fenster hinterher. Als sie aus ihrem Blickwinkel verschwanden, lief sie zur Tür, denn es interessierte sie, was sie vorhatten. Sie schlugen nicht den Küstenpfad ein, ein Spaziergang nach Warnemünde fiel somit aus, sondern strebten dem Parkplatz zu. Wollten sie das Auto nehmen, doch wohin?

Fröstelnd trat sie in die Pension zurück und zog sich in ihr Zimmer zurück.

Auch zum Mittag tauchten die beiden nicht wieder auf. Allmählich fragte sich Charlotte, ob zwischen Rigobert und der Richter etwas lief. Hatte sie anfänglich noch gedacht, ihr Exverlobter wolle sich nur den Urlaub versüßen, kam es ihr inzwischen spanisch vor. Sie hätte Toni oder Sven Ole fragen können, aber diese Blöße wollte sie sich nicht geben, nicht einmal vor dem

Wirt. Sein trauriger Blick entging ihr aber nicht, als ihr Exverlobter und die Hausdame fröhlich lachend kurz vor dem Abendbrot wieder die Pension betraten. Sie behielt wohl recht. Das Feuer für Susanne Richter war in Sven Oles Herzen noch lange nicht erloschen, und auch ihres nicht für Rigobert. Anders konnte sie es sich nicht erklären, dass sie vor Wut am liebsten geheult hätte.

»Die beiden waren in Stralsund, um sich die großen Aquarien anzusehen«, raunte Toni ihr zu, der aus seinem Zimmer trat und ihrem Blick folgte. »Ich wäre auch gerne mitgefahren, aber zum einen kann ich nicht so gut mit den Krücken laufen, und zum anderen wollte ich die beiden nicht stören. Ist doch schön so ein junges Liebesglück.«

»Jung?« Charlotte schnaubte und riss den Blick von Rigobert und Susanne, die auf Sven Ole zugetreten waren. »Auf die Richter trifft das zu, doch nicht auf Rigobert vom Walde. Der hat die Fünfzig bereits überschritten!«

Schmunzelnd hob Toni die Brauen. »Eifersüchtig, Frau von Stein?«

»Auf wen, auf die Richter?«

»Auf wen denn sonst.« Er musterte sie. »Gestern Abend hatte ich fast den Eindruck, dass sie sanftmütig geworden wären und ihrem Exverlobten verzeihen wollen ...«

»Nun nicht mehr?«

Unschlüssig hob er die Schultern. »Hatten Sie es denn vor?«

»Das geht Sie gar nichts an!«, zischte sie und hob im selben Moment entschuldigend die Hand. »War nicht so gemeint, Huber. Wahrscheinlich haben Sie recht.«

Sollte sie ihm ihr Herz ausschütten?

Auf der einen Seite war er ihr Angestellter, ihr Chauffeur, auf der anderen dadurch ein enger Vertrauter. Toni kannte viele ihrer intimsten Geheimnisse und schwieg über sie wie ein Grab. Als sie sich von einem Tag auf den anderen von ihrem Verlobten getrennt hatte, hatte er es kaum verstanden, es aber wortlos akzeptiert. Selbst neugierigen Fragen Dritter hatte er sich verschlossen und darauf verwiesen, dass es nicht seine Angelegenheit sei. Trotzdem schien er ein feines Gespür zu besitzen, und so hatte er ihre Gemütswandlung bemerkt.

»Ich frage nur«, fuhr er fort, weil sie nicht antwortete, »weil man keinen Mann auf ewig für sich einnehmen kann, wenn man ihm die kalte Schulter zeigt, Charlotte. Trotz der durch Sie gelösten Verlobung, ist er Ihnen an die Ostsee hinterhergereist. Er will Sie zurückgewinnen, doch Sie geben ihm keine Chance dazu. Im Gegenteil, Sie haben ihm deutlich gezeigt, wie angewidert Sie von ihm sind, auch wenn ich nicht verstehe, warum. Auch Rigobert ist nur ein Mann. Irgendwann gibt er seine Bemühungen auf, um Sie zu kämpfen, und in Susanne Richter scheint er eine nette Bekanntschaft gefunden zu haben. Mehr ist es bisher nicht, doch was nicht ist, kann sehr schnell werden. Wie Sie sehen, beginnen die beiden bereits, ihre Freizeit gemeinsam zu verbringen.«

»Das ist nur ein Urlaubsflirt«, winkte Charlotte ab, obwohl sie sich da nicht so sicher war.

»Wie zwischen Ihnen und Sven Ole?«

»Ich darf doch wohl bitten!«, entrüstete sie sich. »Mein Interesse an Herrn Larsen ist gänzlich anderer Natur!« Das wusste sie mit Sicherheit. Sie mochte ihn, ein kleiner Flirt, doch sie hatte nicht vor, sich an ihn zu binden.

»Gut, dann fragen Sie Ihr Herz, ob es noch für Rigobert vom Walde schlägt, bevor es zu spät sein könnte.« Er nickte ihr aufmunternd zu und humpelte in die Klönstuv.

Charlotte war der Appetit vergangen, zumindest für ein geselliges Zusammensein fehlte ihr der Nerv.

Rigobert und Susanne Richter schlugen den Weg zur Treppe ein, und Sven Ole kam direkt auf sie zu.

»Wäre es zu viel verlangt, wenn ich heute Abend allein auf meinem Zimmer speise?«, fragte sie ihn.

Verwundert hoben sich seine Brauen. Dann verstand er, was ihr auf den Magen geschlagen hatte. »Ist es wegen Ihres Exverlobten?«

»Und Ihrer Mitarbeiterin!«, fügte sie bissig hinzu. »Ich kann den beiden nicht länger zusehen, wie sie wie zwei Turteltäubchen umeinander herumflattern. Das bekommt meinem Magen nicht.«

»Das kann ich verstehen, Charlotte. Ich schicke Frau Iwanowa mit dem Essen zu Ihnen hinauf.«

Er wollte weitergehen, doch sie legte die Hand auf seinen Arm. »Wollten Sie mir nicht das Kaminzimmer zeigen?«

Der Anflug eines Lächelns huschte über sein Gesicht. »Jederzeit, aber nicht unbedingt zu den Feiertagen, Charly. Ich muss mich um meine Gäste kümmern. Ich stehe aber morgen Vormittag voll zu Ihrer Verfügung. Wie wäre es gleich nach dem Frühstück mit einem Spaziergang nach Warnemünde?«

Besänftigt nickte Charlotte, die über seine Ablehnung enttäuscht gewesen war. »Gern, Sven Ole. Ich freue mich schon jetzt darauf.«

Nachdem das Abendessen beendet war, nahm Sven Ole Susanne zur Seite. »Ich muss mit dir reden.«

»Was gibt es denn?«, fragte sie zurück. Noch immer war ihr die Fröhlichkeit ins Gesicht geschrieben. Es musste ein schöner Tag mit dem Gast von Zimmer 18 gewesen sein.

»Was läuft zwischen dir und Herrn vom Walde?«

Verständnislos blickte Susanne ihn an. »Was sollte da laufen, nichts! Er hat mich an meinem freien Tag zu einem Ausflug nach Stralsund eingeladen, und da ich noch nicht dort gewesen und mir die Meeresmuseen angesehen habe, bin ich mitgefahren.« Sie gönnte ihm einen kritischen Blick. »Denkst du, ich schmeiße mich an ihn ran?« Sie lachte. »Dann frage Herrn Huber. Wir wollten ihn mitnehmen, doch er hat dankend abgelehnt, weil es ihm mit den Krücken zu anstrengend ist.«

»Oder er wollte euch nicht stören«, entgegnete Sven Ole und erntete dafür einen erbosten Blick.

»Das ist nicht dein Ernst.« Sie schüttelte verständnislos mit dem Kopf. »Hast du schon mal darüber nachgedacht, dass Herr vom Walde seine Holde nur eifersüchtig machen will, weil sie ständig an deiner Seite zu sehen ist.«

»Ach, jetzt trage ich die Schuld?«

»So habe ich das nicht gemeint, Sven Ole, aber Tatsache ist, dass du viel Zeit mit der von Stein verbringst.«

Dem konnte er nicht widersprechen. »Und das werde ich auch morgen tun. Zumindest bin ich aber nicht gleich den ganzen Tag außer Haus, sondern nur den Vormittag.« Damit ließ er Susanne stehen, die ihm kopfschüttelnd hinterherblickte.

*U*m spätestens zwölf Uhr müssen wir wieder in der Pension sein«, merkte Sven Ole an, als er mit Charlotte am Samstagvormittag das Meerblick verließ. »Das genügt aber, um gemütlich nach Warnemünde zu spazieren und den Vormittag zu genießen, und wird es zeitlich zu knapp, nehmen wir uns für den Rückweg ein Taxi.«

»Das wäre schade. Das Wetter ist einfach wunderbar.«

Sie wanderten den Küstenpfad entlang und genossen den Blick vom Kliff über den Strand hinaus aufs Meer. Blauer Himmel, Sonnenschein, dazu Schnee und ein paar Grad unter Null – ein winterlicher Weihnachtstraum, den es seit Jahren nicht mehr gegeben hatte, zumindest nicht im Norden.

»Und ich bin aus Bayern geflüchtet, weil ich keinen Schnee mehr sehen konnte«, lachte Charlotte und hakte sich bei Sven Ole ein. »Es macht Ihnen doch hoffentlich nichts aus?«

Er schüttelte den Kopf. »Es dient ja nur Ihrer Sicherheit«, entgegnete er.

Der Schnee war festgetreten, an einigen Stellen war es glatt. Trotzdem fielen ihm Susannes Worte ein, dass auch er sich etwas zu sehr um einen seiner Gäste bemühte.

»Wie haben Sie sich mit Herrn vom Walde arrangiert?«, wollte er von Charlotte wissen.

Überrascht sah sie ihn an. »Wollte ich das tun, mich mit ihm arrangieren?«

Sven Ole zuckte mit den Schultern. »Ich dachte nur, weil Sie nun wissen, welche Ursache sein *Leiden* hat.«

»Sein Leiden.« Sie kicherte, weil er das Wort extra betonte. »Es stimmt, ich wollte darüber nachdenken, doch wenn ich nun sehe, wie er sich um Frau Richter bemüht, bin ich mir nicht mehr sicher, ob er mich überhaupt zurückerobern will.«

»Würden Sie sich denn darüber freuen?«

»Jede Frau fühlt sich geschmeichelt, wenn ein Mann sie erobern will.« Sie wies auf eine Spur abseits des Wegs im Schnee. »Das war ein Fuchs.«

Nun war es an Sven Ole, ob des Themenwechsels verdattert zu schauen. »Sind Sie sicher?«

»Was, ob das ein Fuchs gewesen ist oder jede Frau erobert werden will?« Sie kicherte. »Beides, Sven Ole.« Sie schmiegte sich an seinen Arm. »Als Kind ist mein Vater mit mir und meinem Bruder oft durch die winterlichen Wälder gestreift. Er ging regelmäßig auf die Jagd und kannte alle Spuren und hat sie uns zu lesen gelehrt.« Sie wies auf eine weitere Fährte. »Die da stammt von einem Hasen.«

»Einem Hasen?« Um Sven Oles Mundwinkel begann es, spöttisch zu zucken. »Hoffentlich war's nicht der Osterhase!« Er grinste breit.

Charlotte fiel in seine Fröhlichkeit mit ein. »Hätte einen Vorteil. Im Schnee sind die bunten Eier schneller zu finden. Ich entsinne mich, dass wir vor ein paar Jahren an Ostern Schnee hatten. Überall, wo Eier versteckt waren, konnte man bunte Tupfer sehen.«

Sven Ole schmunzelte, hob den Blick und sah in die kahlen Wipfel der Bäume. Auf den Ästen lag noch ein wenig Schnee. Dann blickte er zu seiner Begleiterin, die zu ihrem Mantel den passenden Hut trug. Ob sie auch legere Sachen wie einen Anorak und eine Mütze besaß?

Sicher nicht. Bei ihr musste es eben teurer Kaschmir sein. Er war da einfacher gestrickt: dicker Anorak mit Kapuze aus dem letzten Wintersale, dazu passender Schal und Pudelmütze.

»Meinen Sie, dass sich zwischen Herrn vom Walde und Frau Richter etwas anbahnt?«, kam er zum Ursprung zurück, ein Thema, dem er auch sein Augenmerk schenkte, selbst wenn Susanne es vehement bestritt.

Charlotte hob die Schultern. »Diese Frage kann ich Ihnen nicht beantworten, Sven Ole.« Sie musterte ihn von der Seite. »Wäre es für Sie schlimm?«

»Für Sie etwa nicht?«, kam er mit einer Gegenfrage, die ihre allerdings beantwortete. Er seufzte.

Das Thema Susanne war noch nicht zu den Akten gelegt. Zwar war auch er der Meinung gewesen, sie würden sich zwar gut ergänzen, aber dennoch nicht zusammenpassen, doch vielleicht hatten sie sich da getäuscht.

Susanne war eine liebenswerte und tatkräftige Frau, doch oftmals war sie ihm auch einfach zu spontan. Sie handelte, bevor sie die Risiken abzuwägen begann, ohne an die Folgen zu denken. Der geplatzte Kredit hatte aber auch ihr die Augen geöffnet, und so überlegte sie nun, bevor sie eine schwerwiegende Entscheidung traf. Der Vorfall hatte nicht nur bei ihm seine Spuren hinterlassen. Auch Susanne hatte erkannt, dass ihre unbekümmerte Strategie nicht immer gutgehen konnte.

»Ich schätze«, holte ihn Charlotte in die Gegenwart zurück, »ich bin mir selbst darüber nicht ganz im Klaren.«

Dann geht es Ihnen wie mir, dachte er, hielt aber den Mund.

»Was werden Sie tun, wenn die Pension nicht mehr zu halten sein wird?«

»Sie ist nicht mehr zu halten, Charly, das steht fest. Die Einnahmen aus dem Weihnachtsgeschäft reichen niemals aus, um meine Außenstände zu tilgen. Ich werde das Meerblick verkaufen, was sonst. Anderenfalls müsste ich Insolvenz anmelden. Ich wäre froh, bliebe mir das erspart. Meiner Tante bricht es schon jetzt das Herz. Immerhin ist das Meerblick ihr und das Lebenswerk meines Onkels.«

»Aber machen das nicht viele, dass sie lieber Insolvenz anmelden und so versuchen, was zu retten?«

Er hob die Schultern und ließ sie sinken. »Meist endet es eh nur mit einem Ausverkauf des Unternehmens. Da mache ich lieber selbst den Schritt und gehe sauber aus allem raus.«

Einige Spaziergänger kamen ihnen entgegen. Er wusste, dass das Wirtshaus an beiden Feiertagen Mittagstisch auf Bestellung anbot, und vermutete, dass einige der Leute zu Fuß zum Weihnachtsschmaus unterwegs waren. Ein schöner Einfall, wie er fand.

»Waren Sie schon mal in Warnemünde?«, wechselte er das Thema, und Charlotte verneinte.

»Meist habe ich Sylt besucht, wenn es schon die deutschen Küsten sein sollten. Einmal waren meine Freunde und ich auf Fehmarn. Die Mecklenburger Ostseeküste ist hingegen komplettes Neuland für mich, obwohl ich schon immer nach Rügen wollte.«

»Dann nichts wie hin«, empfahl er lächelnd. »Natürlich nicht mehr dieses Jahr. Rügen ist wunderschön.«

Sie schlenderten am Hotel Neptun vorbei.

»Der Baustil dahinten erinnert mich an die Oper in

Sidney«, stellte Charlotte fest und wies auf den Tee-pott.

»Ja, besitzt gewisse Ähnlichkeit«, bestätigte er.

»Waren Sie schon mal auf dem Leuchtturm?«

»Bisher noch nicht, doch ich habe es mir für das kommende Jahr vorgenommen.«

»Von da oben wird man einen tollen Ausblick ha-ben«, vermutete sie, und ihr Blick schweifte über die Häuserzeile zu ihrer Rechten und glitt schließlich hi-naus aufs Meer.

Auf Höhe der Strandbar blieben sie stehen und sahen sich sowohl den Teepott als auch den Leuchtturm an.

»Soll ich Sie mal davor fotografieren?«

Charlotte nickte. »Besser noch, wir schießen ein Sel-fie. Dann sind wir beide drauf.«

»Wenn Sie das wollen!«

Sven Ole holte sein Smartphone aus der Jackenta-sche hervor, und sie stellten sich Schulter an Schulter nebeneinander und schossen von sich und dem Tee-pott mit seiner geschwungenen Dachform ein Bild.

»Und jetzt noch eines mit dem Leuchtturm im Hintergrund«, schlug Charlotte vor.

Auch den Gefallen tat Sven Ole ihr.

Dann gingen sie weiter und steuerten auf die Mole zu.

»Dort hinten kann es richtig kalt sein«, erklärte er und wies zum Leuchtfeuer, das sich auf dem Molen-kopf erhob.

»Auch das überlebe ich. Ich habe unter meinem Mantel einen dicken Pulli an.«

Sie spazierten auf die Mole und waren nicht die ein-zigen, die das taten. Als sie die Strandgrenze hinter sich gelassen hatten und sich praktisch auf dem Meer befanden, wurde es empfindlich kalt. Auf den Steinen, aus denen die Mole einst aufgeschüttet worden war, lag Schnee. An den Stellen, an denen er mit dem Wasser in Berührung kam, hatte sich ein dünner Eispanzer gebildet. Die Mole selbst war an vielen Stellen frei von Schnee, weil der Wind ihn fortgeweht hatte.

»Dort hinten liegen der Überseehafen und die Werft.« Sven Ole wedelte mit der Hand Richtung Süden die Einfahrt des Breitlings hinauf, die von einem Schiff passiert wurde, das auf die Ostsee zuhielt. »Und das da ist eine Fähre, die nach Dänemark fährt. Ich bin im Sommer mal mit Tantchen mitgefahren. Früh morgens ging es vom Überseehafen los, das Auto war natürlich auch dabei. Von Gedser sind wir dann bis nach Kopenhagen gefahren. Dort haben wir uns den Königspalast und die Wachablösung angeschaut, Tante Jutta war ganz aus dem Häuschen.« Er grinste bei dieser Erinnerung. »Anschließend waren wir im Wachsfigurenkabinett, haben uns die Stadt angesehen, und abends sind wir wieder nach Rostock zurückgekehrt. Ach, natürlich haben wir auch der kleinen Meerjungfrau einen Besuch abgestattet.«

»Das gehört zum Kopenhagener Pflichtprogramm dazu«, lachte Charlotte und beschattete ihre Augen mit der Hand, um besser sehen zu können.

Trotz des Weihnachtsfeiertages gab es einige Fahrgäste, die die Passage nach Dänemark gebucht hatten. Dick angezogen standen sie an der Reling und schauten nach Warnemünde zurück. Einige winkten den Spaziergängern auf der Mole zu.

Charlotte und Sven Ole gingen weiter.

Als sie den Molenkopf mit seinem grünen Leuchtfeuer erreichten, hatte die Fähre diesen bereits passiert und verschwand in der Ferne. Ihre Bugwellen breiteten sich auf der ruhigen Ostsee aus und brachten ein einfahrendes Schiff der Küstenwache ins Schaukeln.

»Wunderschön!«, gestand sie und sah Sven Ole an. »Ich danke Ihnen, dass Sie mir Gesellschaft leisten, obwohl ich einen solchen Privatservice nicht erwarten kann.«

Er schmunzelte.

Und ich sollte ihn nicht unbedingt anbieten, um zu den Gästen den nötigen Abstand zu wahren, vor allem, wenn es sich um ledige Damen wie Charlotte von Stein handelte.

Sie kehrten der Mole den Rücken und gingen auf das Festland zurück. Sven Ole zeigte seinem Gast aus Bayern den Alten Strom, der auch im Winter seinen Reiz besaß. Von dort führte er Charlotte zur Mittelmole, von wo aus sie einen tollen Blick hinüber zur Yachthafenresidenz genossen. Dieser erinnerte sie daran, dass dort ab morgen wieder freie Zimmer zur Verfügung ständen. Aber wollte sie überhaupt aus dem Meerblick weg? Die Antwort lautete inzwischen Nein!

»Und das ist der Kirchenplatz, wie unschwer zu erkennen ist«, verkündete Sven Ole wenig später, als sie sich ins Herz Warnemündes begeben hatten. »Haben Sie Lust, sich die Kirche anzuschauen, vorausgesetzt, sie ist geöffnet?«

»An Weihnachten sollte sie es sein.«

»Gut. Dann nehmen wir im Anschluss ein Taxi, um pünktlich zum Essen im Meerblick zu sein.«

»Auch nicht schlimm«, befand Charlotte.

Sie traten auf den Eingang zu. Die Tür war offen.

Charlotte erwartete nicht allzu viel, als sie ihren Fuß in das kleine Gotteshaus setzte, doch sie wurde angenehm überrascht. Sowohl im nördlichen als auch im südlichen Seitenschiff gab es je ein Votivschiff zu bestaunen, das als Weihgabe gespendet worden war.

Auf dem Altar mit seinen Holzschnitzereien stand ein Kreuz, das laut einem Hinweisschild das älteste Kunstwerk darstellte, das die Kirche zu bieten hatte. Es stammte aus dem ersten Drittel des 15. Jahrhunderts.

»Schauen Sie, Charlotte, der heilige Christophorus mit dem Jesuskind auf der Schulter.«, Sven Ole wies auf eine über dreieinhalb Meter hohe bunt bemalte Holzfigurengruppe.

»Wow, beeindruckend!«, staunte sie und legte den Kopf in den Nacken, um sich das Kunstwerk anzusehen. »Christophorus, der den Menschen beim Überqueren des Wassers hilft«, sagte sie und grinste in seine Richtung. »Sie sehen, ich habe im Bibelunterricht gut aufgepasst.«

»Stimmt genau. Ich hatte zwar keinen, aber das ist mir auch bekannt.« Er warf einen erneuten Blick auf seine Uhr. »Wir sollten uns allmählich nach einem Taxi umsehen, Charly. Die Zeit drängt. Sonst kommen wir tatsächlich noch zu spät zum Weihnachtsschmaus.«

Als sie später wieder in der Pension standen, bedankte sich Charlotte für den schönen Vormittag. Die frische Winterluft hatte nicht nur ihre Wangen gerötet, sie hatte sie auch hungrig gemacht. Nun freute sie sich auf die geheizte Klönstuv und den leckeren Braten.

Kurz überlegte sie, ob sie Sven Ole bitten sollte, für sie einen Platz am Tisch ihres Chauffeurs zu reservieren. Dann verwarf sie den Gedanken. Bevor sie sich mit ihrem Exverlobten wieder an einem Tisch niederlassen würde, wollte sie mit ihm reden. Sie musste wissen, woran sie war.

Zu einer Aussprache kam es vorerst nicht. Gleich nach dem Mittag unternahmen Rigobert und Sören Hay einen Spaziergang und kehrten erst zum Abendbrot wieder in die Pension zurück.

Charlotte verkroch sich derweil in ihrem Zimmer und schaute fern. Sie wurde den Gedanken nicht los, dass Rigobert ihr bewusst aus dem Weg ging. Immerhin hatte sie es so von ihm verlangt. Machte es dann überhaupt noch Sinn, mit ihm reden zu wollen?

Wenn du ihn wiederhaben willst, ja!

Doch wollte sie das überhaupt?

Um das herauszufinden, mied sie an diesem Abend erneut die Klönstuv und die Gesellschaft der anderen Gäste. Sie brauchte ihre Ruhe, um sich über ihre Gefühle Rigobert gegenüber klar zu werden, und das konnte sie nicht, wenn Lenchen ihr mit ihrem ständigen Gerede auf die Nerven ging. Vor allem aber quälte sie die Frage, warum er sie inzwischen links liegen ließ.

Nach dem Abendbrot begab sie sich auf ihr Zimmer und ging um halb neun ins Bett, um sich über all diese Fragen klar zu werden.

Nie hätte sie gedacht, dass sie noch einmal über Rigobert vom Walde und ihre gescheiterte Beziehung zu ihm nachdenken würde. Sie hatte ihm seinen Ring zurückgegeben und damit die Beziehung als beendet betrachtet. Und nun lag sie in einer bescheidenen Pension in einem in die Jahre gekommenen Bett und dachte darüber nach. Hatte sie alles falsch gemacht?

Nachdenklich starrte sie an die Decke. Ein heller Fleck, der sich ab und an hin- und herbewegte, erweckte ihr Interesse. Es musste die Laterne sein, die auf der Terrasse stand und von gelegentlichen Böen erfasst wurde. Der tanzende Lichtpunkt hielt sie jedoch nicht von der Klärung der wichtigsten Fragen ab: Wie stand Rigobert inzwischen zu ihr? Liebte er sie noch immer und wollte er sie zurück? Wenn ja, warum bändelte er mit der Richter an? Er war ihr doch in den Norden gefolgt, um sie zurückzugewinnen! Warum machte er dann der Pensionsangestellten schöne Augen und legte ihr vertraulich die Hand auf den Arm, anstatt um sie und ihre Liebe zu kämpfen? So etwas tat man nicht, wenn man das Herz seiner Angebeteten zurückerobern wollte!

Will er mich eifersüchtig machen?

Vielleicht.

Bin ich eifersüchtig auf die Richter?

Das hatte ihr bereits Toni unterstellt, und die Antwort lautete, ja.

Charlotte schwang sich aus dem Bett, blieb aber auf der Kante sitzen und baumelte mit den Beinen.

Sie war auf die Richter eifersüchtig. Sie neidete ihr die Zeit, die sie neben Rigobert verbrachte. Das konnte doch unmöglich etwas Ernstes sein! Oder behielt Toni auch in diesem Punkt recht, dass ihr Exverlobter seine Bemühungen aufgegeben hatte, um sie zu kämpfen?

Ihr Herz krampfte sich vor Schmerz zusammen.

Oder lag es nicht an ihrer Zurückweisung, sondern eher an ihrem überheblichen Getue?

Nicht nur ihr Ex hatte ihr vorgehalten, sich oftmals kindisch zu benehmen und oberflächlich zu sein. Mit anderen Worten, doch derselben Quintessenz hatten es sowohl Sven Ole als auch Pete getan – und alle am Heiligabend!

Nach dem Gespräch mit dem Pensionswirt hatte sie sogar ihren Fehler eingesehen. Aus Unwissenheit und weil sie sich mehr für sich als für andere zu interessieren schien, hatte sie Rigobert unrecht getan und sich wie eine verzogene Göre aufgeführt, anstatt ihm zuzuhören.

Ich muss mit ihm reden, und zwar schnell, je eher, desto besser!

Sie ließ sich wieder in die Federn sinken. Die Heizung war ausgestellt, und die Kälte kroch durch ihr dünnes Negligé und bescherte ihr eine Gänsehaut. Zitternd zog sie sich das Federbett bis hoch zu den Ohren.

Je länger sie über alles nachsann, umso mehr wurde ihr bewusst, dass es wehtat zu sehen, wie sich Rigobert mit einer anderen Frau verstand und sie plötzlich Luft für ihn war. Es schmerzte ihr Herz, auch wenn sie versuchte, es zu ignorieren. Sie war über Rigobert noch nicht hinweg, das wurde ihr mit einem Mal bewusst, im Gegenteil. Seit sie wusste, dass er unter einer Fruktoseunverträglichkeit litt, tat er ihr leid und sie hatte ihm verziehen.

Dann gehe endlich zu ihm und entschuldige dich, bevor es dafür zu spät ist!

Seufzend blickte sie auf die Uhr. Es war kurz vor neun.

Unschlüssig starrte sie an die Decke. Dann sprang sie aus ihrem Bett und zog sich bequeme Jeans und eine Sweatjacke an, um zu ihm zu gehen. Hauptsache, er hatte keinen Besuch von der Richter.

*R*igobert war enttäuscht. Nach einem schönen gestrigen Tag in Stralsunds Meeresmuseen hatte sich Susanne seit dem Morgen zurückgezogen. Sie schob ihre Arbeit vor, doch er vermutete, dass es einen anderen Grund für ihre Zurückhaltung gab. Hatte Charlotte ihre Finger im Spiel? Hatte sie der Pensionsangestellten die Hölle heißgemacht, weil sie mit ihm oftmals zusammenstand? Ihm war nicht entgangen, welch giftige Blicke Charlotte ihr schenkte, wenn sie Susanne in seiner Nähe sah. Sein Plan schien aufzugehen. In Charly flammte die Eifersucht auf. Trotzdem nutzte auch sie jede sich bietende Gelegenheit, um mit dem Pensionsbesitzer zu flirten.

Sie hat überhaupt keinen Grund, auf Susanne eifersüchtig zu sein. Sie soll sich mal schön an die eigene Nase fassen, dachte er, während er im Badezimmer stand und sich den Schlafanzug überstreifte. Ständig war sie an Herrn Larsens Seite und konnte kaum die Augen von ihm lassen.

Oder war sein Interesse an Susanne Richter eher dem Pensionswirt ein Dorn im Auge? Wie er von Herrn Hay erfahren hatte, hatte Larsen bereits im Herbst ein Auge auf seine Angestellte geworfen.

Ihn überkam ein schlechtes Gewissen, das vom Klopfen an seiner Zimmertür gestört wurde.

Verwundert trat er aus dem kleinen Bad heraus und knöpfte sich im Gehen das Oberteil seines Pyjamas zu. Da die Türen über keinen Spion verfügten, musste er wohl oder übel öffnen, um zu erfahren, wer zu dieser Stunde noch zu ihm wollte.

Er drehte den Schlüssel im Schloss und öffnete die Tür.

»Du?«, fragte er, als er den Ankömmling erkannte. Seine Augen weiteten sich überrascht.

»Hattest du Frau Richter erwartet?«, fragte Charlotte zurück.

Er schüttelte den Kopf. »Nein, aber mit dir hätte ich nicht im Traum gerechnet, doch ich freue mich, dich zu sehen. Komm doch herein.«

Er ließ sie eintreten und blickte hinterher den Flur entlang, ob jemand ihre Ankunft mitbekommen hatte, doch es war ruhig. Die Etage war nicht komplett ausgebucht. Aus der Klönstuv drangen Lachen und fröhliche Stimmen an seine Ohren. Die Gäste des Meerblick feierten den Ausklang des diesjährigen Weihnachtsfests. Flotte Rhythmen sorgten für gute Unterhaltung. Als er auf sein Zimmer gegangen war, war die Tanzfläche gut gefüllt gewesen. Dann schloss er die Tür und drehte sich seinem Überraschungsgast zu.

Charlotte stand neben dem Kleiderschrank und sah sich im Zimmer um. Viel Platz bot es nicht.

»Setz dich, wenn du magst.« Er nahm seinen Anzug vom Sessel.

»Wir müssen reden, Rigobert.« Sie sah an ihm herab.

»Entschuldige, ich hatte mit deinem Besuch nicht gerechnet. Wenn du dich einen Moment gedulden magst, ziehe ich mich wieder um.«

Sie schüttelte den Kopf. »Nicht nötig. Ich habe dich auch schon im Adamskostüm gesehen.« Ein Lächeln huschte über ihr Gesicht.

Er musterte sie und bemerkte erst jetzt, dass sie Jeans und eine helle Sweatjacke trug, unter der ein Stück ihres Nachthemds zu erkennen war.

Was war geschehen? Seit wann putzte sie sich nicht heraus, wenn sie das Haus oder ihr Zimmer verließ? Er hatte nicht einmal gewusst, dass sie so gewöhnliche Alltagskleidung wie eine Sweatjacke besaß.

»Gut, reden wir.« Er griff nach seinem Morgenmantel und zog ihn sich über. Dann ließ er sich auf der Kante seines Bettes nieder und sah erwartungsvoll zu ihr auf.

Charlotte stand noch immer vor dem Kleiderschrank und machte keine Anstalten, Platz zu nehmen. Dann trat sie ans Fenster und drehte ihm den Rücken zu.

»Ich wollte mich bei dir entschuldigen, Rigobert.«

Ihm klappte vor Überraschung der Mund auf. Mit allem hätte er gerechnet, nur nicht damit.

»Ich hätte dich nicht vorschnell verurteilen dürfen, sondern dir erst einmal zuhören müssen, bevor ich mir eine Meinung bilde. Dann hätte ich gewusst, wie krank du bist.«

»*Wie krank ich bin?*« Ein amüsiertes Lächeln huschte über sein Gesicht. War sie aus Mitleid zu ihm gekommen? »Fruktoseintoleranz ist zwar eine Unverträglichkeit des Körpers gegenüber Fruchtzucker, doch deswegen bin ich nicht krank, Charlotte. Es ist aber lieb von dir, dass du so besorgt um mich bist. Schön auch, dass du dich entschuldigst. Es war in der Tat nicht nett von dir, dass du mich bei deinen Freunden als Mann ohne Manieren verschrien hast.«

Beschämt senkte sie den Blick auf ihre Hände. »Das tut mir ebenfalls leid.« Sie seufzte und drehte sich zu ihm um. Dabei lehnte sie sich mit dem Hinterteil an die Heizung. »Du fragst dich, warum ich deinen Antrag angenommen habe. Es war keineswegs deines Geldes wegen, Rigobert.«

Sie sah ihm offen in die Augen, und er konnte sehen, dass er ihr mit dieser Unterstellung wehgetan hatte, und das tat ihm nun leid. Er wollte antworten, doch sie war noch nicht fertig.

»Du bist ein interessanter und gebildeter Mann, mit dem ich mich gern unterhalten habe. Vielleicht hast du recht. Ich habe in dir ein klein wenig meinen Vater gesehen, den ich leider viel zu früh verloren habe. Ich habe dich aber von ganzen Herzen geliebt.«

»Und das tust du nun nicht mehr?« Rigobert spürte, wie er vor Aufregung feuchte Handflächen bekam. Wie würde ihre Antwort lauten?

»Liegt dir denn noch überhaupt was an mir?«, stellte sie ihm die Gegenfrage und nahm im Sessel Platz. »Seit Heiligabend drängt sich mir der Eindruck auf, dass dein Interesse eher Susanne Richter gilt.«

Er horchte auf. Schwang die beabsichtigte Eifersucht ihn ihren Worten mit? Wenn ja, war sein Plan aufgegangen und er seinem Ziel, sie zurückzuerobern, ein Stück weit nähergekommen.

»Frau Richter ist eine sehr nette junge Frau, Charlotte. Sie war so freundlich, mir ein wenig Gesellschaft zu leisten, bis dieser Moment eingetreten ist.«

»Welcher Moment?«

»Genau dieser.« Er stand auf und trat auf sie zu, um sich vor ihrem Sessel hinzuhocken. Dann nahm er ihre Hände in seine. »Natürlich liebe ich dich noch immer, Charly, sonst wäre ich dir nicht hinterhergereist, sondern hätte mein Christfest anderswo verlebt. Ich will dich zurück, mit all deinen liebenswerten Macken, ohne die ich nicht mehr leben kann.«

Charlotte schossen die Tränen in die Augen. Der

Kloß in ihrem Hals schnürte ihr fast die Luft zum Atmen ab. »Auch mit meiner kindischen Art und meiner Oberflächlichkeit?«

»Auch damit, Charly!« Er nahm ihren Kopf in seine Hände und gab ihr einen zärtlichen Kuss. »Ich liebe dich von ganzen Herzen.«

»Also willst du mich noch immer zurück?« Sie entzog ihm ihre Hände und umschlang ihren Körper mit den Armen. Sie fror mit einem Mal.

Er lächelte über ihre Ungläubigkeit. »Ja, du Dummerchen, zum wiederholten Male, ja. Und jetzt komm in meine Arme. Du zitterst ja.«

Die Tränen rannen ihr die Wangen hinab, und der Kuss schmeckte nach Salz, als sich ihre Lippen fanden. Rigoberts Umarmung tat so gut und spendete Wärme und Geborgenheit. Wie hatte sie das die letzten zwei Wochen vermisst.

»Ich bin so ein dummes Schaf«, flüsterte sie. »Ich habe mich wie ein kleines Kind benommen. Es tut mir so leid.«

»Schschscht! Sage so etwas nicht, meine Charly. Es ist vergeben und vergessen.« Er stand auf und hob sie aus dem Sessel hoch, um sie zu seinem Bett zu tragen. Es war ein Einzelbett, doch mehr brauchten sie heute Nacht nicht. Erneut küssten sie sich und sanken engumschlungen auf die Matratze.

»Ich liebe dich!«, hauchte sie ihm ins Ohr und presste sich verlangend an seinen Körper. Sie würde nie wieder so eine Dummheit begehen und riskieren, ihren Rigobert ein weiteres Mal zu verlieren.

*a*m nächsten Morgen staunte Susanne nicht schlecht, als sie so früh schon Geräusche auf der Treppe vernahm. Es war kurz nach sechs Uhr. Als sie durch das Geländer nach unten spähte, sah sie Frau von Stein in das erste Geschoss verschwinden. Sie war von oben gekommen, das stand fest. Woher aber, von ihrem Exverlobten?

Wird auch allmählich Zeit, dass seine Bemühungen Früchte tragen, dachte sie und grinste zufrieden vor sich hin.

Herr vom Walde hatte ihr reinen Wein eingeschenkt, dass er mit seiner Annäherung nur seine Angebetete eifersüchtig machen wollte, um sie zurückzugewinnen. Selbst Sven Ole gegenüber hatte Susanne Stillschweigen bewahren müssen, damit er sich nicht versehentlich verplapperte, wenn er mit Frau von Stein zusammen war.

Dann kann ich es ihm ja heute endlich anvertrauen, dachte sie. Es hatte sie getroffen, dass er annahm, sie schmisse sich an den reichen Herrn aus Zimmer 18 ran.

Fröhlich summend, eilte sie den Flur entlang in die Küche, um alles für das Frühstück vorzubereiten.

Charlotte schlich auf Zehenspitzen die Treppe hinunter in ihr Zimmer. Auch wenn sie erwachsen war, wollte sie nicht, dass jemand sie dabei erwischte, wie sie aus dem Zimmer eines allein reisenden Mannes kam. Auf unnötigen Tratsch konnte sie verzichten.

Hatte da nicht eben eine Tür geklappt?

Erschrocken verharrte sie, hielt die Luft an und lauschte.

Ein Schlüssel drehte sich im Schloss, dann waren Schritte zu hören.

Das muss jemand vom Personal sein, durchfuhr es sie. Um diese Uhrzeit lagen die Gäste noch im Bett.

Geschwind sauste sie die letzten Stufen hinab und verschwand im Flur des ersten Geschosses. Sie war sich sicher, niemand hatte sie bemerkt.

Charlotte von Stein war schnell wieder vergessen. Einzig die Freude blieb, dass sie und Herr vom Walde wohl wieder zusammengefunden hatten. Besonders freute sich Sanne für Herrn vom Walde, den sie als sehr sympathischen Zeitgenossen ohne jegliche Allüren kennengelernt hatte.

Das Weihnachtsfest war vorbei. Nun standen Silvester und Neujahr vor der Tür und heute Nachmittag Besuch von ihrer besten Freundin Rike sowie deren Herzbube Henning. Dessen Bruder und Schwägerin waren nicht über die Feiertage nach Warnemünde gekommen.

Schade eigentlich, dachte Sanne, als sie in die Küche trat. Sie mochte die beiden sehr, auch wenn sie sie nur einmal bei Rikes Geburtstag im Oktober kennengelernt hatte.

Um halb sieben erschien Sven Ole mit frischem Brot und noch warmen Brötchen. Swetlana war am heutigen Tag für den Putzdienst eingeteilt und wischte den Boden der Klönstuv.

»Ich muss mit dir reden«, begrüßte Sanne ihren Chef und nahm ihm eine der Brötchenkisten aus der Hand. »Es geht um Herrn vom Walde.«

Verwundert hob Sven Ole die Brauen.

Susanne erzählte ihm von dessen Vorhaben, seine Angebetete eifersüchtig zu machen, und Sven Ole fiel aus allen Wolken.

»Und ich habe schon geglaubt, du willst dir den reichsten Gast des Meerblick angeln«, lachte er. Er stellte die Kisten auf den Tisch und nahm sie überglücklich in den Arm. Vom Waldes Annäherungsversuche hatten ihm mehr zugesetzt, als er bereit gewesen war, es zuzugeben.

»Charmant und zuvorkommend ist er allemal«, resümierte Susanne und genoss die Umarmung. »Ich stehe nur nicht so auf die älteren Semester.« Sie löste sich von ihm und sah ihm in die Augen. »Er sieht zwar für sein Alter top aus, ist auch noch gut in Form, doch mit einem fast Mitfünfzigeren ins Bett zu steigen ...« Es schüttelte sie. »Das ist nicht so meins.«

»Dann bin ich ja beruhigt, dass du mehr auf Männer meiner Altersgruppe stehst.«

Susanne verpasste Sven Ole einen kameradschaftlichen Rippenstoß. »Bilde dir nicht zu viel darauf ein.« Sie wandte sich wieder ihrer Arbeit zu.

»Wirklich nicht?« Er trat von hinten an sie heran und legte ihr seine Arme um den Bauch. Dabei hauchte er ihr einen zärtlichen Kuss auf den Hals, zu zärtlich, denn ein sanftes Prickeln kroch ihr durch den Körper.

Verwundert drehte sie den Kopf zu ihm herum. »Was ist geschehen? Bist du heute liebesbedürftig?« Sie kicherte und richtete ihren Blick wieder ihrer Arbeit zu.

»Nach dir doch noch immer«, seufzte er. Dass sein Kuss auch bei ihr seine Wirkung gezeigt hatte, bekam er nicht mit.

Susanne hielt in ihrer Tätigkeit inne und drehte sich zu ihm um. »Was soll das bedeuten, Sven Ole?« Sie verdrängte das wohlige Gefühl, das ihm seine Nähe bescherte. »Ich dachte, es wäre alles geklärt. Oder etwa nicht?«

»Ist es das tatsächlich für dich?«, fragte er zurück und lehnte sich mit dem Gesäß gegen die Arbeitsplatte. »Seit ich dich mit Herrn vom Walde hab flirten sehen ...« Den Rest des Satzes ließ er unausgesprochen.

»Mir tat es ebenfalls weh, dich neben Frau von Stein zu sehen«, gestand Sanne zögernd ein, doch es entsprach der Wahrheit. Mehr zuzugeben, war sie aber nicht bereit.

»Sollte uns das was sagen?«

Sie legte den Kopf schräg und sah ihn an. »Du meinst, wir sind noch immer nicht miteinander fertig?« Dieser Eindruck drängte sich ihr förmlich auf. Sie drehte sich wieder ihrer Marmelade zu, um diese in kleine Portionsschälchen zu verteilen.

Sven Ole blieb ihr die Antwort schuldig, oder lag es an ihrer Reaktion?

Wortlos verließ er die Küche, um die restlichen Besorgungen aus dem Auto zu holen.

Susanne hingegen dachte über seine Worte und ihre Gefühle ihm gegenüber nach.

Als Charlotte um acht Uhr zum Frühstück in der Klönstuv erschien, saßen Lenchen und Klaus Dieter bereits am Tisch.

»Wir haben Sie gestern Abend erneut vermisst«, begrüßte die Rentnerin sie. »Schade, es war ein so netter Abend. Wir haben sogar getanzt.«

Meiner war auch nicht schlecht!, dachte Charlotte, und ein wohliges Prickeln rann durch ihren Leib.

»Ich habe mich nicht wohl gefühlt«, entgegnete sie und nahm Platz. Rigobert war noch nicht da.

»Magenverstimmung?«, wollte Klaus Dieter wissen. »Kein Wunder bei dieser ganzen Schlemmerei.«

»Jetzt geht es Ihnen aber wieder besser?«, erkundigte sich Lenchen besorgt. »Zumindest sehen Sie recht zufrieden aus, wenn auch ein wenig übermüdet. Konnten Sie nicht schlafen?«

Charlotte nickte.

Wenn du wüsstest, wie ich meine Nacht verbracht habe, dachte sie. Dann bestellte sie bei Susanne ihr Kännchen Kaffee. »Heute hätte ich auch gern noch eine Tasse Kakao dazu, wenn's keine Umstände macht.«

»Keinesfalls, Frau von Stein.« Susanne verschwand in der Küche, während Charlotte aus dem Fenster sah.

Der Himmel war bewölkt, und der Wind hatte sich aufgemacht. Die Temperaturen schienen milder geworden zu sein, denn es tropfte vom Dach herab.

»Da schmilzt sie hin die weiße Pracht«, meinte Klaus Dieter, als hätte er ihre Gedanken erraten. »Schade eigentlich, zum Jahreswechsel wäre ein wenig Schnee nicht schlecht.«

»Da kommt sicher noch was«, vermutete Charlotte. Die Wolken sahen zumindest nach Niederschlag aus. Es musste nur wieder etwas kälter werden.

»Das war doch ein wundervolles Weihnachten, nicht wahr?«, fragte Lenchen und griff nach der Hand ihres Mannes, um sie zu drücken.

»Das stimmt«, bejahte sie.

Auch Klaus Dieter war dieser Meinung, und bedachte seine Gattin mit einem liebevollen Blick.

Charlottes musste zugeben, dass ihr die Zeit an der Küste doch besser gefiel, als sie es sich bei ihrer Ankunft im Meerblick hatte vorstellen können. Selbst dass sie dem Schnee hinterhertrauern würde, hätte sie nie vermutet. Ganz zu schweigen davon, dass sie wieder mit Rigobert zusammenkäme und seinen Verlobungsring tragen würde. Das Leben ging oftmals seltsame Wege.

Sie hob die linke Hand, an dessen Ringfinger sie den Halbkaräter trug, und betrachtete ihn. Der Stein war lupenrein und brach das Licht der Kerze hundertfach.

»Oh, was ist das denn?«, stieß Lenchen entzückt heraus. »Ein Verlobungsring?« Sie hob den Blick und starrte Charlotte durch ihre dicken Brillengläser erstaunt ins Gesicht. »Den haben Sie ja noch nie getragen. Haben sie sich gestern Abend verlobt, mit wem?«

»Lenchen!«, ermahnte sie ihr Gatte. »Sei nicht immer so neugierig. Den wird Frau von Stein schon zuvor getragen haben. Wahrscheinlich ist es dir nur nicht aufgefallen.«

»Aber Klaus Dieter, dir mag so etwas nicht auffallen, du bist ein Mann, mir aber schon.« Sie richtete ihre Aufmerksamkeit wieder Charlotte zu.

»Ihre Erinnerung trügt Sie nicht, Frau Schramm«, bestätigte Charlotte die Vermutung der Rentnerin, und ein amüsiertes Lächeln umspielte ihre Lippen. »Es ist in der Tat ein Verlobungsring.«

Lenchen klappte die Kinnlade herunter. Mit offenem Mund und ihre, durch die starken Brillengläser vergrößerten Augen erinnerte sie Charlotte an einen Karpfen auf dem Trockenen.

Während Marlene um ihre Fassung rang, wurde

Charlottes Frühstück serviert. Susanne erkundigte sich nach weiteren Wünschen und der Zufriedenheit ihrer Gäste. Kurz darauf traten die Kellers in den Saal. Ihnen folgte Rigobert vom Walde.

»Stellen Sie sich vor, Frau Keller«, musste Lenchen, die ihre Sprache wiedergefunden hatte, sofort ihr Wissen teilen, »Frau von Stein hat sich gestern Abend verlobt!«

Charlotte ignorierte Kerstins überraschten Ausruf. Stattdessen blickte sie sehnsuchtsvoll zu ihrem Schatz, der von Susanne Richter abgefangen worden war. Die beiden sprachen miteinander. Heute versetzte es ihr keinen Stich ins Herz, denn sie wusste um Rigoberts List. Dann kam er auf sie zu und blieb an der Stirnseite des Tisches stehen.

»Grüß Gott! Wenn ich mich vorstellen darf, Rigobert vom Walde! Ich sitze ab heute bei Ihnen.« Er sah zu Charlotte. »Hallo Liebes!«

Lenchens Augen nahmen an Größe zu und traten in Konkurrenz mit den Walnüssen, die als Dekoration neben dem Weihnachtsgesteck auf dem Tisch lagen. »Sind Sie etwa der Verlobte von Frau von Stein?«

»Allerdings!« Rigobert nahm schwungvoll auf dem Stuhl neben Lenchen Platz. »Genaugenommen sind Frau von Stein und ich bereits seit Nikolaus verlobt.« Er griff über den Tisch nach Charlottes Hand, um sie zärtlich zu drücken.

Nun war es um Lenchens Contenance gänzlich geschehen. Wie ein Silvesterkarpfen auf dem Trockenen schnappte sie nach Luft.

»Frau Richter lässt mein Gepäck zu dir ins Zimmer bringen«, wandte sich Rigobert seiner Herzdame zu, die ihn über die Neugier der Schramm bereits ins Bild gesetzt hatte.

Charlotte nickte nur und hatte Mühe, sich das Grinsen zu verkneifen, denn die Reaktionen ihrer Tischgenossen hätten unterschiedlicher nicht sein können.

Marlene Schramm rang um Fassung. Sie starrte Rigobert an, und ihr Mund klappte auf und ging zu, ohne dass ein Laut ihre Kehle verließ. Kerstin Keller bedachte die Neuigkeit mit einem staunenden *Oh* und *Ah*, während die Männer es nicht juckte, dass sie einen neuen Gast am Tisch begrüßen durften, der zudem bereits seit drei Wochen mit der ledigen Dame verlobt war.

»Muss ich das jetzt verstehen?«, raunte schließlich Kerstin Keller ihrem Gatten zu.

Dieser rollte nur mit den Augen und enthielt sich eines Kommentars. Stattdessen wandte er sich Charlotte und Rigobert zu: »Meinen Glückwunsch, nachträglich, wie auch immer.« Das genügte. Er griff nach einem Brötchen und schnitt es auf.

Nach dem Frühstück holte sich Charlotte ihr Handy und ihren Mantel aus dem Zimmer, um auf der Terrasse mit Pete zu telefonieren. Sie musste ihm unbedingt die Neuigkeit des Tages mitteilen.

»Du hast dich mit Rigobert wieder versöhnt?« Die Überraschung in Petes Stimme war nicht zu überhören. »Das freut mich für dich, Chérie. Das ist in der Tat die beste Neuigkeit der letzten Zeit!«

»Und wie war dein Weihnachten?«, wollte Charlotte wissen.

»Feuchtfröhlich, Darling, sicher aufregender als bei dir.« Er kicherte. »Ich habe einen scharfen Kerl aufgerissen und vernascht, ein richtiges Weihnachtsleckerli.«

Charlotte verzog das Gesicht. Sie hasste es, wenn Pete über seine Männerbekanntschaften sprach. Sie akzeptierte seine Homosexualität, doch sie musste nichts über Intimitäten mit demselben Geschlecht aus erster Hand erfahren.

»So mies waren meine Feiertage nun auch nicht, wenn ich von Lenchen Schramm absehe, die mir gegenübersitzt. Sie ist eine überaus geschwätzige und vor allem sehr neugierige Dame, die mir oftmals auf die Nerven geht. Ansonsten ist sie aber nett.« Sie kicherte. »Nun aber sitzt mir Rigobert gegenüber. Du hättest mal die dummen Gesichter sehen sollen, als er vorhin zu uns an den Tisch kam und sich als mein Verlobter vorgestellt hat.«

»Das glaube ich dir aufs Wort.« Auch Pete kicherte am anderen Ende. »Ich muss jetzt Schluss machen, Chérie. Wir wollen zum Shoppen.«

»Viel Spaß dabei. Ich schätze, entweder ich unternehme mit meinem Schatz einen Spaziergang oder wir hüpfen noch einmal ins Bett.«

»Ich würde das Bett vorziehen! Rrrrrr!« Pete grinste breit. »Viel Spaß beim Vögeln, Charly!« Er legte auf.

*a*m frühen Nachmittag kamen Rike und Henning ins Meerblick und wurden von Susanne und Sven Ole begrüßt.

»Schön, dass ihr da seid. Setzen wir uns in die Klönstuv?«, fragte Sanne.

Sven Ole schüttelte den Kopf. »Machen wir es etwas romantischer und gemütlicher«, schlug er vor und steuerte auf die Tür mit der Aufschrift KAMINZIMMER zu.

Als er die Tür öffnete und sie eintraten, war Susanne erstaunt, dass bereits alles eingedeckt war und im Kamin ein Feuer prasselte.

»Wow, hast du das alles vorbereitet?«

»Beim Eindecken hat mir Swetlana geholfen.«

Frederike und Henning sahen sich neugierig um.

»Hat es diesen Raum schon immer gegeben?«, fragte Rike und wandte sich Sven Ole zu.

Er schüttelte den Kopf. »Den Raum schon, nur die Nutzung habe ich im Zuge der Renovierung geändert. War ein nicht zu unterschätzender Kostenfaktor mit dem neuen Kamin, aber schön ist es geworden.«

»Und nun ist alles für die Katz«, murmelte Sanne traurig vor sich hin und nahm auf dem Sofa Platz.

Sven Ole wollte ihr folgen, doch Rike war schneller und setzte sich neben ihre Freundin. Sie nahm ihre Hand und drückte sie.

»Das wird schon, du wirst sehen.«

Sanne schüttelte resigniert den Kopf. »Danke für deine Aufmunterung, doch ich glaube nicht mehr an Wunder.« Sie seufzte und schenkte Rike trotzdem einen dankbaren Blick. »Wie war euer Weihnachten?«, wollte sie von ihr wissen. Den Gedanken an die Schließung des Meerblick verdrängte sie.

»So wundervoll, wie es mit dem viertägigen Besuch der Schwiegereltern nur werden kann.« Rike zwinkerte ihr zu.

»So gut?« Sanne grinste zurück.

»Hennings Eltern sind nett, doch seine Mutter denkt manchmal, dass ich von Haushaltsführung und vom Kochen nicht viel verstehe.«

»Du und keine Ahnung?«, lachte Susanne. »Das trifft wohl eher auf mich zu.«

»Ach wirklich?«, fragte Sven Ole und ließ sich gezwungenermaßen im Sessel nieder. »Du machst im Hotelgewerbe doch eine hervorragende Figur.«

Sanne zuckte mit den Schultern. »Gerade deshalb. Ich muss schon den ganzen Tag im Hotel oder der Pension den Gästen alles hinterhertragen und putzen. Da habe ich zu Hause dann keine Lust mehr drauf.« Sie kicherte.

»Bei dir ist es immer sauber und aufgeräumt gewesen«, widersprach ihr ihre Freundin. »Glaubt ihr kein Wort.«

»Logo, ich war auch mehr im Hotel als daheim. Da blieb keine Zeit, um für Verwüstung zu sorgen. Und in der Küche bin ich nicht unbedingt der Sternekoch.«

»Ähm, Sanne«, unterbrach Sven Ole die lockere Unterhaltung, »aber beim Servieren bist du spitze. Wenn du so nett wärest und den Kaffee holst?« Er streckte beide Hände vor.

»Ja, ja, ich weiß, zwei linke Hände.«

Sie stand auf, und Rike folgte ihr aus dem Kamin-zimmer in die Küche.

»Sag mal, wie läuft denn das Projekt mit eurer hoch-wohlgeborenen Dame?«, fragte Rike, als sie in der Pensionsküche ungestört waren.

»Alles im grünen Bereich, Süße. Seit gestern Abend sind die beiden wieder ein Paar. Sie hat sogar seinen Verlobungsring wieder angenommen, und Sven Ole ist ein Stein vom Herzen gefallen, als ich ihn zum Frühstück eingeweiht habe. Er dachte schon, ich mach mich an Herrn vom Walde ran.«

»Muss er gerade sagen«, lachte Rike. »Hat er sich nicht auch mit dessen Verlobten tüchtig amüsiert?«

»Amüsiert nicht unbedingt. Er hat sich sehr um ihr Wohlbefinden gesorgt, damit sie nicht so einsam ist.«

Sie kicherten.

Dann wurde Sanne ernst. »Sag mal, Rike, findest du, dass wir uns überstürzt voneinander getrennt haben?«

»Wer, Sven Ole und du?«

Susanne nickte. »Ich habe ihm angesehen, dass es ihm wehtat, mich an der Seite von Herrn vom Walde zu sehen. Es war genau derselbe waidwunde Blick, den er im Oktober hatte, als ich mit Sören zusammen war. Und heute Morgen hat er dann ein paar Andeutungen gemacht ...«

»Dass er dich noch immer liebt?«

Susanne nickte.

»Das ist mir und Henning schon lange bewusst. So wirklich scheint bei euch beiden das Thema noch nicht vom Tisch zu sein. Ihr sagt zwar immer, dass es so sei, aber wenn ich sehe, wie ihr miteinander umgeht und euch anschaut, ist da noch immer Liebe im Spiel.«

»Findest du?«

»Du etwa nicht?«

Susanne blieb die Antwort schuldig und stellte die Kaffeemaschine an. Alles war vorbereitet. Selbst Teller, Tassen und eine Kuchenplatte standen bereits auf einem Tablett zur Abholung bereit.

»Na schön, dann bringe ich das hier mal zu den anderen.« Rike nahm das Tablett und balancierte es ins Kaminzimmer, während Susanne gedankenversunken vor sich hinstarrte.

Ihre Freundin hatte recht. Sie und Sven Ole redeten sich nur ein, dass es vorbei sei. In Wahrheit empfanden sie noch genug füreinander, sodass man es als Liebe bezeichnen konnte. Das hatte sie heute Morgen in der Küche bemerkt, als Sven Ole ihr einen Kuss auf den Hals gehaucht hatte. Warum gestanden sie es sich nicht ein?

Das Wasser war durchgelaufen. Sie nahm die Thermokanne von der Heizplatte, schraubte den Deckel drauf und brachte sie mit einem Milchkännchen in das Kaminzimmer, wo sich die anderen unterhielten. Als sie den Raum betrat, hörte sie, wie Sven Ole sagte, dass Herr Hay ihn heute Abend oder morgen früh gerne sprechen wolle.

»Was will er denn von dir?«, fragte sie und goss Kaffee in die Tassen.

»Hat er nicht gesagt. Er meinte nur, es wäre eine nachträgliche Weihnachtsüberraschung.« Sven Ole hob gleichzeitig Augenbrauen und Schultern und nahm sich ein Stück Stollen von der Kuchenplatte.

»Apropos, wie soll es nach Neujahr weitergehen?«, fragte Henning und griff nach seinem Kaffee.

»Das Meerblick ist nicht mehr zu retten«, antwortete Sven Ole mit vollem Mund und spülte den Bissen mit einem Schluck Kaffee hinunter. »Nach den Feiertagen, wenn der letzte Gast die Pension verlassen hat, sperre ich die Tür ab und biete das Meerblick zum Verkauf an.«

»Hättest du das nicht schon viel früher in die Wege leiten sollen?«

»Aber Henning!« Rike schenkte ihrem Schatz einen tadelnden Blick.

»Wieso?«, verteidigte er sich. »Sven Ole will nicht mal schnell eine Jacke übers Internet verscheuern. Eine Pension ist schon ein ganz anderes Kaliber. Da wird ein Makler benötigt, um den Wert zu ermitteln, denn wenn Sven Ole das Meerblick gut verkauft, kann er seine Schulden begleichen und damit die drohende Insolvenz abwenden.«

»Stimmt«, erwiderte Rike ernüchtert, »daran hatte ich nicht gedacht.« Sie richtete ihren Blick auf Sven Ole, der bereits den Mund zur Antwort aufgemacht und dann ihr den Vortritt gelassen hatte.

»Ich habe bisher noch die Hoffnung gehegt, dass die Pension zu retten ist«, erklärte er nun sein Zögern, sich um die notwendigen Schritte zu kümmern. »Allmählich muss aber auch ich einsehen, dass es kein Weihnachtswunder mehr geben wird.« Er leckte sich einen Krümel vom Finger und ließ seinen Blick zwischen Rike und Henning schweifen. »Zur Silvesterfeier kommt ihr aber noch?«, fragte er sie.

»Auf jeden Fall«, bejahte Henning, »und wir bringen auch noch zwei weitere Gäste mit. Zu Weihnachten hat es mit dem Besuch meines Bruders und meiner Schwägerin nicht geklappt. Sie haben aber zum Jahreswechsel fest zugesagt.«

»Oh, das ist ja toll!«, rief Susanne begeistert aus. »Prima! Dann lassen wir die Sektkorken knallen und versaufen das letzte Hemd!« Sie grinste fröhlich. »Und im neuen Jahr werde ich dann in der Yachthafenresidenz zu Kreuze kriechen, ob sie mich noch immer haben wollen.«

Rike griff erneut nach ihrer Hand und drückte sie. »Wenn sie auf dich verzichten, sind sie reichlich blöd.«

Nach dem Abendessen nahm sich Sven Ole Zeit, um mit Sören Hay zu reden. Er lud ihn in das Kaminzimmer ein, wo sie ungestört waren, denn die Klönstuv und sein Getränkeservice erfreuten sich bei den Gästen großer Beliebtheit. Jeden Abend war der Speisesaal gut besucht. Zudem war das Feuer im Kamin noch nicht gänzlich heruntergebrannt.

»Was kann ich für Sie tun, Herr Hay?«

Sören kam erst mal nicht zum Antworten, sondern sah sich nur staunend um. »Ich wusste gar nichts von diesem Kleinod.«

Sven Ole schmunzelte. »Das gab es auch im Herbst noch nicht.« Er schlug ein Bein über das andere und verschränkte die Arme vor der Brust. »Und nun zu Ihnen, Herr Hay, was kann ich für sie tun?«

Sören setzte sich. »Ich schätze, ich kann vielmehr etwas für Sie tun, Herr Larsen.« Wie stets grinste er von einem Ohr zum anderen und lümmelte sich bequem an die Lehne der Couch. Er hatte einen Umschlag mitgebracht, der neben ihm auf der Sitzfläche lag. »Ich habe von Ihrer misslichen Lage erfahren. Ihre Probleme machen in der gesamten Pension die Runde. Und ich möchte Ihnen helfen.«

»Sie wollen mir helfen?« Sven Ole glaubte, sich verhört zu haben.

»Allerdings.«

»Und wie?« Verständnislos schenkte er seinem Gast

aus Bremen einen zweifelnden Blick. »Wollen Sie mir einen, am Besten, zinsfreien Kredit gewähren, damit ich meine Außenstände begleichen kann?«

»In gewisser Weise, ja.« Sören griff nach dem Umschlag und reichte ihn Sven Ole. »Ich möchte Ihnen die Pension abkaufen.«

Sven Oles Augen weiteten sich verwirrt. »Was wollen Sie mit meiner Pension?«

»Ich bin Immobilienmakler, müssen Sie wissen. Ich kaufe, manchmal saniere ich und verkaufe dann wieder. Als ich von Ihren Problemen erfuhr, dachte ich mir, warum nicht mal eine Pension erwerben und sie wieder flott machen?«

»Flott ist sie durch die Teilsanierung bereits recht gut«, erwiderte Sven Ole beleidigt. Das war ja wohl an den Gästezahlen nicht zu übersehen.

»Nichtsdestotrotz sind Sie gezwungen, sie zu veräußern, wenn Sie nicht in Insolvenz gehen möchten. Ich gebe Ihnen die Chance, Ihre Schulden zeitnah begleichen zu können.«

»Das ist ... nett von Ihnen.« Sven Ole setzte eine freundliche Miene auf, auch wenn es ihm schwerfiel. Er war regelrecht angenagt über Hays Zurschaustellung seiner Überlegenheit. »Sagten Sie nicht, Sie haben erst vor Ort von meinen Schwierigkeiten erfahren?«

»Habe ich ja auch.«

»Und das Angebot hatten Sie zufälligerweise in der Tasche?« Sven Ole fiel es immer schwerer, seine Freundlichkeit aufrechtzuerhalten. Irgendetwas lief hier verdammt schief!

Sören lachte. »Natürlich nicht, Herr Larsen. Ich habe aber stets einen Kugelschreiber und ein paar Kopfbögen dabei. Man weiß ja nie, welche Möglichkeiten sich mir auf meinen Reisen plötzlich bieten. Das Angebot ist natürlich handschriftlich verfasst und enthält nur die wichtigsten Punkte wie zum Beispiel den Kaufpreis und das Datum der Abwicklung. Wenn Sie einverstanden sind, telefoniere ich schon morgen mit meinem Büro und lasse einen rechtsgültigen Kaufvertrag aufsetzen, den mir meine Angestellten mailen werden. Unterschreiben sie ihn, und wenn der letzte Gast die Pension verlassen hat, schließen Sie einfach ab, geben mir den Schlüssel und erhalten im Gegenzug Ihr Geld, mit dem Sie Ihre Gläubiger auszahlen können.«

Sven Ole war wie vor den Kopf gestoßen und wusste nicht, was er sagen sollte. Auf der einen Seite erschien ihm Hays Offerte wie der rettende Anker, auf den er seit Wochen hoffte. Auf der anderen war er entsetzt, wie manche Menschen aus dem Unglück anderer Profit zu schlagen suchten.

»Ich danke Ihnen erst einmal und sehe es mir in Ruhe an.« Er nahm den Umschlag entgegen, öffnete ihn aber nicht, sondern legte ihn vor sich auf den niedrigen Couchtisch.

»Tun Sie das, Herr Larsen. Ein solcher Schritt muss natürlich gut durchdacht sein. Es wäre mir allerdings eine Freude, Ihnen und Ihren Angestellten helfen zu dürfen.« Sören lächelte süffisant, und anstandshalber lächelte Sven Ole zurück, doch seine Gedanken sprachen eine andere Sprache.

Helfen würdest du mir, würdest du meine Schulden begleichen, ohne mir gleich meine Pension zu nehmen, doch er wusste, das wäre zu viel verlangt. Wenn Sören Hay tatsächlich Immobilienmakler war, durfte er auf eine solche Geste nicht hoffen. Also beschloss er, das Angebot nicht ungelesen abzulehnen. Verkaufen musste er das Meerblick so oder so. Warum also nicht an Sören Hay?

2 6

*a*m Montagvormittag, nachdem Susanne ihre Arbeit beendet hatte, rief Sven Ole sie zu sich in sein Schlafbüro.

»Ich muss mit dir reden«, hob er an und wies auf den Stuhl vor seinem Schreibtisch. »Ich habe gestern Abend mit Herrn Hay gesprochen, und er hat mir ein Angebot unterbreitet, das mich erst mal aus den Latschen gehauen hat.«

»Wieso, will er dir Geld schenken?«

»Schön wär's!« Er holte den Umschlag aus seiner Schreibtischschublade heraus und reichte ihn ihr. »Er will die Pension kaufen, sie von Grund auf sanieren, um sie im Anschluss gewinnbringend wieder zu veräußern.«

Susanne klappte der Mund auf. »Wieso?«

»Weil er Immobilienmakler ist. Er kauft, saniert und verkauft wieder und streicht die dicken Gewinne ein.«

Susanne fiel es wie Schuppen von den Augen. »Das hat er also gemeint, als er mir sagte, er sei im An- und Verkauf tätig!«, murmelte sie bestürzt. Sie öffnete den Umschlag. Als sie den Firmenkopf sah, schluckte sie. »*IMMOBILIEN HAY, Inh. Sören Hay*«, las sie vor und hob den Blick zu Sven Ole. »Wer mit diesem Nachnamen das *Immobilien* davorsetzt, von dem ist nichts Gutes zu erwarten. Da ist der Name garantiert Programm.«

Sven Ole lachte. »Ich hätte mein Unternehmen sicher auch nicht so genannt, sondern lieber *Hay Immobilien*. Das klingt nicht ganz so rabiat.«

»Vielleicht bezweckt er aber auch gerade das.« Sie überflog die handschriftlichen Zeilen. Als sie beim Kaufpreis ankam, schluckte sie. »Zumindest lässt er sich beim Preis nicht lumpen, oder wie viel ist das Meerblick wert?« Davon hatte sie keine Ahnung.

»Sicher um einiges mehr«, erwiderte Sven Ole und strich sich müde über sein Gesicht. »Ich glaube aber kaum, dass er mir die Zeit gewähren wird, einen Gutachter zu bestellen, der die Pension schätzen kann. Er hat Blut gerochen und will das Meerblick schlucken. Nun liegt es an mir, zu entscheiden, was ich machen soll.« Er seufzte und fuhr sich durch sein kurz geschnittenes blondes Haar. »Ich wäre auf Schlag alle Schulden los, könnte sogar Tante Jutta auszahlen, damit sie ihre Ersparnisse zurückerhält und sich ihren wohlverdienten Lebensabend leisten kann. Und es bleibt sogar noch ein wenig übrig.«

Susanne horchte auf. »Also willst du annehmen? Weiß deine Tante davon?«

Sven Ole schüttelte den Kopf. »Mit ihr habe ich darüber noch nicht gesprochen. Es bricht ihr das Herz, wenn sie nur daran denkt, dass das Meerblick bald nicht mehr der Familie gehören könnte, doch was soll ich tun?«

Er griff erneut in die Schublade und beförderte einen Brief zutage. Anhand des Aufdrucks konnte Susanne sehen, dass er von der Bank kam.

»Den habe ich einen Tag vor Heiligabend erhalten«, eröffnete er ihr. »Ich habe weder dir noch Tantchen davon erzählt, weil ich euch nicht gänzlich das Weihnachtsfest verderben wollte. Die Bank setzt mir die Pistole auf die Brust. Wenn ich nicht bis zum 10. Januar meine Miesen ins Plus bringe ...« Den Rest ließ er ungesagt. »Ich muss eine Lösung finden, dringend, Sanne. Hays Angebot kommt gerade recht.«

»Viel zu recht!«, murmelte sie und starrte auf das Angebot des Bremers. Im Oktober hatte er die Befürchtung geäußert, Sven Ole könne sich übernehmen. Nun war es tatsächlich geschehen, und prompt tauchte er in letzter Minute auf, um als rettender Engel ein Kaufangebot abzugeben. »Trägt er immer Briefpapier mit seinem Firmenlogo mit sich herum?«

Sven Ole hob die Schultern und ließ sie sinken. »Als Immobilienhai muss man wohl ständig auf alles vorbereitet sein«, schlussfolgerte er. »Oder willst du andeuten, er wusste, dass es dem Meerblick dreckig geht?«

»Woher sollte er?« Susanne reichte ihm das Angebot zurück. »Nimmst du es an?«

»Weiß ich noch nicht. Ich muss zuvor mit Tantchen reden, was Sie dazu sagt. Zwar hat sie mir die Pension überschrieben. Trotzdem fühle ich mich dazu verpflichtet, sie in die Entscheidungsfindung einzubeziehen.« Er hob den Blick und sah Susanne bittend in die Augen. »Würdest du mich begleiten?«

»Was, zu Tante Jutta?«

Er nickte.

»Aber sicher doch! Mal sehen, was sie dazu sagt.«

»Nimm es an, Sven Ole, doch versuche, etwas mehr herauszuschlagen!«, empfahl Tante Jutta schweren Herzens, nachdem sie wusste, dass auch die Bank ihrem Neffen im Nacken saß. »Das ist zu wenig. Wird es wenigstens reichen, um deine Außenstände zu begleichen?«

Sven Ole bejahte. »Es ist etwas mehr, sodass auch du all deine Ersparnisse zurückerhalten wirst. Ein winziger Rest bleibt für mich, der mich aber nicht reich machen wird. Ich kann aber mein Privatkonto wieder ausgleichen, mit dem ich inzwischen auch tief in der Kreide stehe. Und derzeit kommen ja auch noch ein paar Gelder rein.«

Sanne horchte auf. Er war also auch schon an seine Ersparnisse gegangen. Das hatte er ihr nie erzählt.

»Onkel Klaus wird sich im Grab umdrehen«, jammerte Tante Jutta, »wüsste er, dass unser Lebenswerk nun verscherbelt wird. Was hat Herr Hay denn mit dem Meerblick vor, soll es eine Luxuspension werden?«

»Keine Ahnung, Tantchen. So lange er sie nicht dem Erdboden gleichmacht, sollte es uns egal sein, wie dick die Brieftaschen der zukünftigen Gäste sind.«

»Stimmt auch wiederum.« Tante Juttas Blick, der in Tränen schwamm, schwang zu Susanne. »Und was sagst du dazu, min Deern?«

»Was sollte ich dazu sagen«, antwortete sie ratlos. »Mir schmerzt das Herz, dass hier bald alles vorbei sein soll, doch ich war und bin hier nur angestellt. Es ist eure Entscheidung, doch ich verstehe, dass sie schwerfällt. Ich kann es auch kaum glauben, dass es das Meerblick bald nicht mehr geben soll.«

»Also gut, Sven Ole!« Entschlossen fuhr sich Tante Jutta mit den Händen über das Gesicht. »Wenn du all deine Schulden begleichen und die drohende Insolvenz abwenden kannst, nimm das Angebot an, doch zuvor verhandele beim Kaufpreis nach. Das Angebot ist einfach zu niedrig.«

Sven Ole verschwand für den Rest des Tages in seinem Schlafbüro, nachdem er im Großmarkt gewesen war, um die Vorräte aufzufüllen. Er wollte noch einmal alle Optionen prüfen, obwohl es weder etwas zu prüfen gab noch andere Optionen zur Verfügung standen. Er war pleite und hatte Schulden bis über beide Ohren. Daran gab es nichts zu rütteln, zudem saß ihm die Zeit im Nacken, doch auch er fand, dass beim Preis dringend nachverhandelt werden musste.

Nach dem Abendbrot klopfte Susanne an seine Tür. Sie hatte den Abend frei. Swetlana war für die Bereitschaft eingeteilt und sorgte sich um die Wünsche der Gäste.

»Morgen sage ich Herrn Hay, dass ich sein Angebot annehmen werde, wenn er mir beim Geld ein Stück entgegenkommt«, eröffnete Sven Ole ihr, als sie vor seinem Schreibtisch Platz genommen hatte. »Habe ich den endgültigen Vertrag, lasse ich ihn nochmals prüfen und unterschreibe dann.«

»Und wenn er hart bleibt?«

»Dann habe ich schlecht gepokert und muss annehmen, denn mir steht das Wasser bis zum Hals.«

Susanne war verzweifelt. Bisher hatte sie versucht, die Schließung des Meerblick zu ignorieren. Nun ging es nicht mehr. Sie rückte mit jedem Tag näher. Für sie würde es bedeuten, sich nach einem neuen Job und einer Wohnung umzusehen. Was käme aber auf Sven Ole und Tante Jutta zu? Um Swetlana sorgte sie sich nicht. Die Ukrainerin war jung und hatte ihren Freund. Sie würde schnell eine neue Anstellung finden. Doch was würde aus Tante Jutta werden, wenn es das Meerblick nicht mehr gab?

Sie fragte nach, und er kam prompt mit einer Gegenfrage nach ihren Zukunftsplänen.

Susanne zuckte mit den Schultern. »Ich weiß nur eines, nach Berlin gehe ich nicht mehr zurück. Ich bleibe im Norden. Mir gefällt es hier.«

»Mir ebenfalls. Ich würde auch gern an der Küste bleiben, doch ich werde mich wohl oder übel bei meinem Vater um einen Job bewerben müssen. Später trete ich dann seine Nachfolge an, wenn es bis dahin die Firma noch geben sollte. Man weiß ja nie. Vielleicht aber besser, als hier unter einer Brücke zu campieren.« Er versuchte ein schalkhaftes Lächeln, das gründlich misslang. Also räusperte er sich und kehrte zum Ernst zurück. »Mehr Sorgen bereitet mir die Zukunft von Tante Jutta. Sie hat dank meiner Gutgläubigkeit alles verloren, das Meerblick, ihr Erspartes, ihr Dach über dem Kopf. Ich werde ihr alles zurückzahlen, was sie mir geliehen hat. Ich habe den Fehler begangen und die Pension in den Ruin getrieben. Also muss ich dafür auch geradestehen.«

Susanne blutete das Herz.

Sven Ole war so ein herzensguter Mensch. Er gab, was er geben konnte, dachte nie zuerst an sich. Sie hätte nie geglaubt, dass er ein so toller Pensionswirt wäre. Die Gäste liebten ihn. Mit guten Absichten hatte er das Unternehmen seiner Tante, das jetzt seines war, in die Zukunft führen wollen und war gescheitert.

Sie beugte sich vor und langte über den Tisch nach seiner Hand, um sie zu drücken. »Es tut mir so leid, Sven Ole. Wenn du in Rostock bleiben willst, tue es. Auch hier werden Gas- und Wasserinstallateure gebraucht. Du kannst bei mir einziehen. Ich habe mich schon nach einer preiswerten Zweizimmerwohnung umgeschaut und werde Anfang kommenden Jahres mehrere besichtigen. Du hast mich im Oktober auch aufgenommen, als ich vor Matthias geflüchtet bin und dringend ein Dach über dem Kopf benötigte. Nun revanchiere ich mich, wenn du mich lässt.«

Er lächelte. »Danke, Sanne, das ist lieb von dir. Und für Tantchen suchen wir ein bescheidenes Pflegeheim, wo sie ihre alten Tage verbringen kann.«

»Das machen wir, gemeinsam.« Sie lächelte ihn zuversichtlich an.

Er nahm ihre Hand in seine und drückte sie zärtlich. Dann zog er sanft an ihrem Arm. Sie sollte zu ihm kommen. Er wollte ihre Nähe spüren. Sie tat ihm gut.

Charlotte von Stein hatte recht. Er war noch immer in Susanne verliebt, und auch sie schien ihm gegenüber nicht abgeneigt zu sein.

Susanne stand auf und setzte sich auf die Kante des Bettes. Er wechselte den Platz und nahm sie in den Arm.

»Du tust mir so gut«, flüsterte er ihr ins Ohr und spürte, wie ein sanftes Beben durch ihren Körper lief. Dann küsste er sie und drückte sie zärtlich aufs Bett. »Ich will dich, jetzt, ich brauche dich!«

»Ich dich auch, Sven Ole!«

»Wirklich?« Hoffnungsvoll sah er ihr in die Augen.

»Ich schätze, wir haben einen Fehler begangen, den wir vielleicht wieder rückgängig machen sollten.«

»Das denke ich auch«, wisperte er verliebt und gab ihr einen zärtlichen Kuss auf die Nasenspitze.

Sie gluckste, weil sein Atem sie kitzelte. »Ich denke auch mal darüber nach.« Dann schlang sie die Arme um seinen Hals und die Beine um seinen Leib. Sie war noch immer in ihn verliebt.

27

Sören Hay strahlte wie ein Honigkuchenpferd übers ganze Gesicht, als Sven Ole ihm mitteilte, er würde sein Angebot annehmen.

»Allerdings sollten wir noch einmal über den Kaufpreis reden.«

Schlagartig gefror dem Immobilienhai das Grinsen.

»Da gibt es nichts, worüber wir sprechen könnten, Herr Larsen. Ich habe alles genau abgewogen, das Alter des Gebäudes, den Zustand der baulichen Substanz, die Ausstattung. Es wird einen Riesenaufwand und immens hohe Kosten bedeuten, die Pension wieder flott zu machen. Das muss ich bei meinem Kaufpreisangebot berücksichtigen. Es liegt aber bei Ihnen, ob Sie es annehmen wollen oder nicht. Ich kann und werde Sie zu nichts drängen.«

Sven Ole sah zerknirscht drein. Was hatte er anderes erwartet? Hay wusste, dass ihm keine Zeit mehr blieb. Auf die Schnelle würde er weder einen Makler noch einen willigen Käufer finden, und der gewiefte Immobilienhai nutzte es zu seinem Vorteil aus.

»Komplett unsaniert ist die Pension nun aber auch nicht«, versuchte er es ein letztes Mal. »Seit unserer Schließung Anfang November habe ich viel Zeit und Geld in das Haus investiert, um es zu modernisieren. Sämtliche Sanitäreinrichtungen sind neu, auch die Wasser- und Abwasserrohre. Die Bäder wurden neu gefliest, die Räume komplett gestrichen und zum Teil modern eingerichtet. Das, was Sie mir als Kaufpreis anbieten, deckt diese Kosten gerade ab.«

»Das tut mir leid, Herr Larsen, dass Sie sich dermaßen verausgabt haben«, hielt Sören Hay dagegen. »Mein Angebot ist aus meiner Sicht und nach Abwägung aller auf mich zukommender Kosten fair. Ich will das Meerblick komplett neu strukturieren. Was ich erhalten kann, werde ich erhalten, aber das meiste wird dem Umbau zum Opfer fallen.«

Sven Ole krampfte sich das Herz zusammen. All seine und die Mühen seiner Familie waren für die Katz. Der Immobilienhai würde keinen Stein auf dem anderen lassen.

»Was soll denn aus dem Meerblick werden?«, fragte er ihn resigniert.

»Ich versichere Ihnen, es wird auch fortan ein Gästehaus sein, nur bedeutend moderner mit großzügigen Appartements und nicht solch beengten Räumen wie bisher. Ich will fast das gesamte Gebäude entkernen und den Zuschnitt der künftigen Zimmer ändern. *Appartementhaus Meerblick* – wie klingt das für Sie?«

»Gut.« Was sollte Sven Ole dazu sagen. Die Zeit war gekommen, das Schicksal der Pension zu besiegeln. »Dann sei es so!« Schweren Herzens willigte er ein.

»Das freut mich ungemein, Herr Larsen.« Sören reichte ihm die Hand, und zögernd ergriff Sven Ole sie.

Das altbekannte Grinsen breitete sich auf dem Gesicht seines Gegenübers wieder aus. Fast schien es, als hätte der Immobilienhai über das gemachte Schnäppchen im Kreis gelacht, wenn die Ohren es nicht verhindert hätten.

»Dann rufe ich gleich mein Büro in Bremen an und lasse einen Vertrag aufsetzen. In der Zwischenzeit kümmere ich mich um einen Notartermin in Rostock.« Er ließ Sven Oles Hand wieder los, die er noch immer schüttelte. »Ich freue mich, dass ich Ihnen helfen darf, Ihnen und jenen, die vom Meerblick bisher abhängig waren.« Mit diesen Worten drehte er sich um und verließ gut gelaunt die Klönstuv.

Kaum, dass er den Speisesaal verlassen hatte, trat Rigobert vom Walde auf Sven Ole zu. »Ich wollte zwar nicht lauschen, Herr Larsen. Es ließ sich aber nicht verhindern, dass ich die letzten Worte mitbekommen habe. Inwiefern, wenn die Frage erlaubt ist, hat Herr Hay Ihnen geholfen?«

»Er ist Immobilienmakler und wird das Meerblick kaufen.«

Entgeistert weiteten sich Rigoberts Augen. »Herr Hay ist Immobilienmakler?« Das Erstaunen war in seiner Stimme nicht zu überhören. »Und zufällig ist er zur Stelle, wenn eine Pension verkauft werden muss.« Er schüttelte den Kopf.

Verwundert sah Sven Ole ihn an. »Er war bereits im Oktober Gast im Meerblick«, erklärte er vom Walde, doch wenn er ehrlich war, erschien es ihm ebenfalls seltsam, jetzt, da er wusste, welchen Geschäften Sören Hay nachging. Allein die Eile, in der er alles erledigt haben wollte. Er konnte unmöglich wissen, wie knapp die Frist war, die ihm die Bank gestellt hatte. Trotzdem schien er getrieben, den Vertrag unter Dach und Fach zu bringen. Er hatte es eben ja nicht mal für nötig befunden, zum Reden mit ihm in das Kaminzimmer zu gehen, wo sie ungestört waren.

Susanne trat an seine Seite. »Störe ich?«

»Nein, auf keinen Fall. Ihr Chef hat mir gerade erzählt, dass Herr Hay ihm ein Kaufangebot für die Pension unterbreitet hat.«

»Stimmt!« Susanne legte den Kopf schräg und musterte Herrn vom Walde. »Wissen Sie, wie seine Firma heißt? Immobilien Hay!« Sie grinste. »Scheinbar immer auf der Suche nach etwas, das er schlucken kann.«

Nachdenklich nickte Rigobert und kratzte sich am Kinn. »Darf ich fragen, hat Herr Hay im Oktober erfahren, dass Sie eine Sanierung planen und dafür einen Kredit beantragt haben?«

»Jaaa«, antwortete Susanne gedehnt, und erstaunt hob Sven Ole die Brauen und sah sie an.

»Hast du es ihm erzählt?«

Sie nickte. »Ich habe mir nichts dabei gedacht. Wir haben uns über die Pension unterhalten. Sören meinte, ihr Ambiente wäre etwas angestaubt, nicht auf dem neuesten Stand, was ja auch stimmte«, erzählte sie in Kurzform, was sie wusste. »Ich habe ihm daraufhin gesagt, dass du sie sanieren willst, und er hat Bedenken angemeldet, du könntest dich damit übernehmen.«

»Das hat er angemerkt?« Ein wissendes Zucken umspielte Rigoberts Mund. »Ich möchte nicht neugierig sein«, wandte er sich direkt an Sven Ole, »bei welchem Kreditinstitut haben Sie ihr Geschäftskonto?«

Überrumpelt musste Sven Ole erst einmal überlegen. »Bei der GBHG, der Genossenschafts...«

»...bank Hotel- & Gaststättenwesen e.G. mit Hauptsitz in Bremen«, fiel Rigobert ihm ins Wort und grinste. »Ich gebe Ihnen einen Rat, Herr Larsen, schauen Sie sich mal deren Website an und legen Sie besondere Aufmerksamkeit auf den Vorstand.« Er tippte sich an die Stirn und verließ die Klönstuv.

Verdattert sahen Sven Ole und Sanne ihm hinterher, bevor sie sich ansahen und einen ratlosen Blick tauschten.

»Was hat er gemeint?«, fragte Sven Ole verwirrt, obwohl ihm zu dämmern begann, worauf Herr vom Walde ihn stoßen wollte.

»Keine Ahnung, doch er scheint etwas zu wissen oder zu ahnen.«

Sie eilten zur Treppe und hetzten die Stufen hinauf ins oberste Geschoss, um in Sven Oles Schlafbüro den Laptop hochzufahren und die Website des Kreditinstituts aufzurufen.

»Da ist der Vorstand.« Sanne wies auf den entsprechenden Reiter.

Nach einem Klick darauf, grinsten ihnen einige ältere, gut gekleidete Herren entgegen. Nicht eine einzige Frau war dabei.

»Typisch!«, kommentierte Sanne diesen Umstand. »Die einzigen Damen, die es in der Vorstandsetage gibt, sind zum Kaffeekochen und zum Tippen da.«

Sven Ole ignorierte ihren bissigen Kommentar. »Und nun?« Er sah sich die einzelnen Konterfeis an.

»Da!« Susannes Finger schoss nach vorn auf den Bildschirm zu. »Das kann nicht sein, Götz Hay!« Sie sah triumphierend zu Sven Ole. »Ich fress 'nen Besen, wenn das nicht Sörens Vater ist. Sieh ihn dir an, die Ähnlichkeit ist nicht zu verleugnen, auch wenn der da um einige Jahre älter ist.« Ihr fiel etwas ein. »Na klar!« Sie haute sich mit der flachen Hand an die Stirn. »Das ich daran nicht schon eher gedacht habe, ich dumme Nuss! Er erwähnte sogar, dass sein Vater nach der Wende einigen ostdeutschen Hotels geholfen hat, den Anschluss nicht zu verlieren.«

Sven Ole war fassungslos und zählte eins und eins zusammen. »Der Alte sitzt im Vorstand und hat Beziehungen zur Kreditabteilung. Vielleicht hat er ihr sogar mal vorgestanden und kennt die Kollegen. Er erfährt, welche Pensionen oder Hotels einen Kredit beantragt haben und wofür. Diese Info gibt er an seinen Sohn weiter, den schneidigen Immobilienhai, der daraufhin die entsprechenden Häuser abcheckt, indem er sich als Gast einmietet.«

»Und wenn er dann noch jemanden wie mich findet, der auf ihn reinfällt, ist er auch noch an der richtigen Adresse und erhält Zusatzinformationen«, ärgerte sich Susanne, obwohl sie an Sören keine Interna weitergegeben hatte, die diesen nichts angingen.

»Diese Mistkerle!«, knurrte Sven Ole. »Und wenn die Lokalität vielversprechend ist und es sich lohnt, sie zu sanieren, um sie im Anschluss mit einem Riesengewinn wieder zu verkaufen, ziehen sie ihre Masche ab. Dem zuständigen Bearbeiter wird vielleicht sogar im Vorfeld suggeriert, alles in Butter, was dieser an den Kunden weitergibt, wie in meinem Falle, und dann wird das Geld aus fadenscheinigen Gründen verweigert, sodass der Kunde in Schwierigkeiten gerät, wenn er sich darauf verlassen und bereits investiert hat.« Wütend ballte er die Fäuste.

»Glaubst du, Herr Meier ist darin involviert?«

»Nein, das glaub ich nicht«, überlegte er. »Die Masche wird sicher auch nicht häufig klappen. Nicht jeder ist so dumm wie ich und verlässt sich blind auf eine mündliche Zusage.«

»Und ich habe dich sogar dazu ermutigt, vorab schon zu investieren«, erinnerte sich Sanne und bekam ein schlechtes Gewissen.

»Gräme dich deshalb nicht. Ich hätte es auch ohne deinen Zuspruch getan.« Sven Ole ballte die Fäuste. »Ich gehe jetzt zu Hay und stelle ihn zur Rede.« Er wollte an Sanne vorbei, doch sie hielt ihn zurück.

»Komm erst mal wieder runter, Sven Ole. Du hast keinerlei Beweise, nur Vermutungen. Sprich mit deinem Anwalt oder mit Henning, auch wenn das nicht unbedingt in sein Fachgebiet fällt. Und frage Herrn vom Walde, woher er wusste, dass Sörens Vater bei der Bank im Vorstand sitzt. Vielleicht weiß er sogar noch mehr.«

»Diese Frage kann ich Ihnen ganz einfach beantworten«, sagte Rigobert, »durchs Internet.« Er schmunzelte und schlug ein Bein über das andere. »Als ich Herrn Hay das erste Mal in der Klönstuv gesehen habe, erinnerte er mich an einen Bankangestellten, den ich vor circa fünfundzwanzig Jahren in München kennenlernen durfte. Er ist ihm wie aus dem Gesicht geschnitten. Als ich ihn fragte, bestätigte er mir, dass Götz Hay sein Vater ist. Abends habe ich das Internet nach ihm befragt und, voilà, ich fand ihn im Vorstand der GBHG.«

»So klein ist die Welt!«, murmelte Susanne.

»Als sie mir dann erzählten, er sei Immobilienmakler und habe Ihnen ein Kaufangebot unterbreitet, schrillten bei mir die Alarmglocken. Das konnte unmöglich ein Zufall sein, sollten Sie Ihr Geschäftskonto genau bei der Bank haben, bei der Götz Hay im Vorstand sitzt.«

»Also denken Sie auch, dass es eine abgekartete Sache ist mit meinem verweigerten Kredit?«

»Vor allem, wenn man den Grund dafür kennt.« Rigobert lachte grimmig. »Ich kann Ihnen nur raten, den Kaufvertrag nicht zu unterzeichnen, Herr Larsen, bevor sie nicht alles überprüft haben. Ich bin mir sicher, das war ein linkes Ding!«

»Das fürchte ich auch. Deshalb vereinbare ich sofort einen Termin bei meinem Rechtsanwalt.«

2 8

Sanne saß wie auf glühenden Kohlen. Sven Ole hatte noch am selben Tag einen Termin erhalten, war aber ohne sie zu seinem Rechtsanwalt gefahren.

Immer wieder trat sie ans Fenster oder spähte zur Tür hinaus, ob sie ihn zurückkommen sähe, doch er kam einfach nicht.

Als sie Schritte auf der Treppe vernahm, blickte sie die Stufen hinauf. Es war Charlotte von Stein, die hinunter ins Parterre kam.

»Na, ist Sven Ole noch nicht zurück?«, fragte sie und trat an die Anmeldung, an der Sanne die Formulare ordnete. »Ich drücke Ihnen so die Daumen, dass sich alles zum Guten wendet!« Sie hob beide Hände, die Daumen hoch erhoben.

»Danke, Frau von Stein, ich bin regelrecht hibbelig, was beim Anwalt rausgekommen ist.«

»Was sollte dort rauskommen, als dass man Ihren Chef gehörig über den Tisch gezogen und betrogen hat? Herr vom Walde hat mir alles erzählt, auch von seiner Vermutung, der ich mich gänzlich anschließe.« Sie musterte Susanne. »Sie sind eine hervorragende Schauspielerin, Frau Richter. Das muss ich schon sagen«, wechselte sie das Thema. »Ich habe Ihnen tatsächlich abgekauft, sie und Rigobert wären ineinander verliebt.«

»Ach wirklich?« Erstaunt blickte Sanne sie an. Hatte

sie ihn so angehimmelt? »Herr vom Walde hat mich relativ schnell in sein Vorhaben eingeweiht, doch ich hatte es nie auf ihn abgesehen, wenn ich ehrlich sein soll. Er ist ein netter Gast, sehr charmant. Ich bin zu ihm genauso freundlich wie zu den anderen Gästen.« Ausgenommen Sören Hay, setzte sie in Gedanken hinzu und ließ auch unerwähnt, dass vom Walde deutlich zu alt für sie war.

»Dann hat mich mein Gespür wohl getäuscht«, entgegnete Charlotte und schmunzelte.

»Vielleicht lag es daran, dass Sie sich vielmehr auf Ihren Exverlobten als auf mich konzentriert haben?«, überlegte Sanne laut und klappte den Ordner zu.

»So kann es sich auch verhalten. Ich heiße übrigens Charlotte. Sie dürfen mich gerne auch Charly nennen.«

»Angenehm, Susanne, kurz nur Sanne!« Sie lächelte die Bayerin freundlich an.

»Jetzt wird mir auch klar, warum Toni sich nicht an Sie rangeschmissen hat«, lachte Charlotte. »Sie sind nämlich genau sein Typ.«

»Er meiner auch«, grinste Sanne zurück. »Ich habe aber in diesem Jahr so viele Tiefschläge mit der holden Männerwelt erlebt. Da brauchte ich nicht noch einen weiteren.«

Charlotte hob die fein geschwungenen Augenbrauen. »Ach, hat er es also doch bei Ihnen versucht?«

»Gleich am ersten Abend, als er mit den Anwälten zusammen gefeiert hat. Er hat mich regelrecht angeschmachtet und Süßholz geraspelt, doch vergebens. Und dann hat Herr vom Walde ihn gebeten, mich in Ruhe zu lassen, um Sie eifersüchtig zu machen.« Susanne kicherte. »Wollen wir in der Klönstuv einen Kaffee trinken?«

»Warum nicht?«

Sie gingen in den Speisesaal, in dem sich einige Gäste befanden, und suchten sich einen Tisch abseits der anderen.

»Trinken Sie auch einen nur aufgebrühten Kaffee, wir sagen türkisch dazu, oder soll ich ihn filtern?«

»Ist das Instantpulver?«, fragte Charlotte mit einem Schaudern in der Stimme.

»Um Gottes willen, nein! Pfui Teufel!« Susanne schüttelte es. »Es handelt sich dabei um die ursprüngliche Zubereitung, bevor es Filtertüten gab. Gemahlene Kaffeebohnen, also ganz normaler Filterkaffee, werden in eine Tasse gegeben und mit kochendem Wasser aufgegossen. Sie haben zwar den Kaffeesatz in der Tasse, doch der stört nicht beim Trinken, solange Sie keinen Sturm in Ihrem Kaffee verursachen.« Sie kicherte. »Es schmeckt aber anders, für mich sogar bedeutend besser als gefilterter Kaffee.«

»Ach ja, so kenne ich es aus dem sogenannten Morgenland. Dort wird der Mokka traditionell genauso serviert.«

»Deshalb heißt es wohl auch türkisch«, überlegte Sanne und verschwand im angrenzenden Küchenbereich.

Kurze Zeit später brachte sie zwei Tassen an den Tisch und stellte eine Schale mit Weihnachtsplätzchen dazu. Dann sah sie auf die Uhr. Es war halb fünf. Kein Wunder, dass Sven Ole noch nicht zurück war. Die Stadtautobahn war sicher verstopft.

Sie setzte sich Charlotte gegenüber auf einen Stuhl, sodass sie beide einander in die Augen schauen und gleichzeitig den Blick aus dem Fenster genießen konnten, obwohl es da nicht mehr allzu viel zu sehen gab. Die Nacht hatte sich herabgesenkt. Nur der Schneemann, aufgrund der am Tage zum Teil etwas wärmeren Temperaturen um einige Zentimeter geschrumpft, lachte zu ihnen hinein. Und Sören Hay war zu sehen. Er stand an der Brüstung und verpestete die frische Luft mit seinem Zigarettenqualm.

»Wenn der wüsste, dass sein Schwindel aufgeflogen ist«, knurrte Sanne vor sich hin und nickte nach draußen.

»Der Kerl war mir von Anfang an nicht sehr sympathisch. Er sieht zwar blendend aus, mehr aber nicht. Ansonsten ein richtiger Schleimbeutel.«

»Hat er versucht, Sie zu umgarnen?«

»Sinnlos vertane Zeit«, antwortete Charlotte. »Absolut nicht meine Kragenweite.«

»Ich muss gestehen, dass ich ihm im Oktober auf den Leim gegangen bin«, gab Susanne ehrlich zu und erzählte, was vorgefallen war.

»Mieser Kerl!«, urteilte Charlotte, als sie erfuhr, dass er sich wortlos aus dem Staub gemacht hatte. »Passt aber irgendwie zu seiner schleimigen Art.« Sie musterte Susanne. »Und Sie und Sven Ole, wann wird aus Ihnen wieder ein Paar?«

Erstaunt sah Susanne sie an.

»Kommen Sie, Sanne. Es ist nicht zu übersehen, dass Sie sich noch immer lieben.« Charlotte kicherte.

»Wer weiß, vielleicht, vielleicht aber auch nicht.« Sanne setzte eine geheimnisvolle Miene auf, konnte diese aber nicht lange aufrechterhalten und fing zu grinsen an. »Sie haben uns ertappt, ja, wir sind noch nicht übereinander hinweg. Vielleicht war es ein Fehler, sich zu trennen.«

Charlotte schmunzelte verschmitzt. »Ein Fehler, der sich leicht beheben lässt.«

Susanne fiel auf, dass sie dieselben Worte am Vorabend zu Sven Ole gesagt hatte.

Kurz vor dem Abendbrot trat Sven Ole dann endlich in die Klönstuv.

Susanne konnte nicht anders, sie eilte sofort auf ihn zu. »Was hat der Anwalt gesagt?«, platzte sie heraus. Am liebsten wäre sie ihm um den Hals gefallen, doch das unterließ sie im Beisein der Gäste.

»Er war erst mal sprachlos. Dann meinte er, er wolle jetzt zwar nicht behaupten, dass er so etwas in der Art geahnt habe, doch es wäre ihm unverständlich gewesen, dass der Kreditantrag nicht bewilligt wurde.« Sie traten an den Tisch, und er öffnete den Reißverschluss des Anoraks und zog ihn aus. »Guten Abend, Charlotte!«

»Und weiter?«, drängte Susanne, die vor Neugier beinahe platzte. Immerhin hing auch ihre Zukunft davon ab.

»Er leitet alles Erforderliche in die Wege. Er hat sogar noch in meinem Beisein die Bank kontaktiert. Sie wollen der Sache umgehend auf den Grund gehen ...«

»Das behaupten sie immer«, warf Susanne ein.

»Nein, es scheint ihnen tatsächlich was daran zu liegen. Immerhin wäre es keine gute Publicity für ihr Kreditinstitut, wenn herauskäme, dass ein Vorstandsmitglied Interna über ihre Kunden an seinen Sohn weitergibt, um diesem die Taschen zu füllen, und sie es wissentlich unter den Teppich kehren.«

»Verständlich. Hat dein Anwalt mit der Rostocker Filiale oder mit der Zentrale gesprochen?«

»Mit der Zentrale in Bremen. Bis Silvester, also übermorgen, soll ich eine Rückmeldung erhalten.«

»Wow!« Susanne fiel ein Stein vom Herzen. Das musste die Rettung des Meerblick sein. Sie konnte nicht anders. Sie stellte sich auf die Zehenspitzen und gab ihm einen Kuss auf die Wange.

»Das freut mich, Sven Ole.« Charlotte lächelte zu ihm auf. »Ich hätte es nie für möglich gehalten, dass mein Herz mal für eine solch kleine Pension zu schlagen beginnt. Behalten Sie sie, werden mein Verlobter und ich sicher wiederkommen.«

»Auch Flitterwochen kann man hier gut verleben«, ulkte Sven Ole und verlagerte sein Gewicht auf das andere Bein.

Charlotte lachte. »Ich schätze, die werden dann doch etwas luxuriöser ausfallen, aber danke für das Angebot.« Sie musterte ihn und Susanne. »Sie wären wirklich ein hübsches Paar!«

Sanne spürte, wie ihr die Hitze in die Wangen schoss, als Sven Ole den Arm um ihre Taille legte und zu sich heranzog.

»Was machen wir eigentlich, wenn es nun mit dem Meerblick weitergehen wird?«, fragte er sie. »Dann wird ja nix aus unserer geplanten WG!«

»Aus Ihrer geplanten WG?« Fragend hob Charlotte die Brauen, und Sven Ole erzählte ihr von Sannes Angebot, ihn bei sich aufzunehmen, wenn die Pension geschlossen ist.

»Och wie süß!«, lachte Charlotte. »Das klappt noch zwischen Ihnen. Glauben Sie mir!«

»Ich hoffe es.« Verliebt drückte Sven Ole Sanne an sich.

»Ist schon gut! Ich bin ja auch nicht gänzlich abgeneigt, wie du weißt.« Sie hauchte ihm einen weiteren Kuss auf die Wange und machte sich aus seiner Umarmung frei. »Nun muss ich mich aber um das Abendbrot kümmern. Sonst bekommen unsere Gäste nix zwischen die Kiemen.«

29

*D*er vorletzte Tag des alten Jahres verlief ruhig und in gewohnter Bahn. Niemand der Eingeweihten ließ sich anmerken, dass ein Stein ins Rollen gebracht worden war, der einem der Gäste auf die Füße fallen könnte. Auch Sören Hay nicht. Stattdessen sonnte er sich in seiner Genialität, weil er so problemlos einen Riesenhappen zwischen die Zähne bekommen und geschluckt hatte.

Die Anwaltskanzlei meldete sich noch nicht an diesem Tag. Also hatte die Bank noch keine Rückinfo gegeben. Je länger die Wartezeit wurde, umso mehr verstärkte sich bei Susanne das quälende Gefühl, dass die Schlipsträger vielleicht doch versuchen könnten, die Angelegenheit unter den Teppich zu kehren, aber am Silvestermorgen, kurz nachdem Sven Ole zum Großmarkt losgefahren war, checkte Sören Hay dann überraschend aus.

»Dringende Geschäfte, die meiner Anwesenheit bedürfen und nicht warten können«, erklärte er Susanne, die seinen Zimmerschlüssel erstaunt entgegennahm.

»Und was ist mit dem Vertrag, den Sie meinem Chef zukommen lassen wollten? Sagten Sie nicht, noch in diesem Jahr wäre er seine finanziellen Sorgen los?«

»Nicht in diesem, im nächsten, wenn die Pension geschlossen ist«, erklärte Sören und sah auf die Uhr, als sei er in großer Eile. »Du und Herr Larsen, ihr müsst entschuldigen, krankheitsbedingt war mein Büro die letzten zwei Tage unterbesetzt. Deshalb muss ich auch schleunigst nach Bremen zurück. Im neuen Jahr maile ich deinem Chef den Kaufvertrag zu.«

»Dringende Geschäfte – am Silvestertag – ah, ich verstehe.« Sie konnte sich kaum das Lachen verkneifen. »Und wenn um Mitternacht die Sektkorken knallen, unterzeichnen Sie den Vertrag Ihres Lebens.«

Das Dauergrinsen wich aus Sörens Gesicht. Verständnislos sah er sie an.

Susanne winkte ab. »Wie dem auch sei, Herr Hay. Alles Gute und einen guten Rutsch!« Wohin auch immer! Vielleicht sogar in den Knast.

Er bedankte sich und wollte gehen. Dann fiel ihm noch etwas ein. »Du kommst nicht zufällig an den handschriftlichen Vertrag heran, den ich deinem Chef gegeben habe, oder?«

Sanne schüttelte den Kopf. Wollte er Beweise vernichten?

»Ich bräuchte ihn, um kein Detail im richtigen Vertrag zu vergessen«, erklärte er.

Lahme Ausrede!, dachte sie. »Und wie sollten Ihre Angestellten ihn dann aufsetzen?«, fragte sie zurück.

»Stimmt auch wieder. Ich bin wohl etwas durch den Wind.« Er hob die Hand und verließ beinahe fluchtartig die Pension.

»Den sehen wir hoffentlich nie wieder«, murmelte Susanne zufrieden vor sich hin und klappte das Anmeldebuch zu. Sie wollte gerade zu Swetlana in die Küche gehen, die dort nach getaner Arbeit einen Kaffee trank, als die Tür aufschwang und Sven Oles Eltern in die Pension eintraten.

»Hereinspaziert!«, lachte Sanne. Sie kam hinter der Anmeldung hervor und begrüßte Herrn und Frau Larsen mit einer herzlichen Umarmung. Trotz ihrer Trennung von Sven Ole verstanden sie sich ausgezeichnet.

»Sven Ole ist unterwegs zum Einkaufen. Er dürfte in zwei Stunden wieder zurück sein. Wie geht es euch? Seid ihr ohne Stau durchgekommen?«

»Auf dem Berliner Ring war es etwas voll, doch dann wurde es immer leerer, je näher wir der Ostsee kamen.«

»Schade, dass Winter ist«, fügte Frau Larsen bedauernd hinzu, »sonst könnte man noch mal in die Ostsee hüpfen, bevor hier alles den Bach runtergeht.«

»Kannst du doch, Schatz, Eisbaden sagt man dazu.« Ihr Gatte grinste. »Wird auch in Berlin praktiziert.«

»Na, vielen Dank auch!« Sie schnitt ihm ein Gesicht und zwinkerte im Anschluss Susanne zu.

Diese überlegte, ob sie die Katze aus dem Sack lassen sollte und erzählen, dass es einen Lichtstreif am Horizont gab, verkniff es sich aber. Das wollte sie Sven Ole überlassen. Dann brachte sie seine Eltern zu ihrem Zimmer im ersten Geschoss, natürlich mit Blick auf die Ostsee.

Sven Ole kam eine Stunde später und guckte nicht schlecht, als er erfuhr, dass Sören Hay verschwunden war. »Ich sehe das als gutes Zeichen an«, orakelte er, »dass wir einen positiven Bescheid erhalten werden.«

»Ich ebenfalls.«

Als wäre das das Stichwort gewesen, läutete sein Telefon.

Es war die Kanzlei, wie Susanne mitbekam. Sie hing Sven Ole förmlich an den Lippen. Dieser sagte kaum ein Wort und hörte dafür aufmerksam zu. Das Telefonat dauerte nicht mal zwei Minuten, doch als er auflegte, strahlte er übers ganze Gesicht.

»Du wirst es kaum glauben, Sanne, der Kredit wird gewährt. Im neuen Jahr ist das Konto gedeckt, und die ausstehenden Forderungen werden getilgt. Alles Weitere übernimmt die Kanzlei in Zusammenarbeit mit der Bank und der Polizei.«

Sanne stieß einen Freudenschrei aus und fiel Sven Ole um den Hals. Dass Rigobert vom Walde und Charlotte von Stein in jenem Moment die Pension betraten und bei ihrem Anblick schmunzelnd in der Tür verharrten, störte weder sie noch ihn. Gab es einen besseren Grund, um glücklich zu sein?

Sie küssten sich.

Die Klönstuv war mit bunten Girlanden geschmückt. Auf den Tischen stand für jeden Gast ein Tischfeuerwerk bereit, Luftschlangen und Konfetti lagen daneben. Am liebsten wäre Sven Ole noch einmal losgefahren, um sämtliche Vorräte an Raketen und Silvesterknallern aufzukaufen, die in Rostock vorrätig waren, so sehr freute er sich, dass mit dem Beginn des neuen Jahres nicht das Aus der Pension bevorstand, sondern ihr zweiter Neubeginn. Der Erste hatte ja ursprünglich kurz vor Weihnachten sein sollen. Es fiel ihm regelrecht schwer, nicht den ganzen Nachmittag zu grinsen, aber auch Susanne schien das Dauerlachen ins Gesicht gemeißelt zu sein. Einzig Swetlana hatte ihre Mimik im Griff und verriet niemandem, wie es in ihrem Inneren aussah.

Um neunzehn Uhr öffneten sich die Türen zur Klönstuv und ließen die ersten Gäste in den Festsaal hinein. Um kurz vor zwanzig Uhr war der Saal dann vollständig gefüllt. Neben den regulären Gästen waren noch Sven Oles Eltern, Rike und Henning sowie Marie und Johannes erschienen, und sie hatten noch zwei Überraschungsgäste mitgebracht, nämlich Opa

Willi und sein Ruthchen. Einzig Sannes Mutter musste der Feier fernbleiben, weil sie es arbeitsbedingt nicht hatte einrichten können. Im Gesundheitsdienst nahm man ebenfalls keine Rücksicht auf Feiertage wie Weihnachten oder Silvester.

»Und ich hätte immer angenommen, dass wir mit Sanne und dem Lütt Matten den Jahreswechsel begehen«, meinte Opa Willi und zuckte mit den Schultern, »so verliebt wie ihr beiden im Sommer gewesen seid.«

»Dieser Dummbatz!«, schimpfte Ruthchen. »Selbst schuld, wenn man mit seiner Buchhalterin ins Bett steigt, sie schwängert und dann auch noch zu feige ist, sich von ihr zu trennen.«

»Wenn er sie mehr liebt als mich, ist das in Ordnung«, versuchte Sanne, das leidige Thema zu beenden. Sie hatte schon lange nicht mehr an Matthias gedacht, und er war so freundlich und tauchte im Meerblick nicht mehr auf, sondern rief entweder an oder bestellte Sven Ole zu sich in die Firma. »Und nun Themenwechsel.« Sie wies zur Mitte des Saals, wo Sven Ole stand, um die Gäste zur Silvesterfeier willkommen zu heißen.

Dieser machte es kurz. »Ich möchte nicht lange herumreden, liebe Gäste. Ich freue mich auf fröhliche Stunden heute Abend gemeinsam mit Ihnen, in denen wir das alte Jahr verabschieden und das neue begrüßen. Es ist für alles gesorgt, was Leib und Seele zusammenhält. Das Tanzbein darf natürlich auch geschwungen werden. Für flotte Rhythmen sorgt unser DJ.« Er wies auf den jungen Mann, der sich unweit der Tanzfläche mit seiner Technik ausgebreitet hatte.

Applaus erscholl.

»In den letzten Tagen haben Sie sicher gehört, in

welch misslicher Lage sich die Pension befindet. Umso mehr freue ich mich, Ihnen mitteilen zu dürfen, dass die drohende Schließung und der Verkauf des Meerblick abgewendet werden konnten ...« Weiter kam er nicht. Jubelrufe und Klatschen unterbrachen seine Rede.

»Das ist ja toll!«, rief der Frischvermählte und hob die zur Faust geballte Rechte.

Und auch Klaus Dieter und Lenchen sowie das Rentnerpaar aus Zittau konnten sich ihrer Freude nicht erwehren.

»Bravo!«

»Super!«

»Wir freu'n uns so!«

Dankend nickte Sven Ole den Gästen zu. »Somit beginnt mit dem neuen Jahr auch ein Neuanfang im Meerblick, und nicht nur das«, fuhr er fort und gab Sanne zu verstehen, zu ihm auf die Tanzfläche zu kommen. »Es wird auch für uns beide ein Neubeginn sein.« Er legte ihr den Arm um die Taille und zog sie näher an sich heran.

Erwartungsvolles und erstauntes Raunen erhob sich im Saal. Gespannt waren alle Blicke auf sie gerichtet.

»Susanne Richter wird, wie bereits im Oktober geplant, ab dem 01. Januar offiziell meine Partnerin im Meerblick sein, allerdings, und das war nicht geplant, auch meine Partnerin in Sachen Liebe.«

Nun schwoll der Beifall richtig an. Glückwunschrufe waren zu hören.

Auch Charlotte und Rigobert spendeten kräftig Applaus.

Dann reckte Charlotte den Hals dem Ohr ihres Verlobten zu. »Ich habe es gewusst, Rigobert, dass die beiden wieder zusammenkommen.«

»Genau wie wir!«, antwortete er und gab ihr einen zärtlichen Kuss auf die Nasenspitze.

Zufrieden schmiegte sie sich in seinen Arm.

Was wäre wohl geschehen, wenn sie in der Yachthafenresidenz oder einem anderen Hotel untergekommen wäre? Möglicherweise wäre für ihren Schatz kein Zimmer mehr frei gewesen. Er hätte unverrichteter Dinge wieder abfahren müssen, und sie wären vielleicht nie wieder zusammengekommen. Zudem hätte es dort keinen Sven Ole Larsen gegeben, der sich so rührend um sie gekümmert und ihr den Kopf zurechtgerückt hatte. Und mit einem Mal war sie froh, dass sie in der Pension an der Stoltera gelandet war und sich Toni den Fuß verstaucht hatte.

Was für anderthalb Wochen!, dachte sie.

Das Meerblick hatte sie auf den ersten Blick entsetzt, denn es entsprach nicht im Geringsten ihrem sonstigen Standard. Letztlich hatte es sich als Glücksgriff erwiesen, und sie nahm sich vor, fortan erst zu prüfen, bevor sie ein vernichtendes Urteil fällte.

Sie sah zu Rigobert auf. »Ich liebe dich.«

»Ich dich auch, Charlotte.«

Ihre Lippen fanden sich, während Sven Ole das Büfett und die Silvesterfeier für eröffnet erklärte.

Alles hatte sich zum Guten gewandt. Sie war mit Rigobert wieder zusammen und fühlte sich ein Stück weit geläutert. Sven Ole und Sanne starteten ebenfalls einen Neubeginn in Sachen Liebe, und auch dem Meerblick stand ein weiterer Neuanfang bevor. Alles war so, wie es sein sollte. Nun konnte das neue Jahr beginnen.

Nach wort

Allgemeines zur Reihe »Warnemünder Jahreszeiten«

Die Geschichten der »Warnemünder Jahreszeiten« sind frei erfunden, Ähnlichkeiten zu tatsächlichen Begebenheiten oder Personen sowie Namensgleichheit nicht beabsichtigt. Reale Örtlichkeiten wurden zum Teil abgewandelt und der Handlung angepasst, notwendige hinzugefügt.

Die Bücher beinhalten jeweils eigenständige, in sich abgeschlossene Geschichten und sind somit unabhängig voneinander lesbar. Allerdings macht es Sinn, sie in der richtigen Reihenfolge zu lesen, da Figuren aus früheren Teilen auch wieder in nachfolgenden Bänden auftreten.

Zum vorliegenden Buch »Warnemünder Winter«

Ich habe mich dafür entschieden, reale Örtlichkeiten namentlich zu erwähnen, um der Handlung Lokalkolorit zu verleihen. Die Pension Meerblick an der Stoltera mit ihren Gästen und dem Personal ist hingegen frei erfunden.

Zum Zeitpunkt der Entstehung dieses Romans gab es auch kein Kreditinstitut mit dem Namen Genossenschaftsbank Hotel- und Gaststättenwesen e.G., zumindest habe ich über Google keines gefunden. Sollte es in der Zwischenzeit gegründet worden sein – es hat nichts mit dem in der Geschichte erwähnten Unternehmen und seiner Arbeit zu tun. Auch die K & P Bank München ist ein reines Fantasieprodukt.

<u>Vorschau auf Teil 4</u>

Der vierte und abschließende Teil der »Warnemünder Jahreszeiten« erscheint am 08. Februar 2021 und trägt den Titel »Warnemünder Frühling«. Auch in diesem Teil trifft der Leser auf viele vertraute Figuren aus den vorangegangenen Bänden.

Zum Abschluss möchte ich mich bei Ihnen bedanken, dass Sie mein Buch/meine Bücher gekauft und gelesen haben, und würde mich freuen, Sie auch weiterhin als Leserin und Leser begrüßen zu dürfen.

Bis dahin!
Ihre Nele Jantzen